ARMORIAL & SIGILLOGRAPHIE

DES

ÉVÊQUES DE MARSEILLE

ARMORIAL & SIGILLOGRAPHIE

DES

ÉVÊQUES DE MARSEILLE

Avec des Notices Historiques sur chacun de ces Prélats

PUBLIÉS

SOUS LES AUSPICES DE Mʳ L'ÉVÊQUE DE MARSEILLE

PAR

L'ABBÉ J.-H. ALBANÉS

Docteur en Théologie et en Droit Canonique, Historiographe du Diocèse

MARSEILLE

MARIUS OLIVE, IMPRIMEUR DE MONSEIGNEUR L'ÉVÊQUE

Rue Sainte, 39

1884

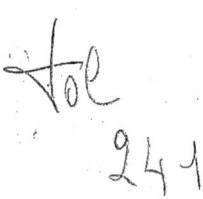

PRÉFACE

Ce n'est pas l'histoire de l'église de Marseille que nous publions aujourd'hui : le titre de ce livre l'indique assez. Il nous aurait été facile de dissimuler la chose, en adoptant un titre plus prétentieux, qui aurait laissé croire à ceux qui nous liront, et surtout à ceux qui ne nous liront pas, que nous donnions tout ce qu'on peut dire sur les évêques de Marseille, et que notre ouvrage était le dernier mot sur la matière. Bien autre est notre pensée. D'ailleurs nous n'avons rien à cacher, et nous écrivons sans prétention aucune.

La grande histoire de notre église, où il faudra discuter tous les faits qui la concernent, rectifier les erreurs qu'on y a semées, et traiter avec l'ampleur convenable, d'accord avec la critique moderne et à la lumière de la vraie science historique, toutes les questions que peut soulever un passé de dix-huit siècles, cette histoire reste à faire. Elle devra être faite, mais à notre avis elle ne peut pas l'être en ce moment. Il faut préalablement avoir recueilli, dans leur texte authentique, tous les documents qui s'y rapportent, soit pour combler les lacunes qu'on y rencontre, soit pour corriger des inexactitudes malheureusement trop nombreuses, soit pour établir solidement et d'une manière définitive les récits qui doivent y entrer. A quoi bon faire, comme on l'a fait tant de fois, l'histoire de personnages qui n'ont jamais existé? Pourquoi raconter, avec plus ou moins d'esprit, des évènements qui n'ont point eu lieu, donner des dates qui sont fausses, des noms inexacts, des explications de fantaisie? Or, tout cela ne saurait être évité, nous en avons trop de preuves, qu'en remontant aux sources, et en n'admettant que ce qui est appuyé sur des fondements réels et non fictifs. Faire autrement serait vouloir ajouter un mauvais livre à d'autres mauvais livres, c'est-à-dire perdre son temps et sa peine. Mieux vaut garder le silence.

Sous le rapport de la recherche des documents, nous croyons avoir fait tout ce qu'il était possible de faire, dans notre position et avec nos faibles ressources. Nous avons consacré un bon nombre d'années à ramasser tout ce qui peut jeter quelque lumière sur notre histoire religieuse, et nous ne regrettons pas le temps que nous y avons employé, à cause des résultats considérables auxquels nous sommes arrivé. Mais toutes les sources ne sont pas facilement accessibles, et les archives les plus riches ne livrent pas tout d'un coup leurs secrets. Il est des documents importants que nous avons longtemps poursuivis sans pouvoir les atteindre; il en est d'autres dont il est impossible de deviner l'existence dans tel ou tel dépôt, et dont la découverte est la récompense d'une longue persévérance, aidée d'un peu de bonne fortune. Par suite, il reste encore des points obscurs qui attendent d'être éclairés par de nouvelles pièces, des problèmes ardus dont la solution dépend de monuments qui n'ont pas été jusqu'ici retrouvés. Il serait donc imprudent de tenter la grande histoire, mais en attendant, il peut être permis de faire la petite.

Nous appelons petite histoire de l'église de Marseille celle qui, sous une forme abrégée et sans appareil scientifique, mais avec toute la précision et l'exactitude désirables, donne une notion suffisante des évènements qui s'y sont passés, et fait connaître les hommes qui l'ont gouvernée. Ce n'est pas proprement, si l'on veut, l'histoire de l'église elle-même, c'est plutôt celle de ses évêques. Composée d'une série de tableaux aussi ressemblants qu'il est permis de les faire, elle laisse volontairement de côté les grandes vues d'ensemble, les idées trop générales, pour adopter de préférence le caractère d'études particulières sur chacun des évêques qui ont siégé à Marseille. Tout ce qui concerne leur personne est de son domaine, et nous nous y attachons avec une attention spéciale. Leurs noms, leurs prénoms, leurs parents, leurs familles, la date et le lieu de leur naissance, leur profession, les titres et les bénéfices qu'ils ont eus, les emplois qu'ils ont remplis avant l'épiscopat, en un mot, tout ce qui met leur figure en plein relief, fait notre affaire et est noté avec grand soin. On nous dira que ce sont là les petits côtés de l'histoire ; soit, mais on devra au moins reconnaître que ces choses sont parfaitement à leur place dans un Armorial. Nous allons plus loin, et nous prétendons que la plus grande partie de ces détails ne seraient pas déplacés dans la véritable histoire, où, presque toujours, on les chercherait vainement, parce qu'il faut beaucoup de patience pour les constater, et qu'on n'a pas voulu prendre la peine nécessaire pour les trouver.

Nous avons donc réuni le plus grand nombre possible de renseignements personnels sur les évêques marseillais, et nous nous en sommes aidé pour rédiger sur chacun d'eux une notice plus ou moins étendue, selon que les matériaux recueillis étaient plus ou moins abondants. Assurément, beaucoup de faits relatés par nous sont nouveaux, et ne se trouvent pas ailleurs. On s'en apercevra aisément si l'on veut jeter un moment les yeux sur la première partie de nos articles, celle où nous nous occupons des premières années de chacun de nos prélats, et des antécédents de leur épiscopat. Que l'on compare les faits, les noms, les dates, que nous y avons souvent amassés, avec ce que l'on a dit avant nous des mêmes personnages, et l'on constatera la différence. Que l'on essaie, par exemple, de retrouver dans les historiens antérieurs ce que nous avons pu dire de Durand de Trésémines, de Raimond Robaudi, de Jean Artaudi, de Jean Gasqui, de Guillaume de la Voute, etc. On se convaincra en peu de temps que ce n'est pas chez eux que nous avons puisé les renseignements dont nous nous sommes servi.

Nos notices sont accompagnées d'armoiries et de sceaux, et la double collection que nous avons pu en former est la plus considérable qui existe aucune part sur ce sujet. Pour quatre-vingt-cinq évêques connus, nous donnons quarante-et-un blasons, c'est-à-dire presque la moitié du nombre total ; et si nous comptons seulement de l'époque où les armoiries furent en usage, la proportion sera bien plus forte, puisque nous avons 41 blasons sur 57 évêques qui ont siégé depuis la fin du XIᵐᵉ siècle.

Nous aurions pu accroître notablement notre collection et combler presque tous nos vides, si nous avions voulu nous contenter, pour ceux qui nous manquent, de probabilités ou d'une apparence de vérité. Qui nous empêchait de donner aux évêques du XIᵐᵉ siècle les armes des vicomtes de Marseille, à Raimond de Soliers, celles des seigneurs de Solliès, à Fouques de Thorame, celles des Feraudi, seigneurs de Thorame ? N'aurions-nous pas pu composer des blasons à Pierre de Montlaur avec le laurier qui est dans son contre-sceau, à Benoît d'Alignan, avec l'aile ou demi-vol qui figure dans le sien, à Durand de Trésémines, avec l'animal qui y est placé ? De même, il nous en aurait peu coûté pour attribuer à Robaudi, à Artaudi, à Fabri, à Letort, à Dufour etc., les armes qu'ont portées des familles ayant le même nom, et que les armoriaux de Provence et autres nous fournissaient, sans que nous eussions la peine d'en faire la recherche. Mais quelle certitude aurions-nous eue que les blasons que nous aurions assignés à ces personnages aient été les leurs ? Ç'auraient été des armes de fantaisie, des armes incertaines, bonnes à rien, si ce n'est à remplir des vides, et dont la présence n'aurait été aucunement justifiée. Or, si les armoiries vraies, certaines, indiscutables, peuvent être, comme nous le verrons bientôt, d'une grande utilité, celles qui sont douteuses ne sauraient servir à quoi que ce soit, et sont de pures futilités et des jouets d'enfants.

Ce qui nous a surtout détourné d'admettre avec trop de facilité les armoiries qu'aucune preuve ne garantissait, c'est l'expérience qu'en a faite à ses dépens l'auteur de la *France pontificale*, dans le volume consacré aux évêques de Marseille.

Dans cet ouvrage, on a tenu à indiquer le plus grand nombre de blasons possible, sans se préoccuper de les donner certains et authentiques, et de n'en accepter aucun aveuglément. Il en est résulté que la moitié des armoiries qu'on y a désignées sont fausses ou absolument incertaines, et reçoivent de perpétuels démentis, à peu près chaque fois que nous retrouvons un sceau de nos prélats orné de son écu. C'est ainsi qu'on a manqué complètement les armoiries de Gasqui, de Mandagot, des la Voute, de Boutaric, d'Anglure et de beaucoup d'autres, dont nous connaissons la forme, sinon les couleurs, par leurs sceaux. D'ailleurs, il est facile de voir que l'auteur a pris ses blasons de tout côté, et a tout accepté sans distinction et sans preuves, avec la préoccupation constante d'en accroître la quantité; dès lors les erreurs ne pouvaient qu'être nombreuses. Il a même trouvé des armes pour Honorat II, Pons I et Pons II, et leur a assigné, *de gueules au pal d'or*, uniquement parce que ces prélats ont appartenu à la maison des vicomtes de Marseille. Mais il n'est ni prouvé ni probable que ces vicomtes aient eu de pareilles armes, que l'on ne trouve qu'une seule fois dans le sceau particulier d'un de leurs descendants au XIIIme siècle. Et alors même que la chose serait constatée, il est plus qu'étrange de voir sérieusement donner des armoiries à Honorat qui a siégé de 948 à 976, et à Pons I qui va de 977 à 1008, c'est-à-dire à une époque où personne n'en avait. Evidemment les blasons qu'on leur prête ont le même degré de certitude que ceux que l'on a attribués quelque part à Adam et à Eve, à Noé et à ses trois fils.

Nous nous sommes mis en garde contre ce système, et nous en avons suivi un tout différent. Presque toutes nos armoiries ont été vues en nature; la plupart sont fournies par des sceaux, qui nous en garantissent l'authenticité. Jamais nous n'en indiquons aucunes, pour le seul motif qu'une famille de même nom les a portées. Nous avons même été très difficile pour marquer au compte d'un prélat les armes de sa propre famille, alors que rien ne nous assurait qu'il ne les avait pas modifiées, comme il y en a tant d'exemples; et si nous avions agi autrement, nous nous serions fréquemment trompé. Nous nous serions trompé en donnant à Christophe de Monte les armes de sa famille paternelle, car il est démontré par son sceau qu'il portait celles de sa mère. Nous nous serions trompé en assignant à Ogier d'Anglure les armes pleines des d'Anglure, car il est certain qu'il écartelait avec celles de Chatillon. Nous n'aurions pas moins erré en attribuant aux deux Cibo l'écusson plein des Cibo de Gênes, puisque le sceau du cardinal nous montre qu'il avait associé le blason des Médicis avec celui des Cibo. Tout ceci nous a fait prendre nos précautions pour n'accepter des armoiries qu'avec une garantie, et presque toutes celles que nous avons fait dessiner sont indubitables. Quand un doute nous restait, nous en avons averti le lecteur, pour qu'il puisse toujours distinguer ce qui est certain de ce qui ne l'est pas.

En effet, la connaissance des blasons à attribution sûre a une grande importance pour l'étude des monuments, pour l'histoire des lettres et des arts, non moins que pour celle des familles. La présence d'armoiries connues sur un monument indique sa date ; placées sur divers points d'un édifice, elles font connaître les dates successives de sa construction ; sculptées sur une chapelle, sur un autel, sur une balustrade, peintes sur un vitrail ou dans la décoration d'un mur, elles apprennent à un connaisseur habile non seulement le nom de ceux qui les firent faire, mais l'époque où l'on y travailla, et souvent le nom des artistes qui y mirent la main. Retrouvées sur un manuscrit, sur une reliure, elles signalent, soit l'abbaye où le manuscrit fut copié, soit l'époque à laquelle il remonte, soit le personnage pour qui il fut fait ; lorsqu'elles y sont répétées et qu'elles appartiennent à des personnages divers, elles révèlent parfois toute l'histoire d'un livre. Quant à l'histoire artistique, que de renseignements ne peut-elle pas tirer pour la provenance, pour l'âge, pour l'appartenance des objets, de blasons gravés, peints ou marqués sur des vases, sur des joyaux, des tapisseries, des tissus, des verres, des peintures et autres objets d'art, précieux pour la matière ou pour la forme ? Combien de portraits anonymes et d'auteurs inconnus retrouveraient ou ont retrouvé le nom de l'original et du peintre, par la connaissance des armes qui y figurent ? Et que l'on remarque bien que les différentes manières de figurer les armoiries, selon les pays et les époques, sont, sous ce rapport, une source abondante de renseignements, en facilitant, par leurs variétés, le discernement des contrées et des siècles. Ici, l'uniformité aurait été nuisible ; et la diversité des types, malgré les difficultés qu'elle fait naître, est d'une utilité merveilleuse, en permettant de distinguer sûrement les lieux et les dates.

Il est donc vrai de dire qu'un grand nombre de questions, parfois très importantes, peuvent recevoir une solution certaine par le seul fait de l'interprétation d'un blason. Nous connaissons une cause de canonisation, où des armoiries peintes sur une châsse de reliques assurent, par elles seules, l'approbation d'un culte antique. Pour obtenir de Rome qu'un culte soit approuvé, il faut démontrer son existence antérieurement à l'année 1534, et c'est une des grandes difficultés que ces sortes d'affaires ont à surmonter. Or, dans le cas auquel nous faisons allusion, la châsse de reliques, placée sur un autel de la cathédrale d'Urgel, portant les armoiries d'un évêque du XVᵐᵉ siècle, le seul de la famille de Luna qui ait siégé dans cette église, il est de toute évidence qu'elles ont été mises là depuis plus de quatre cents ans, et la démonstration requise est faite sans autre preuve.

Voici un second fait, qui, bien que d'un autre genre, confirme la vérité de ce que nous avançons. Il existe dans notre vieille cathédrale de Marseille une merveilleuse terre-cuite d'un des La Robbia, représentant la mise du Christ au tombeau. Personne ne saurait dire à quelle date elle a été mise là, ni désigner celui qui la fit faire ; et dans son état actuel, cet objet d'art ne nous fournit aucun indice pour résoudre ces problèmes. Mais nous connaissons un ancien dessin sur lequel ce monument est surmonté d'un double écusson aux armes des Séguier de Marseille, l'un plein, l'autre parti d'un écu palé, qui indique une alliance. Le jour où nous pourrons interpréter avec certitude ce dernier blason, nous aurons la date de l'œuvre, la personne du donateur, et probablement aussi le nom de l'artiste. On voit par là à quoi peut servir un écusson armorié.

L'utilité des anciens sceaux n'est pas moindre que celle des armoiries ; c'est pourquoi nous avons mis beaucoup de soin à recueillir ceux de nos évêques, et la collection que nous présentons dans ce livre est aussi la plus nombreuse qui en ait été faite. Sous ce rapport, nous ne croyons pas qu'on puisse nous disputer l'avantage. M. l'abbé Dassy, faisant imprimer en 1858 les *Sceaux de l'église de Marseille au moyen-âge*, a donné les dessins et la description de *onze* sceaux d'évêques de Marseille ; M. Blancard en a donné *quatorze* en 1860, dans son *Iconographie des sceaux et bulles des archives départementales*. Venant après eux et profitant de leurs indications, notre recueil en contient *quarante-six*, grands, petits et moyens. Nous avons donc triplé et quadruplé le nombre des sceaux que nos amis et devanciers ont fait connaître, et les trois-quarts de ceux que nous publions ci-après sont inédits. A ce sujet, il y a lieu de corriger une inexactitude qui s'est glissée dans l'ouvrage de M. l'abbé Dassy, lequel, ayant cru ne pas devoir pousser ses recherches au-delà de Frédéric Ragueneau, dit, pour rendre raison de la limite à laquelle il s'est arrêté, que les sceaux postérieurs ont été « imprimés plus d'une fois à la tête d'ouvrages liturgiques ou autres », et qu'on peut se les procurer aisément. On trouve, en effet, *les armoiries* de quelques-uns de nos prélats sur le titre de leurs Propres d'offices ou de leurs statuts synodaux, ou sur leurs mandements, mais *leurs sceaux*, jamais ; et nous pouvons assurer que tous ceux que nous avons fait dessiner et graver, sauf une douzaine, sont réellement inédits. C'est ce qui nous a porté à les comprendre tous dans notre collection, et à conduire celle-ci jusqu'à notre époque, pour la donner aussi complète que nous pouvions, sans autres lacunes que les quelques sceaux dont, malgré tous nos soins, nous n'avons pas pu trouver d'empreinte.

On ne saurait alléguer aucune raison déterminante pour fixer ce qui devrait entrer dans un semblable recueil, s'il devait n'être pas complet. Faudrait-il se borner à décrire les sceaux de cire ? Dès lors, on exclurait les bulles de plomb et les grands sceaux pontificaux du XVme siècle, qui sont sur papier. Si l'on décidait qu'il faut s'arrêter à l'apparition des sceaux armoriés, on arriverait au même résultat, puisque dès 1443, et avant les grands sceaux de Nicolas de Brancas, de Jean Alardeau et d'Ogier d'Anglure, nous avons le sceau rond de Rocalli, dont le champ ne contient rien autre que ses armoiries. Et puis, les sceaux armoriés ne sont-ils pas le développement naturel des sceaux antérieurs, où les armoiries commencent à faire leur apparition dans les petits écussons placés, d'abord en dessous, et ensuite de chaque côté du personnage qui en occupe le centre ? Les exclure, ce serait vouloir couper en deux l'évolution qui se faisait là comme dans toutes les choses humaines, et ne la suivre que jusqu'au milieu. Du reste, l'étude des sceaux est devenue une science qui ne saurait s'exercer sur un choix limité d'objets, et réclame pour ses déductions une série toute entière. Nous avons donc admis tous les sceaux que nous avons rencontrés, grands et petits, anciens et modernes. Cependant, Mgr Eugène de Mazenod ayant deux fois changé le sien, en 1853 pour y ajouter le pallium, et en 1857 pour y placer le manteau sénatorial, nous nous bornons à reproduire son dernier sceau, le plus complet des trois, dont les autres ne sont que des variantes.

Tous les sceaux que nous éditons ont été, un seul excepté, dessinés sur les originaux, et nos dessins en donnent une idée fidèle, tant pour la forme que pour les dimensions et les détails. Nous avons indiqué leur provenance, pour qu'on puisse au besoin s'y référer ; mais les fonds de l'évêché de Marseille et du chapitre de La Major, qui en ont fourni le plus grand nombre, étant classés, aux archives départementales des Bouches-du-Rhône, d'après l'ordre chronologique, il suffit d'avoir désigné le fonds, et on les retrouvera sans peine. A partir de la fin du XVme

siècle, nous avons cessé de marquer la provenance de nos sceaux, soit parce que dès lors ceux que nous avons employés sont réunis ensemble dans un paquet de pièces appartenant au fonds de l'évêché, soit parce que bientôt on en trouve çà et là des exemplaires plus ou moins nombreux, au bas de lettres d'ordination, de mariage, d'approbation, et autres documents de ce genre. Le sceau de Fouques de Thorame, le plus ancien de tous, n'existe pas en original, et nous le donnons d'après deux dessins de Peyresc combinés entr'eux. Nous n'avons pas de motif pour en suspecter l'authenticité, mais certainement le dessinateur en a altéré les formes. Les lignes ogivales changées en un ovale parfait, la mitre basse substituée à la mitre à cornes, la chasuble étriquée et démesurément raccourcie, l'omission de certains ornements, nous démontrent que le copiste n'a pas rendu fidèlement son modèle. Nous n'en tiendrons pas de compte pour nos conclusions, mais nous aurions cru mal faire si nous ne l'avions pas reproduit tel qu'il est, en attendant que l'original puisse être retrouvé.

On se tromperait en effet beaucoup si l'on s'imaginait que les sceaux antiques sont une marchandise commune. Nous savons toute la peine qu'il nous a fallu prendre pour réunir la collection que l'on pourra examiner ci-dessous ; et rien ne démontre mieux la rareté des sceaux des évêques de Marseille que la pauvreté des fonds d'archives où il semble qu'il devrait y en avoir le plus. Les archives nationales, à Paris, malgré leurs richesses en ce genre, ne possèdent qu'un seul sceau de nos prélats, celui de Benoît d'Alignan, un des plus communs. Plusieurs archives départementales de notre voisinage ou n'en contiennent point, ou ne les ont que par unités. Les archives du Var nous ont fourni le sceau de cire de Pierre de Montlaur, celles de Saint-Maximin, le sceau et le contre-sceau de Durand de Trésémines, celles de Vaucluse, un sceau de Raimond de Nîmes. Heureusement, les archives des Bouches-du-Rhône sont, sous ce point de vue encore, une mine inépuisable dont on n'a jamais vu le fond. C'est là surtout que nous avons puisé ; et même après les habiles chercheurs qui nous y avaient précédé, nos recherches n'ont pas été infructueuses, puisqu'elles nous ont fait atteindre un chiffre de beaucoup supérieur à celui auquel on était arrivé jusqu'ici. Bien qu'il y ait dans notre collection des lacunes que nous regrettons, nous avons pourtant une série assez suivie pour nous permettre un travail de comparaison, dont nous tenons à consigner ici, en quelques mots, les principaux résultats.

Sous le rapport de la matière, nos sceaux épiscopaux sont d'abord en cire jaune, puis en cire rouge depuis Durand de Trésémines ; et l'empreinte était faite avec la matrice directement sur la cire. Pour les sceaux de Gasqui et de Mandagot, dont les dimensions beaucoup plus grandes exigeaient plus de solidité, on a employé un noyau de cire jaune, dure et compacte, et entre les bords saillants de celui-ci, on a ménagé une surface abritée, où une couche de cire rouge a été coulée pour recevoir l'empreinte. La série des sceaux de cire a été interrompue, sous Pierre de Montlaur, par des sceaux de plomb, ou bulles, dont nous n'avons que deux spécimens, l'un dudit évêque, l'autre de Benoît d'Alignan. Il ne serait pas impossible que l'emploi des bulles de plomb ait été pratiqué par les prélats qui précédèrent Pierre de Montlaur, puisqu'il est certain que, avant lui, le prévôt et le chapitre de sa cathédrale s'en servaient ; mais aucun exemplaire des sceaux de plomb de ces évêques ne nous est parvenu. D'ailleurs nous avons tort de dire que leur introduction interrompit l'usage des sceaux de cire, car on se servit des deux en même temps, comme le prouvent les sceaux en cire des deux seuls évêques dont nous connaissons les plombs. Avant le milieu du XVme siècle, l'emploi de la cire cesse presque entièrement. Il n'y en avait plus qu'une légère couche que l'on étendait sur du papier,

et l'empreinte du sceau était faite sur un autre papier qui couvrait la cire ; celle-ci disparais-
sait sous le papier qui l'enveloppait des deux côtés.

Plus tard, cette faible couche de cire, que l'on faisait couler au milieu des sceaux à deux
papiers, pour donner un peu de relief à l'empreinte faite par la matrice sur le papier supérieur,
et qui était le seul reste de la matière primitive des sceaux, finit elle-même par disparaître.
Dès 1661, sous Etienne de Puget, nous trouvons qu'on la remplaçait par des pains à cacheter,
plus faciles à employer, puisqu'il n'y avait qu'à les appliquer en les humectant, sans avoir
besoin de recourir au feu. On usait de préférence de pains coloriés en vert ou en rouge, dont
la couleur sombre ou éclatante se montrait à travers le papier écrasé sous la pression du
sceau. C'est le système de scellement qui a été en usage presque jusqu'à l'époque actuelle.
Depuis une trentaine d'années, on se sert, pour sceller les pièces épiscopales, d'un timbre sec,
qui, sans cire ni pain, sans interposition d'aucun papier, fait directement son empreinte dans
la feuille même sur laquelle on veut l'appliquer, par l'effet d'un levier ou d'une manivelle à
pression. Ainsi le sceau actuel n'a plus d'autre matière que le papier lui-même.

Sous le rapport de la forme, les sceaux étaient ogivaux, et les grands sceaux, ou sceaux
pontificaux, continuèrent à l'être jusqu'à Ogier d'Anglure, en 1506. Nous en avons même
encore un exemple sous Jacques Turricella, en 1618. Mais les bulles de plomb introduisirent
l'usage des sceaux ronds, sceaux de la cour épiscopale ou officialité ; et il nous semble même
que tel devait être l'emploi desdites bulles, que nous regardons comme les sceaux des actes
du tribunal épiscopal. Le sceau rond ne reparaît ensuite que sous Barthélemy Rocalli ; ici, il
nous semble faire l'office du grand sceau, et nous n'avons pas la certitude que ledit prélat ait
possédé deux sceaux à la fois. Le contraire est certain à partir de Nicolas de Brancas ; sous
lui et sous ses successeurs, le sceau rond alterne avec le sceau pontifical. Enfin Frédéric
Ragueneau nous offre le premier exemple du sceau ovale, qui a continué à être en usage
jusqu'à nos jours, mais avec des dimensions plus amples.

Dès l'origine, les sceaux sont pendants, et attachés aux chartes par des courroies, des
ficelles de chanvre, des lacs ou des tresses de soie, des bandes de parchemin, tant ceux de
cire que ceux de plomb. Il faut descendre jusqu'à Nicolas de Brancas, en 1454, pour trouver
un sceau plaqué ; depuis lors, les sceaux ronds sont généralement plaqués sur papier, tandis
que les sceaux pontificaux continuent à être des sceaux pendants. Toutefois, le grand sceau
d'Ogier d'Anglure est aussi un sceau plaqué ; mais nous présumons que ceci est dû à cette
circonstance particulière que la pièce qui nous l'a conservé est sur papier, et qu'il en serait
autrement si nous le rencontrions sur un document en parchemin.

Les plus anciens sceaux portent la figure de l'évêque auquel ils appartiennent, revêtue de
tous les ornements pontificaux, la mitre en tête et la crosse à la main. Sauf Rainier qui est
assis, le prélat est représenté debout, en pied, la main droite levée pour bénir ; sur les sceaux
de l'officialité, il n'est représenté qu'à mi-corps. Du reste, le champ ne contient rien autre que
la figure de l'évêque, et à côté de lui, entre deux cordons, une légende qui indique, souvent en
abrégé, son nom et son titre. A partir de Raimond Robaudi (1315), une double innovation s'y
est introduite. Dans le milieu du champ, qui s'est agrandi, et encadrant la figure de l'évêque,
debout et bénissant, on a dessiné de gracieux motifs d'architecture formant un monument à
tourelles percées d'ouvertures nombreuses ; et au sommet de celui-ci, on a placé, dans une
arcade ogivale, l'image, à mi-corps, de la Sainte-Vierge, titulaire de la cathédrale de Marseille. C'est, sans doute, à la présence de celle-ci qu'est dû le changement de position de la

figure de l'évêque, qui, dans le sceau qui suit chronologiquement (1339), s'est fait représenter, non plus debout, mais à genoux et priant. Toutefois, l'absence de trois sceaux intermédiaires, formant ici une lacune de vingt ans, ne nous permet pas de décider si Jean Gasqui est le premier qui se soit fait placer de la sorte, ou s'il faudrait attribuer ce fait à l'un de ses trois prédécesseurs. En tout cas, cette position devint désormais la règle, si ce n'est que le sceau de Robert de Mandagot (1346) nous montre encore une fois l'évêque bénissant.

On remarque une autre innovation dans le sceau du même Gasqui, qui nous offre, placé sous lui, son écusson armorié. C'est la première fois que les armoiries de nos prélats font leur apparition sur leur sceau ; et ses successeurs ne manqueront pas d'imiter son exemple, jusqu'au jour où les sceaux armoriés prendront définitivement la place des sceaux à figures. Guillaume Sudre (1363) agrandit les dimensions de l'image de la Sainte-Vierge, qui, au lieu d'être réduite, et reléguée au sommet du sceau, en occupe tout le milieu et s'y dresse en pied, ayant devant elle l'évêque prosterné. Guillaume de la Voute (1368) fit graver sur le sien la scène de l'Annonciation, l'ange à genoux devant la Vierge, tenant le lis et prononçant l'ave Maria, qui est écrit, devant lui, sur un pupitre; l'évêque est par dessous, agenouillé, et flanqué d'un double écusson à ses armes, à droite et à gauche. Nous avons déjà indiqué, pour 1443, l'apparition des sceaux purement armoriés, dont tout le champ est rempli par des pièces de blason. Ils ont d'abord comme un caractère personnel, et tiennent le milieu entre les sceaux pontificaux et les sceaux de l'officialité, qui fonctionnent simultanément avec eux, et où les armoiries ont une moindre place; on peut le constater pour Jean Alardeau et Ogier d'Anglure. Mais après 1514, il n'en existe plus d'autres.

Ces sceaux étaient ordinairement timbrés de la mitre et de la crosse, ou de l'une des deux seulement. Si l'on trouve sur celui d'Innocent Cibo le chapeau à flots, c'est qu'il était cardinal, et c'est le chapeau cardinalice qui couronne ses armoiries écartelées de Cibo et de Médicis. Il en est de même pour Christophe de Monte, qui emploie lui aussi le chapeau, parce qu'il était cardinal. Le premier évêque non cardinal qui ait mis le chapeau sur ses armes, est François de Loménie (1623); il ne cessera plus dès lors d'y figurer jusqu'à nos jours, avec un simple changement dans le nombre des houppes. Il y en eut d'abord douze, en trois rangs, une, deux, trois; sous Jean-Baptiste d'Etampes, on y ajouta un quatrième rang de quatre, ce qui en porta le nombre à vingt.

L'utilité des sceaux, nous l'avons dit, n'est pas moindre que celle des armoiries. Notre intention n'est que d'effleurer ici cette matière, qui a été traitée ailleurs avec tous les détails désirables, et qui exigerait de nous de longs développements, si nous nous engagions dans des explications trop compliquées. Il suffira d'indiquer les principales considérations auxquelles ce sujet peut donner lieu.

De tout temps, les sceaux ont été regardés par les hommes d'étude comme de précieux auxiliaires pour l'histoire, et comme un élément essentiel de la diplomatique. Non seulement ils authentiquent les actes vrais qu'ils rendent incontestables, et servent à faire reconnaître les actes faux, et par leur absence et par la comparaison avec des documents sûrs, mais ils fournissent encore bien souvent des renseignements que les actes ne contiennent pas. C'est tantôt un prénom écrit dans une pièce par une simple initiale et gravé tout au long sur le sceau, qui nous fait ainsi distinguer un Raimond d'un Rostang ou d'un Rainier, un Benoit d'un Bernard, d'un Bérenger et d'un Barthélemy; tantôt un surnom que le document ne porte pas et qui n'est connu que parce que le sceau, plus explicite, a tenu à le mentionner. Nous n'oublierons jamais la satisfaction manifestée devant nous par un historien très estimé, qui connaissait à merveille toutes les particularités de son histoire locale, et qui subitement apprenait, par le revers d'une bulle de plomb de nos archives, le nom de famille d'un évêque, qu'il n'avait jamais vu ailleurs et qu'il ne soupçonnait pas même. Tantôt encore, dans le même genre, c'est la présence d'un écusson ou d'une pièce d'armoirie connue, qui révèle seule l'attenance et la généalogie d'un personnage, que l'histoire ou les pièces d'archives laissaient dans l'ombre, en le désignant par un nom commun à beaucoup d'autres. Ainsi, la sigillographie, ceux qui l'ont pratiquée le savent, est une source féconde d'indications précieuses qui contribuent à donner à l'histoire plus d'exactitude et plus de précision.

Elle est aussi, sous un autre aspect, une ressource inestimable pour l'archéologie et pour l'art. On a, en effet, dans les sceaux, un nombre infini de petits monuments, tous datés, non point par siècles ou par époques, mais par années, et dans lesquels on retrouve, avec des dates toujours fixes, les données les plus sûres sur l'architecture, le costume, le mobilier, la glyptique, l'iconologie, la paléographie et autres sciences analogues. Où pourrait-on rencontrer des renseignements aussi certains et aussi précis? Les autres sources auxquelles on recourt pour des études de ce genre, comme les vitraux, les miniatures, les ivoires, les monnaies, les sculptures, n'existent pas avec l'abondance des sceaux, et n'ont pas comme ceux-ci l'avantage de porter avec elles leur date; on ne saurait donc en tirer ni les mêmes lumières ni la même certitude. Pour ne pas sortir de notre sujet spécial, où pourrait-on mieux que sur nos sceaux se faire une idée exacte des vêtements et ornements pontificaux au moyen-âge, et apprendre à connaître la forme des chasubles, des dalmatiques, des aubes, des mitres, des crosses de nos vieux évêques marseillais? Là seulement on peut voir de ses yeux ce qu'était l'antique chasuble, son ampleur, sa grâce et sa souplesse, et par quelles échancrures il a fallu passer pour en venir au vêtement informe et étriqué qui est actuellement en usage. Nous nous contentons d'indiquer ces divers points de vue, afin que notre lecteur demeure persuadé qu'en lui faisant connaître les sceaux et les armoiries de nos prélats, nous ne lui donnons pas seulement des images, ou des choses inutiles. D'ailleurs, il y a dans notre ouvrage autre chose que des armoiries et des sceaux.

Ce n'est pas d'aujourd'hui que nous sommes convaincu qu'un véritable armorial doit être nécessairement un fidèle résumé d'histoire, et nous n'avons jamais admis que l'on se préoccupât de rechercher les armoiries d'un personnage, sans s'occuper de ce personnage lui-même. Nous avons vu de si singulières choses en ce genre, que notre conviction ne pouvait qu'en être raffermie de plus en plus. Nous connaissons des armoriaux épiscopaux où l'auteur exprime ses regrets pour n'avoir pas pu, malgré tous ses efforts, découvrir les armes de certains évêques, qui sont des évêques imaginaires; d'autres, où l'on a pris beaucoup de peine pour se procurer le blason d'un homme qui jamais ne siégea dans cette église, sans songer un instant à la question autrement importante de la réalité de son épiscopat. Mieux encore, nous pourrions citer des livres où l'on décrit les couleurs de l'écu de plusieurs prélats qui, certainement, n'existèrent jamais, et que l'on a néanmoins affublés d'armoiries aussi vraies, aussi certaines que leurs personnes fictives et supposées. En vérité, si l'on avait mis à étudier les hommes la moitié du temps que l'on a consacré à leur trouver des armes, on se serait épargné de la peine, des ennuis, et aussi peut-être un peu de ridicule.

Nous avons donc mené de front l'étude des personnes avec la recherche de leurs armoiries et de leurs sceaux; et bien que notre livre soit un armorial, et que nous ne visions pas, comme nous l'avons expliqué, à donner ici une grande histoire, on trouvera néanmoins à l'article de chacun de nos évêques de Marseille un abrégé succint et solide de leur vie. Tous leurs principaux actes s'y trouvent dans leur ordre naturel ; il n'y aurait, pour avoir une histoire étendue et détaillée, qu'à développer nos phrases, à faire de leurs divers membres des paragraphes distincts, et à placer à la suite de nos assertions les motifs qui les justifient. La forme concise de nos notices nous interdisant toute discussion un peu diffuse, nous n'avons pu le plus souvent qu'opposer aux inexactitudes qui pullulent dans les matières par nous traitées des faits rigoureusement vrais, mais débarrassés de l'échafaudage des arguments et des preuves. Les preuves existent, et elles devront prendre ailleurs la place qui leur manquait ici. Nous n'avons guère discuté que les dates, à cause de leur importance dans une histoire, et parce qu'on peut, sans trop de mots, mettre une date vraie à la place d'une fausse. Il n'en est pas ainsi pour les faits, dont la discussion exige de longues explications que nous ne pouvions nous permettre. Cependant, si abrégés que soient nos récits, nous avons pris presque autant de peine pour nous assurer des événements que nous avions à mentionner que si nous avions dû les raconter avec tous leurs détails.

Nous nous sommes attaché particulièrement à déterminer, avec beaucoup d'exactitude, le commencement et la fin de chaque épiscopat, parce que nous voyions là un moyen presque infaillible pour préserver la série de nos évêques des personnages imaginaires qui sont la plaie des catalogues de beaucoup d'églises. En assignant à une époque trop tardive l'arrivée d'un prélat, en le faisant mourir avant l'année où il termina sa vie, on laisse dans l'histoire des vides fâcheux que des écrivains trop faciles remplissent en y insérant des noms et des personnes qui n'ont pas le droit de s'y trouver. C'est par cette porte que se sont introduits tous ces évêques faux et entièrement controuvés, dont la présence déshonore la plupart des listes épiscopales, et qui n'y figureraient pas, si, en fixant avec précision la mort de celui qui vient avant eux et les débuts de celui qui les suit, on ne leur avait pas laissé une place libre à occuper. La meilleure méthode à suivre pour démontrer leur intrusion et la nécessité de les exclure, est de faire voir qu'il n'y a pas de place pour eux, et de les prendre comme dans un étau entre les deux termes extrêmes du prédécesseur et du successeur qu'on a imaginé de leur donner, dont le rapprochement ne leur permet pas de s'y tenir.

Or, pour arriver à connaître avec précision le jour où commence l'épiscopat de chaque évêque, il n'y a qu'un moyen pratique et efficace : c'est de rechercher les actes d'élection, pour l'époque où les prélats étaient élus, et les bulles de provisions, pour celle où ils ont été institués directement par le Pape. Les actes d'élection des anciens évêques de Marseille n'existent pas ; nous n'en connaissons pas un seul antérieur au milieu du XVᵐᵉ siècle. Leurs bulles non plus n'ont pas été conservées dans nos archives locales, où l'on en chercherait vainement un échantillon avant cette date. Il a fallu aller les recueillir là où il y avait quelque chance de les rencontrer, c'est-à-dire à Rome.

L'initiative éclairée de Léon XIII, glorieusement régnant, ayant ouvert aux travailleurs les archives du Vatican, jusqu'alors absolument inabordables, nous n'avons reculé devant aucun obstacle ; et, dans une série de voyages annuels à Rome, nous avons entrepris le dépouillement méthodique des Regestes Pontificaux, pour reconstituer la collection intégrale des bulles de provisions de tous nos évêques marseillais. Nous ne dirons pas les difficultés que nous avons rencontrées dans ce travail, que nous poursuivions simultanément pour tous les diocèses de la Provence ; mieux vaut en exposer les résultats.

Les regestes pontificaux ne commencent, à proprement parler, qu'au pape Innocent III ; il n'y a donc rien à en attendre pour les siècles antérieurs. Les registres des Papes du XIIIme siècle ne contiennent qu'un petit nombre de bulles de provisions épiscopales, parce que, lorsque les élections étaient régulières et non contestées, l'archevêque les confirmait, et le Pape n'y intervenait pas. On y trouve les bulles des archevêques, des évêques transférés ou postulés, de ceux qui avaient donné lieu à une double élection ou à un appel, de ceux que le Pape pourvoyait directement ou dont le siége avait vaqué en cour de Rome. Il en est tout autrement au XIVme siècle, sous les Papes d'Avignon ; alors les élections sont suspendues, tous les évêques reçoivent leurs bulles, et toutes les bulles doivent se trouver dans les registres. Elles y sont en effet, sauf quelques-unes dont l'omission n'est pas toujours facile à expliquer : c'est certainement une exception assez rare à la règle générale. Mais à partir du XVme siècle, il n'y a presque plus rien dans les Regestes du Vatican ; les provisions épiscopales ne s'y rencontrent que bien rarement, comme par hasard, et il faut les chercher dans d'autres fonds. En cherchant de divers côtés, voici ce que nous avons recueilli.

Le plus ancien évêque de Marseille dont nous ayons les bulles est Raimond de Nimes (1267). Des cinquante évêques, lui compris, qui figurent sur notre catalogue depuis son époque jusqu'à nos jours, nous possédons quarante bulles de provisions ; la collection est donc refaite presque en entier, d'autant plus que celles que nous n'avons pas, ou n'ont point d'importance, ou sont suppléées par des pièces équivalentes. Le premier dont les bulles nous manquent est Pierre Fabri (1361), qui probablement ne les eut jamais, étant mort avant qu'elles fussent expédiées. Celles de Guillaume de la Voute font aussi défaut, parce que les premiers cahiers du registre qui les contenait ont disparu ; mais leur date, 27 septembre 1368, nous est connue par les provisions de Raimond Daconis qui le remplaça à Toulon, le jour même, *hodie*, où il était transféré à Marseille. Benoît II, Avignon Nicolaï et Pierre Baudonis sont trois évêques que nous avons rétablis à leur place sur des titres incontestables, et l'absence de leurs bulles s'explique facilement. Louis de Glandevès n'eut pas de bulles, et ne fut reconnu que par le concile de Bâle. Pour Innocent et Jean-Baptiste Cibo, nous avons le témoignage des actes consistoriaux, et leur succession ne soulève aucune difficulté. Enfin Nicolas Coeffeteau et Eustache Gault ne reçurent pas leurs provisions à temps, supposé qu'ils les aient reçues ; mais là encore, il n'y a pas d'erreur possible. Voilà les seuls prélats dont nous n'ayons pas trouvé les bulles ; toutes les autres sont en notre possession.

Nous pouvons donc regarder notre collection comme à peu près complète, et à partir du XIIIme siècle, nous connaissons d'une manière certaine l'année, le mois et le jour, où chacun de nos évêques a commencé son épiscopat. Nous évitons ainsi un des graves inconvénients que nous avons signalés ; et comme c'est surtout pour cette époque qu'a eu lieu l'intrusion dans les listes d'une quantité de personnages controuvés, nous sommes mis à l'abri d'une pareille misère par la fixité et la précision de nos dates initiales. Nous en sommes garantis également par l'avantage que nous avons de pouvoir désigner, avec non moins de certitude, le jour de la mort de la plupart de nos prélats.

Ce ne sont pas les actes de l'état-civil qui nous fournissent la date des décès des évêques de Marseille. Au moyen-âge, l'état-civil n'existait pas ; mais il y avait dans nos cathédrales et dans plusieurs églises, un usage qui nous permet de nous en passer dans beaucoup de cas. On avait l'habitude d'inscrire dans les marges du martyrologe dont on faisait un usage quotidien, et au jour précis où elle avait eu lieu, la mort des évêques, des bienfaiteurs et des principaux personnages pour qui l'on devait prier et célébrer des anniversaires. C'était là une coutume universellement pratiquée, qui avait pour but de rappeler, au jour fixe de la mort de chacun d'eux, les services que l'on était obligé de faire pour leur âme, et d'en assurer la célébration. Ces notes de sacristie sont devenues pour nous de précieux renseignements historiques, dont on ne saurait contester l'autorité, puisque chacune est contemporaine du décès de la personne qui y est mentionnée, et a été écrite successivement, à mesure qu'une nouvelle mort venait imposer de nouveaux devoirs pour tel et tel jour de l'année.

L'existence de ces martyrologes, ainsi chargés d'actes mortuaires, ne peut être méconnue, bien qu'on en ait perdu un grand nombre. Nous avons retrouvé à la bibliothèque vaticane, dans le fonds de la Reine, manuscrit n° 540, le martyrologe de l'église de Toulon au XIIme siècle, dont les marges sont couvertes d'annotations de tous les âges, faisant connaître le jour de la mort de beaucoup d'évêques toulonnais, prévôts, chanoines et autres. Le manuscrit qui servait au même usage à la métropole d'Aix est actuellement conservé à la bibliothèque Méjanes, et bien connu de nos érudits provençaux, qui y recourent pour constater le décès de ses archevêques. Celui de la cathédrale de Digne n'existe plus, mais il a été cité bien des fois par Gassendi, qui en a tiré de nombreux renseignements pour écrire l'histoire de ses évêques dans sa *Notitia ecclesiæ Diniensis*. L'église de Marseille avait également le sien, il n'est pas permis d'en douter ; et s'il n'est pas en notre pouvoir d'indiquer ce qu'il est devenu, il nous est pourtant possible de dire ce qu'il contenait par rapport aux dates de la mort des évêques marseillais. Un savant bénédictin, qui l'avait dépouillé au XVIIme siècle, nous en a transmis les notes marginales, dans une copie conservée d'abord à l'abbaye de Saint-Germain-des-Prés, dans le tome XLV du *Monasticon Benedictinum*, et présentement à la bibliothèque nationale, manuscrit latin n° 12702, fol. 138.

La copie commence par ces mots, qui en indiquent la provenance : *Ex mortuologio ecclesiæ Massiliensis*. On y trouve ensuite, par ordre de mois, par nones, ides et calendes, la mention de la mort de 77 personnes, parmi lesquelles 21 évêques de Marseille, dont nous apprenons par là le jour et le mois, et presque toujours l'année, où prit fin leur épiscopat. Ce qu'il y a de plus précieux dans ces indications, dont les deux plus anciennes remontent jusqu'à Léodoin et Vénator (IXme siècle), c'est que nous y avons la série complète des obits de douze évêques de Marseille, depuis Honorat II jusqu'à Durand de Trésémines, c'est-à-dire à l'époque la plus obscure de l'histoire, pour laquelle il serait inutile d'attendre d'ailleurs des renseignements qui n'existent aucune part. Or, tous ces obits concordent admirablement avec ce que nous savons sur ces divers prélats ; non seulement, ils ne sont en opposition avec aucune date connue, mais ils s'adaptent tous avec les faits de leur vie recueillis de divers côtés, et la terminent de la manière la plus naturelle, et sans objection possible. Il n'en serait point ainsi, si nous n'avions pas dans ces notes des documents contemporains et vrais : nous les verrions en perpétuelle contradiction avec les derniers actes de celui dont elles annoncent la mort, ou avec les premiers de celui qui lui succède.

Il ne sera pas sans utilité d'examiner avec attention deux de ces notes mortuaires, les seules qui aient donné lieu à quelques difficultés, et de faire voir combien elles sont exactes. La première concerne Pierre I, dont la mort nous est connue par deux sources différentes. Notre nécrologe la fixe au 2 avril 1170 : *Quarto nonas aprilis, obiit dominus P. Massiliensis episcopus. M.C.LXX.* D'autre part, nous avons le témoignage de l'Obituaire de Saint-Victor, monument lapidaire jadis placé dans le porche de ladite église, où on lit : IIII *nonas aprilis, obiit domnus Petrus episcopus Massiliensis*. La concordance, on le voit, est parfaite. Cependant le *Gallia Christiana*, qui connaissait nos deux textes, a essayé de les mettre en contradiction l'un avec l'autre, en avançant que le premier indique cette mort au 11 avril, et que par suite le second ne doit pas s'entendre du même personnage. Mais comme il est sûr que le Nécrologe a désigné pour la mort de Pierre, exactement comme l'Obituaire, *le quatre des nones d'avril*, qui n'a jamais pu signifier le 11 avril, mais bien le 2, il faut en conclure que la date donnée par lui, et confirmée par un autre texte antique, doit être tenue pour absolument certaine.

Il en est de même pour la date que le Nécrologe assigne à la mort de Fouque de Thorame, successeur de Pierre I, laquelle eut lieu le 31 mars 1188 : *Pridie kalendas aprilis, obiit dominus F. Massiliensis episcopus, anno domini* M.C.LXXXVIII. Cette date est contestée par le *Gallia Christiana* qui fait vivre Fouque jusqu'en 1205 ; mais, comme il n'arrive à cette conclusion qu'en faisant usage de chartes évidemment altérées, il serait inutile de discuter son opinion, qui a contre elle toutes les pièces authentiques de nos archives. Il est au contraire très important d'examiner l'opinion de Ruffi et de Mgr de Belsunce, d'après lesquels Fouque serait mort ou aurait cessé de siéger en 1186, et aurait eu en cette même année un successeur nommé Nicolas. Le nom de ce dernier évêque, parfaitement inconnu chez nous, ne figure dans aucun de nos documents locaux. Il paraît seulement dans une pièce conservée à Vérone, d'après laquelle Nicolas, évêque de Marseille, aurait assisté à la consécration de l'église de Lépia, faite par le pape Urbain III, le second dimanche de novembre 1186. Nous admettons le fait, qui paraît certain, ayant été attesté par le docte Bianchini, qui envoya à notre Ruffi une copie de la pièce en question ; mais nous n'acceptons pas les conséquences qu'on veut en tirer, car l'acte cité ne prouve aucunement que Fouque de Thorame fût mort, ni qu'il se fût retiré, ni que Nicolas fût son successeur. Au lieu d'avancer tous ces faits, qui ne sont pas prouvés, et de recevoir à l'aveugle un personnage que notre église ne connaissait pas, il aurait été peut-être à propos de chercher à savoir d'abord ce que celui-ci pouvait être, et quel titre il avait pour entrer dans le catalogue de nos évêques.

Or, la pièce de 1186 n'est pas la seule dans laquelle nous voyions paraître un évêque de Marseille qui n'a rien de commun avec celui qui siégeait dans notre ville. On était alors à la fin d'un schisme durant lequel les antipapes ne s'étaient pas fait faute de donner des évêques à des sièges qui ne les reconnaissaient pas ; c'étaient des prélats qui formaient leur cour et celle de l'empereur Frédéric Barberousse. Il est hors de doute qu'ils avaient nommé un évêque de Marseille ; car, lorsque le pape Alexandre III, après avoir fait la paix à Venise avec l'empereur Frédéric, en 1177, réconcilia les évêques schismatiques, nous voyons figurer en termes exprès, dans la liste des prélats absous, un évêque de Marseille. Mgr de Belsunce, qui a connu ce fait, s'est demandé si cet évêque pouvait bien être Fouque de Thorame, et il a répondu que ce devait être, « quelque schismatique fameux que l'antipape.... avait nommé. » Mais pourquoi l'évêque schismatique de Marseille qui est à Venise en 1177, ne serait-il pas le même que l'évêque Nicolas qui est à Vérone en 1186 ? Et pourquoi faire disparaître Fouque sans motif aucun, pour faire place à un inconnu que rien ne nous assure avoir été notre évêque ? Pour nous, le Nécrologe marseillais tranche la question, en nous apprenant que Fouque de Thorame a siégé jusqu'au 31 mars 1188 ; et grâce à lui, nous pouvons non seulement maintenir à celui-ci toute la durée de son épiscopat, mais encore exclure de notre liste un nom qui n'y doit pas figurer.

Le Nécrologe de l'église de Marseille a été cité, à diverses reprises, par les auteurs du *Gallia Christiana*, par Ruffi et par Mgr de Belsunce, tantôt sous le nom de martyrologe, tantôt sous celui de nécrologe; mais ils paraissent n'en avoir vu que des fragments isolés, et ils n'en ont pas fait tout l'usage qu'ils auraient pu en faire Il leur eut épargné bien des erreurs, et permis, dans beaucoup de circonstances, de parler avec une précision qui leur fait défaut, et à la place de laquelle on trouve du vague et une regrettable hésitation. Quant à nous, nous demeurons convaincu qu'il contient les renseignements les plus fidèles et partant les plus précieux. Toutes les fois que nous avons pu les controler par d'autres documents authentiques, nous en avons reconnu l'exactitude, et leur accord avec toutes nos pièces est remarquable. Si, une fois ou deux, on se trouve en présence de quelque légère différence, comme dans le décès de Pierre Ragueneau marqué au *quatre des nones de mai*, tandis qu'il est du *quatre mai*, il ne faut pas oublier que nous n'en possédons qu'une copie, où un mot peut avoir été mal transcrit ; et l'autorité de notre nécrologe n'est aucunement diminuée par ces choses insignifiantes. Nous avons donc utilisé pour chacun de nos prélats le témoignage de cet important monument, et marqué d'après lui la date de leur mort. Nous croyons être dans le vrai en le suivant.

Après avoir ainsi assuré les deux termes extrêmes de chaque épiscopat, nous avons rempli l'intervalle qui les sépare en rapportant tous les faits considérables qui se sont accomplis durant ce temps. Il nous est arrivé d'y mentionner des choses peu notables, quand nous n'avions rien de plus saillant, ou que nous voulions faire ressortir une date. Toutes les fois que c'était possible, nous avons recouru aux sources et aux pièces elles-mêmes, sans nous contenter de copier des auteurs imprimés. On peut nous croire sur parole, et d'ailleurs on le verra aisément aux dates nombreuses que nous avons rectifiées, et à celles non moins nombreuses que nous indiquons tout au long, par jour, mois et an. Nous savions bien qu'il y avait là pour nous un grave danger, à cause des erreurs si faciles à commettre en écrivant tant de chiffres, sans parler de celles que la typographie nous fait faire parfois sans notre consentement. Mais nous avons mieux aimé nous exposer à ce danger que de laisser nos lecteurs dans une indécision désagréable, ou dans un à peu près indigne de l'histoire.

Il ne nous reste plus que de rendre raison des dessins qui se trouvent sur le titre de cet ouvrage et à la fin de notre préface. Il nous a semblé qu'un livre consacré à la sigillographie des évêques de Marseille, et contenant tous leurs sceaux connus, avait son complément naturel dans ceux de son église cathédrale; et ne voulant pas laisser ici cette lacune, nous avons fait graver les deux bulles de plomb qui ornent notre frontispice, et les trois sceaux de cire sur lesquels se reposeront les yeux du lecteur au terme de cette trop longue introduction.

Le premier dessin qui est sur le titre est la bulle de plomb du chapitre cathédral de Marseille, sur laquelle est représentée la Sainte-Vierge, titulaire de l'église; elle est assise de face, sur un trône à coussins, porte la couronne, et a à la main un sceptre fleurdelisé. Il y en a aux archives (fonds de l'Evêché) deux exemplaires, attachés à une pièce du 23 janvier 1220, et à une autre postérieure au 28 octobre 1233. D'après ces dates, la bulle ne prendrait rang qu'après notre premier sceau de cire, qui est de 1206 ; mais nous ne croyons pas que la chose soit démontrée. Il existe, pour l'année 1192, une bulle du prévôt de la dite église, dont la face principale est parfaitement semblable à celle de la bulle capitulaire, ce qui suppose l'existence de celle-ci. Nous pensons que la bulle de plomb et le plus ancien sceau de cire du chapitre ont fonctionné simultanément, depuis une époque que nous ne pouvons fixer.

A côté de cette bulle, nous avons placé celle du chanoine *ouvrier* de notre chapitre, qui est aussi en plomb, et attachée à l'acte du 23 janvier 1220. L'édifice que l'on aperçoit dans le champ, avec sa grande porte à plein cintre, ses ouvertures latérales, et son fronton surmonté de trois croix grecques, n'est rien autre que la façade de notre cathédrale, et ce dessin, exact ou non, est assurément la plus ancienne vue que l'on puisse montrer de notre vieille église.

Les sceaux de cire du chapitre sont au nombre de trois, et nous les avons réunis pour qu'on puisse les embrasser d'un seul coup d'œil. Le premier, en cire jaune, est pendant par des ficelles de chanvre à un acte du 29 novembre 1206, du fonds de La Major, où se trouvent aussi les autres. Le second a un siècle et demi de moins, et pend par des cordons de fil vert à une charte du 10 avril 1346 : il est sur de la cire rouge coulée dans un noyau de cire jaune. Il faut descendre encore deux siècles pour trouver le troisième, lequel fut en usage durant bien longtemps, puisqu'on en a vu trois empreintes, l'une de 1550, l'autre de 1638, la dernière du 18 août 1755. La première, maintenant perdue, était pendante à une bande de parchemin, avec une couche de cire jaune entre deux papiers; les deux autres sont plaquées sur papier, l'une avec un peu de cire, l'autre sur du pain à cacheter.

En comparant nos trois sceaux entr'eux et avec la bulle de plomb, on voit tout de suite que c'est le même type traditionnel qui a figuré sur le sceau capitulaire, depuis le XIIᵐᵉ siècle jusqu'à la fin du XVIIIᵐᵉ. C'est toujours la Sainte-Vierge, représentée comme souveraine, dans tout l'appareil de la royauté, avec la couronne, le manteau, le sceptre et le trône. Il n'y a rien autre qu'elle sur la bulle, où elle est sans auréole, et sans son fils. A partir du premier sceau de cire, elle porte son fils, et les deux têtes sont entourées du nimbe; mais elle garde la couronne et le sceptre. Le sceptre disparaît au suivant, où deux anges volent autour de la couronne, ornée elle-même de trois aigrettes et surmontée d'une étoile à huit rais. Enfin sur le dernier apparaît l'écusson armorié du chapitre, d'azur à la croix d'or, potencée, et cantonnée de quatre croisettes du même. Bientôt cet écu sera détaché du sceau, et formera les armoiries dont notre chapitre a usé jusqu'à la révolution.

Notre dernier mot sera pour remercier M. Laugier, qui a dessiné tous nos blasons et nos sceaux; sans sa coopération si habile, il nous eut été impossible de mener à bout notre entreprise. Grâce au burin de M. Vabre qui a si bien rendu ses dessins, nous pouvons offrir à nos lecteurs des empreintes que nous croyons faites pour les satisfaire.

1   2   3

SAINT LAZARE

PREMIER ÉVÊQUE DE MARSEILLE

42—8o?

L'église de Marseille est la plus ancienne des Gaules. Elle fait remonter son origine jusqu'aux premiers temps de la prédication évangélique, et attribue sa fondation à saint Lazare, le ressuscité et l'ami du Seigneur. Voici, abstraction faite des circonstances merveilleuses qui accompagnèrent la venue de son premier évêque, ce que ses traditions les plus autorisées nous apprennent touchant l'apostolat de celui qui fit connaître le vrai Dieu aux vieux Massaliotes, et introduisit parmi eux la religion chrétienne.

Ce n'est pas immédiatement après le martyre de saint Étienne, comme quelques-uns l'ont dit inconsidérément, que Lazare, Marthe et Madeleine, quittèrent la Judée et vinrent aborder à Marseille. La persécution qui vit mourir le premier diacre, l'année même de la passion du Sauveur, dispersa, il est vrai, le petit troupeau de fidèles, tous de race juive, qui s'étaient réunis autour des Apôtres ; mais les Apôtres eux-mêmes n'abandonnèrent pas la contrée où ils avaient reçu l'ordre d'annoncer d'abord l'Évangile aux enfants d'Israël. L'heure d'aller faire entendre leur voix aux Gentils n'était point arrivée et ne vint que plus tard. Ce ne fut que la douzième année après l'Ascension que saint Pierre baptisa le centurion Corneille, le premier chrétien venu de la Gentilité, et la séparation des Apôtres n'eut lieu que l'année suivante, c'est-à-dire en l'an 42 de l'ère vulgaire. Telle est la date précise qu'Eusèbe assigne à ce grand évènement qui a renouvelé la face du monde.

Alors seulement put avoir lieu le départ de la sainte caravane qui apporta la foi à nos ancêtres. Toute autre date antérieure est inadmissible, et en opposition avec la diffusion progressive du Christianisme. Il serait donc déraisonnable de songer à reculer de quelques années l'arrivée de nos premiers apôtres, puisqu'il n'y eut point de prédication aux gentils avant la dispersion de l'an 42. Mais ceci n'enlève rien à l'antiquité de notre église, l'année que nous venons de marquer étant celle-là même où saint Pierre arriva à Rome pour la première fois ; ni à son antériorité sur les églises voisines, dont aucune ne saurait prétendre l'avoir devancée. Il est du reste facile de s'assurer que ce que nous disons est un écho de la liturgie marseillaise, ancienne et moderne, qui, encore de nos jours, nous apprend que saint Lazare fut évêque de Marseille pendant une trentaine d'années, et qu'il termina sa vie par le martyre vers l'an 80 de Jésus-Christ. Un épiscopat de trente ans, qui prend fin aux environs de l'an 80, a dû commencer peu avant l'an 50. Il est donc avéré qu'en refusant de fixer au delà de l'an 42 le départ de saint Lazare, de ses sœurs et de ses compagnons, nous sommes en parfait accord avec tous nos monuments liturgiques.

La tradition de l'église de Marseille, telle que nous venons de l'exposer, était universellement admise au XVme et au XVIme siècle ; nous en avons pour garants de nombreux bréviaires, missels, martyrologes de tous les pays, mais surtout des églises de France, où elle est explicitement mentionnée. Aucune divergence ne s'était encore manifestée sur ce point, lorsqu'en 1641 notre vieille croyance eut à subir de rudes attaques de la part de Launoy, d'après lequel la venue à Marseille de Lazare, de Marthe et de Madeleine n'avait aucun fondement et devait être reléguée au rang des fables. Ce n'est pas ici le lieu d'entreprendre la réfutation *ex-professo* du fameux docteur de Sorbonne. Plusieurs fois déjà nous avons eu occasion de signaler ses procédés, et nous pourrions faire une longue liste des assertions plus que douteuses dont ses ouvrages sont remplis. Il nous suffira de dire qu'aucun des arguments mis par lui en avant, n'est capable d'ébranler la conviction d'un homme sérieux qui ne se paie pas de mots, et qui a la patience d'examiner, de vérifier, de peser les faits allégués. C'est sa grande audace qui a fait la majeure partie de son succès, car il n'a jamais hésité à affirmer ce qui était utile à ses thèses, à nier ce qui les contrecarrait. Voici quelques exemples.

Il a nié l'authenticité du privilége accordé en 1010 à Saint-Victor, par le pape Benoit IX, privilége dont l'original est aux archives départementales des Bouches-du-Rhône. Il a nié les bulles données par Urbain V en faveur de la même abbaye, dont les originaux sont là aussi, et aux Regestes Pontificaux, au Vatican, où nous les avons vus. Pour deux ou trois mots qui l'offusquaient, il a nié la réalité de l'invention des reliques des saintes Maries en 1448, cérémonie solennelle qui mit toute la Provence en mouvement, et dont nous avons encore un double procès-verbal irrécusable, l'un en original aux Saintes-Maries, et l'autre en copie authentique déposée aux archives du comté de Provence, où il n'a pas cessé d'être visible pour tous. Que faut-il penser d'un auteur qui se sert d'un pareil système de discussion, et qui écarte de parti-pris tout ce qui est contre lui, et tout ce qui est favorable à ses adversaires ?

Mais nous aurions tort de nous attarder à combattre les vieux arguments de Launoy. La question a fait bien du chemin depuis le temps où cet écrivain attaquait nos traditions, et si un moment on put s'imaginer que la vérité était de son côté, l'illusion n'est plus possible aujourd'hui. D'après les données actuelles de la science, et sans recourir à aucun autre genre de preuves, l'évangélisation de notre pays dès les premiers âges est devenue éminemment probable, pour ne pas dire sûre. Nous avons à Marseille et dans ses environs les deux plus anciennes inscriptions chrétiennes des Gaules, lesquelles n'ont pas leurs pareilles dans tout le recueil publié avec tant de savoir par M. Edmond Le Blant. Nous avons également à la Gayole, aux confins des diocèses de Marseille et d'Aix, le plus antique sarcophage chrétien du monde entier, dont le style archaïque, presque classique en certains détails, l'ornementation exclusivement symbolique et sans mélange d'éléments franchement chrétiens, accusent l'époque la plus reculée. Nous nous sommes assuré auprès des plus habiles connaisseurs des antiquités chrétiennes qu'il n'y a pas à Rome un monument comparable à celui-ci pour son style et pour sa date, et qu'on n'en connaît pas un seul de semblable en aucun pays. C'est le plus vieux sarcophage chrétien connu, et ceux qui savent apprécier l'âge des restes de l'antiquité le rapportent aux temps d'Antonin et d'Adrien.

Disons la même chose pour nos deux vieilles inscriptions, et surtout pour celle qui est au musée archéologique du Château-Borély. Combien de fois n'avons-nous pas entendu des savants de divers pays, qui venaient d'admirer notre vieux marbre chrétien, y reconnaître les caractères de l'époque d'Antonin ? Il faudrait remonter plus haut encore, au jugement de celui qui a été récemment appelé par l'autorité municipale pour inventorier les antiquités de notre musée; il ne regardait pas comme téméraire que l'on pût se croire en face d'un monument de l'âge de Domitien.

Cette réunion de monuments si vénérables par leur haute antiquité est-elle due au hasard ? Est-ce par hasard que l'église qui se dit la plus ancienne des Gaules, possède les plus vieux monuments chrétiens connus, que l'on est tenté d'assigner au premier siècle de notre ère ? Est-ce par hasard que ces témoignages incomparables du christianisme de la première époque manquent partout, excepté à Marseille ? Que l'on nous montre quelque part, même une partie de ce que nous avons ici, ou que l'on reconnaisse de bonne foi qu'une tradition qui a de pareils titres à produire, n'est point mal fondée, et qu'il faut en tenir un compte sérieux. L'ignorance ou le parti-pris pourraient seuls la méconnaître ; mais l'ignorance de nos titres les plus précieux n'a aucun droit au nom de science, et le parti-pris ne sera jamais un argument.

Nous mettons sous les yeux de nos lecteurs une réduction fidèle de l'inscription du Château-Borély, pour leur permettre d'apprécier, par la comparaison avec les épigraphes d'une date certaine, combien celle-ci les dépasse par son ancienneté. Il est à peine besoin que nous appelions l'attention sur la beauté de ses caractères, à laquelle les inscriptions d'un âge postérieur ne nous ont pas habitués. La dissemblance est complète.

En la publiant le premier, il y a vingt ans, M. Le Blant faisait remarquer qu'elle *se rattache par l'élégance de sa gravure aux plus beaux temps de l'épigraphie ; que* les détails de sa rédaction *lui assignent une époque antérieure à la création du premier formulaire chrétien ; que la présence de l'ancre, celle de l'acclamation, la font d'ailleurs contemporaine des plus vieux marbres de la Rome souterraine.*

Que pourrions-nous ajouter à cette appréciation impartiale du savant qui connaît le plus à fond les antiquités chrétiennes de la France? Concluons, sans hésiter, que l'église de Marseille, qui produit les titres les plus anciens, et qui les produit exclusivement à toute autre, peut à bon droit se vanter d'avoir reçu avant les autres églises de France la lumière de l'évangile.

II

ORÉSIUS

314

Plusieurs écrivains ont inscrit une dizaine de noms entre saint Lazare et Orésius. Nous n'en acceptons aucun, parce que, si nous sommes convaincu qu'une église a pu conserver par tradition le nom de son fondateur, nous ne croyons pas à la possibilité de transmettre par le même moyen toute une liste d'évêques, sans la fixer par l'écriture. D'ailleurs, cette liste traditionnelle n'existe pas dans l'église de Marseille ; les noms mis en avant ont été empruntés à des sources étrangères, et comme les preuves manquent pour établir la légitimité de leur insertion, nous ne saurions en tenir compte.

Nous sommes pourtant bien loin de croire qu'Orésius a été le premier évêque succédant à saint Lazare. Si nous ignorons les noms de ses prédécesseurs, comme nous ignorons ceux de presque tous les évêques marseillais du IVme, du VIme et du VIIme siècle, cela ne préjuge en rien la question de leur existence. Assurément, la religion chrétienne était établie à Marseille avant Orésius : le nombre de ses martyrs l'atteste. Elle y était en possession de sa hiérarchie ecclésiastique, puisqu'elle nous apparaît dans les actes de saint Victor avec ses prêtres (*et accitis sacerdotibus,* etc.), parmi lesquels on peut à peine douter qu'il y eût un évêque, selon l'usage constant des anciennes églises. Saint Lazare put donc avoir des successeurs, plus ou moins nombreux, sans que nous puissions dire qui ils furent.

Orésius est le premier dont un document historique certain nous a appris le nom. Il assista et souscrivit, avec un lecteur de son église, au grand concile d'Arles, réuni en 314 pour juger la cause des Donatistes. Voici le court et précieux texte qui est le certificat authentique de son épiscopat.

Oresius episcopus, Nazarius lector, de civitate Massiliensi, provincia Viennensi. (Sirmond. Conc. Gall. to. I, p. 8.)

III

PROCULUS

381 — 428

Proculus gouverna l'église de Marseille durant cinquante ans, à la fin du IVme siècle et au commencement du Vme. Nous le trouvons pour la première fois en 381, assistant au concile d'Aquilée, où, sous la direction de saint Ambroise, l'Arianisme, qui osait relever la tête, fut condamné en la personne de deux évêques entachés de cette hérésie. L'évêque de Marseille représentait dans cette assemblée ses collègues de la Viennoise et des deux Narbonnaises, qui l'y avaient délégué avec l'évêque d'Orange. Vingt ans après, il se rendit au concile de Turin, où fut traitée, entr'autres, une question disciplinaire d'une grande importance pour lui et pour son église.

L'institution des métropoles ecclésiastiques, et le droit d'ordonner les évêques suffragants, qui en était la conséquence, donnèrent lieu, dans l'origine, à bien des discussions et nécessitèrent de nombreuses décisions des papes et des conciles. Les pères de Nicée avaient décrété que l'évêque de la métropole civile serait le métropolitain de tous les évêques de la province; mais il fallut du temps pour que cette loi fut appliquée partout d'une manière constante, par suite surtout de la résistance des églises mères qui n'étaient pas chefs-lieux de provinces. En 401, on était en Provence dans un état de transition où l'on se réglait d'après les anciens usages; la question s'était compliquée par le démembrement de la province Viennoise, et la création assez récente de la première et de la seconde Narbonnaise. Proculus avait ordonné des évêques, et entendait garder intacts les droits dont son siège était en possession sur les églises qui avaient toujours dépendu de lui.

L'affaire fut portée au concile de Turin. Sans vouloir faire brèche à la loi générale, les évêques réunis maintinrent Proculus, sa vie durant, dans tous ses droits sur les prélats ordonnés par lui, et sur les églises qu'il prouverait lui avoir appartenu. Nous croyons qu'on a mal interprété les paroles du concile, pour en conclure que l'évêque de Marseille réclamait et obtint de conserver les droits de métropolitain de la seconde Narbonnaise. Nous ne lisons cela nulle part, et une pareille prétention aurait été exorbitante, puisqu'il n'appartenait pas lui-même à cette province. Ce qu'il voulait, c'est qu'on laissât à son église la primauté dont elle jouissait sur certaines villes épiscopales que les nouvelles divisions civiles avaient fait passer dans une autre province que la sienne. Il n'obtint ce qu'il réclamait qu'à titre personnel et viager, et après lui, ce privilége devait cesser pour faire place au droit commun. Mais il est certain que plusieurs églises, vers Antibes et Nice, vers Riez, Glandève et Embrun, gravitèrent fort longtemps dans la direction de Marseille.

Conformément à la décision du concile de Turin, Proculus continua à ordonner des évêques ; on a même constaté, comme un fait singulier, que l'évêque d'Aix, métropole de la seconde Narbonnaise, vint recevoir de lui l'ordination épiscopale. Il sacra aussi Ursus et Tuentius, qui paraissent avoir siégé à Garguier et à Ceyreste. Ce fut le sujet d'une grave querelle que lui suscita Patrocle, évêque d'Arles, soutenu par l'autorité civile et par le souverain pontife. Arles, qui assurément, malgré son antiquité, n'était pas ville métropolitaine, préludait alors à ses hautes destinées qui en firent bientôt la première église des Gaules. En 417, le pape Zosime lui reconnut du même coup, et le privilége exclusif de délivrer les lettres formées aux évêques et aux ecclésiastiques de toute la Gaule, et les droits de métropolitain, qu'il avait toujours eus, dit la décrétale, sur la Viennoise et sur les deux Narbonnaises. C'était, par le fait, l'établissement du Vicariat apostolique dont Arles a joui légitimement pendant de longs siècles, par la faveur du Saint-Siège ; mais sur le second point, qui est une question historique, il est hors de doute que le pape fut trompé par Patrocle, et ses successeurs modifièrent profondément sa décision.

Ces démêlés furent une cruelle épreuve pour Proculus, Zosime ayant même prononcé contre lui une sentence de déposition, qui ne fut point maintenue. Il n'en défendit pas avec moins de zèle la doctrine catholique, et condamna le moine Léporius qui renouvelait l'hérésie de Pélage. La grâce de Dieu ayant alors conduit Léporius en Afrique, saint Augustin le convainquit de ses erreurs et le ramena à la vraie foi ; et nous avons encore la lettre par laquelle le grand docteur annonça sa conversion à l'évêque de Marseille.

Il est parlé de celui-ci, pour la dernière fois, dans une lettre du pape Célestin, qui est du 25 juillet 428. Il dut cesser de vivre assez peu de temps après, car il avait un successeur avant la mort dudit pape, arrivée en 432.

Proculus fut un des grands évêques de son époque, qui produisit tant d'hommes illustres. Sa réputation s'étendit non seulement en Italie et en Afrique, mais jusque dans l'Orient, et l'on trouve de lui, dans la lettre de saint Jérôme à Rustique, l'éloge le plus glorieux que l'on puisse faire d'un évêque.

VÉNÉRIUS

431 — 452

Selon toutes les probabilités, Vénérius fut l'un des premiers religieux de l'abbaye de Saint-Victor, fondée par saint Cassien. Il devint ensuite prêtre de l'église de Marseille, au témoignage de saint Rustique de Narbonne, son compagnon dans le monastère et dans le sacerdoce, et monta sur le siège épiscopal après la mort de Proculus.

Il est nommé le premier en tête de la constitution sur les matières de la grâce, que le pape Célestin adressa aux évêques des Gaules, après la mort de saint Augustin, dont elle contient un très bel éloge. Le saint docteur africain étant mort en 430, et le pape moins de deux ans après lui, cette pièce peut être datée sans crainte de l'année 431.

Son nom se trouve aussi dans la lettre écrite, en 451, à saint Léon-le-Grand par quarante-quatre évêques des Gaules, et dans deux lettres du même pape aux évêques de notre pays, qui sont de l'année suivante. Il est donc certain que Vénérius fut évêque durant plus de vingt ans.

L'œuvre la plus importante de son épiscopat fut la rédaction du Bréviaire marseillais. On récitait alors l'office divin de mémoire, ou en recourant aux manuscrits qui contenaient les saintes écritures. Pour obvier aux longueurs et aux ennuis que ce système entraînait à sa suite, un savant prêtre de Marseille, nommé Musée, fit, par ordre de Vénérius, un choix intelligent des leçons propres aux fêtes de toute l'année, les disposa selon l'ordre des temps, joignant à chacune des répons convenables, extraits des psaumes, et publia le tout en un seul recueil. Ce fut un grand sujet de joie pour les Lecteurs, désormais affranchis du souci de recourir à des livres divers, un aide utile permettant au peuple de suivre les offices, et un grand secours pour le bon ordre et la pompe des cérémonies. C'est le premier essai de bréviaire dont on ait connaissance.

V

EUSTASE

453 — 472

Le nom d'Eustase, et non pas Eustache, nous a été transmis par l'auteur de la vie de saint Eutrope d'Orange, par Sidoine Apollinaire et par Gennade. Celui-ci nous apprend qu'Eustase succéda immédiatement à Vénérius, et Sidoine dit qu'il fut le prédécesseur de Græcus. La place qu'il doit occuper sur le catalogue des évêques de Marseille est donc facile à fixer, bien que l'année de son avènement reste indécise ; mais elle s'éloigne peu du milieu du Vme siècle.

Nous ne connaissons de sa vie que deux faits : l'ordination de saint Eutrope et sa présence à un concile. Saint Eutrope était un riche laïque de Marseille, de grande famille et d'un esprit distingué. Après la mort de sa femme, Eustase lui fit une sorte de violence pour l'aggréger à son clergé et l'ordonna diacre ; mais il fut bientôt élu évêque d'Orange. Il faut, croyons-nous, attribuer ce fait aux commencements de l'épiscopat d'Eustase.

A la fin de l'année 463, Eustase se rendit à un concile de vingt évêques, qui eut à juger le différend survenu entre Léonce d'Arles et Mamert de Vienne. Son nom se lit en effet dans la lettre du pape Hilarus ; et les mêmes raisons qui ont porté Mgr de Belsunce à ne pas vouloir y reconnaître notre évêque, nous donnent la certitude que c'est bien de lui qu'il s'agit.

Eustase fit achever par Musée la liturgie de son église, dont celui-ci composa le Missel ou Sacramentaire. C'est Gennade qui le dit, et ses paroles nous font comprendre que le missel de Marseille était divisé en plusieurs livres distincts : le Lectionnaire, pour les épitres et les évangiles, l'Antiphonaire, pour tout ce qui se chantait, le Sacramentaire contenant, avec le Canon, les supplications ou oraisons, et les contestations ou préfaces. Avant l'introduction des missels pléniers, il en fut ainsi dans toutes les liturgies.

Gennade a donné le nom de *saint* à Eustase et à Vénérius, et à celui-ci le titre d'*homme de Dieu*, pour rappeler sa profession religieuse. Ceux qui ont rapporté ce dernier titre à Eustase ont commis un contre-sens.

2

GRÆCUS

475

Le P. Sirmond a insinué (*not. in Sid. p. 65.*) que cet évêque pourrait bien être le diacre Græcus, à qui Fauste écrivit, dit-il, une lettre contre Nestorius. Mais c'est là une erreur du savant jésuite ; car la lettre en question n'est pas écrite à ce diacre, qui s'était fait nestorien, mais contre lui ; et le récit de Gennade ne permet pas de soupçonner qu'il ait voulu parler d'un évêque. D'ailleurs, Fauste et Græcus siégèrent ensemble au concile d'Arles de 475 ; et comment prouver que l'écrit de Fauste est antérieur à cette assemblée ?

Græcus entretint des relations intimes avec Sidoine Apollinaire ; nous avons encore cinq lettres que celui-ci lui adressa, et il le nomme aussi dans une autre lettre à Basile, évêque d'Aix. L'évêque de Clermont parle de notre prélat en termes très élogieux, l'appelant *le plus parfait des évêques, la fleur du sacerdoce, la perle des pontifes, un homme distingué par sa science, et plus encore par la fermeté de son caractère*. Ces lettres nous font connaître l'époque où vivait Græcus, qui, au surplus, y est dit avoir remplacé Eustase ; en lisant les deux premières, on sent qu'au moment où elles furent écrites, il avait succédé à celui-ci depuis peu de temps.

Trente évêques se réunirent en concile à Arles, en 475, pour condamner les Prédestinatiens, en la personne de Lucidus qui enseignait leur doctrine. Les noms de ces prélats se lisent en tête de la rétractation que souscrivit Lucidus en abjurant son erreur ; et l'on voit parmi eux celui de Græcus. C'est, à peu près, la seule date fixe que nous ayons pour son épiscopat, qui vraisemblablement ne fut que d'une dizaine d'années. Nous aurons moins encore pour ce qui regarde ses successeurs.

SAINT CANNAT

485 ?

Saint Cannat doit venir avant Honorat, et non le suivre, parce qu'il faut nécessairement réserver à ce dernier la fin du Vme siècle. Gennade, qui écrivait son *Livre des hommes illustres* après 490, ne parle pas d'Honorat dans la première édition de son ouvrage ; et ce n'est que dans les additions faites après coup à son livre, qu'il lui a consacré une notice. Cela nous semble une preuve péremptoire qu'il n'était point encore évêque de Marseille, quand Gennade écrivait, car, dans le cas contraire, il n'aurait pas pu l'oublier. Il ne vint donc qu'à l'extrême fin du Vme siècle, et saint Cannat a dû le précéder.

Par une erreur incompréhensible, divers auteurs, et le *Gallia christiana* lui-même, ont supprimé l'épiscopat de saint Cannat. Les Bollandistes ont jeté du doute jusque sur son existence. Il est pourtant peu d'évêques qui aient laissé autant de traces dans notre histoire, et dont le culte soit plus authentique et mieux établi. Sans parler de ses Actes, qui contiennent le récit de sa vie, Gennade son contemporain, fait de lui une mention expresse au chapitre 80, où il nous apprend que Vincent, prêtre des Gaules, lut, en sa présence, au saint homme de Dieu Cannat une partie de ses commentaires sur les psaumes. Saint Cannat est donc un personnage historique et non légendaire. Et où Gennade aurait-il pu connaître le pieux ermite, lui, prêtre de l'église de Marseille, si ce n'est à Marseille même, quand il eut quitté sa solitude pour devenir le successeur de saint Lazare ?

C'est comme évêque de Marseille que ce saint a toujours été honoré chez nous, et honoré plus que ceux qui sont venus après lui. Il avait dans notre ville, qui en comptait un si petit nombre, une église paroissiale dédiée sous son nom ; église antique dont il est impossible d'indiquer l'origine, et que nous voyons dès le XIme siècle. Ses reliques étaient l'objet d'une dévotion peu commune, et au XIme siècle aussi, l'archevêque d'Arles Aicard donnait des fonds pour réparer sa châsse d'argent. Au siècle suivant, son corps était dans le grand autel de la cathédrale ; et quand l'évêque Raimond fit en 1122 la translation des reliques de son église, il nomma en tête de toutes, celles de notre saint. Là, dit-il, est le corps de saint Cannat, évêque de Marseille et confesseur. Le plus vieux livre liturgique marseillais que nous ayons conservé, l'Ordinaire des offices du Chapitre cathédral, qui date du milieu du XIIIme siècle et n'est que la reproduction d'un plus ancien, indique sa fête comme celle d'un confesseur pontife ; ce qui a été reproduit dans tous nos livres d'offices postérieurs. Il en est de même des livres liturgiques de l'église d'Aix, et de la plupart des églises épiscopales de la Provence. Enfin, le village qui s'est formé dans le désert où il passa une bonne partie de sa vie, quitta bientôt son nom de Sauzet pour prendre celui de Saint-Cannat, qu'il porte encore ; et, par une singulière anomalie qui ne s'explique que par l'histoire de notre saint évêque, quoiqu'il soit enclavé de toute part dans le diocèse d'Aix, il n'a jamais cessé d'appartenir au diocèse de Marseille, jusqu'à la révolution. On ne saurait donc raisonnablement mettre en doute l'existence du Saint, ni son épiscopat.

Saint Cannat a vécu dans la seconde moitié du Vme siècle, puisque Gennade l'a vu ; et il a fallu au P. Guesnay une bien forte distraction pour le placer, comme il l'a fait, au milieu du VIIme. Ses Actes, édités par les Bollandistes, nous disent qu'il était fils du roi d'Aix ; comme il n'y eut jamais de roi à Aix, ceci doit s'entendre de celui qui commandait dans cette ville pour l'empereur romain. Il se retira, jeune encore, dans le désert du Sauzet, à dix milles d'Aix, pour y vivre en solitaire ; mais l'éclat de ses vertus le trahit et le fit élire évêque de notre ville. Il résista aux sollicitations des envoyés qui allèrent le chercher pour l'amener à son église. Il n'y a pas plus de raisons, leur disait-il, pour que je sois évêque, qu'il n'y en a pour que ce roseau desséché que je tiens pousse de nouvelles feuilles. Aussitôt le roseau reverdit dans sa main, comme la verge avait refleuri dans la main d'Aaron, et l'homme de Dieu vint à Marseille.

Il y fut reçu avec enthousiasme, mais son épiscopat ne fut pas de longue durée. On a signalé son zèle contre les hérétiques de son temps et les embellissements qu'il fit à son église. Il mourut dans son désert du Sauzet qu'il était allé revoir, et d'où son corps fut rapporté à sa cathédrale. Sa fête se célèbre dans tout le diocèse le 15 octobre, jour de sa mort, excepté dans l'église qui porte son nom depuis le concordat, où l'on a choisi une date en complet désaccord avec nos traditions et notre liturgie.

VIII

HONORAT I

495 ?

Honorat fut l'élève de saint Hilaire d'Arles qui, dès sa plus tendre enfance, lui enseigna la crainte de Dieu, et plus tard l'initia aux affaires. Telle était la prédilection particulière du grand évêque pour son jeune disciple, que l'antique notice de celui-ci l'a appelé son père nourricier. Le disciple rendit à son maître l'affection qu'il lui devait, et poussé par son amour, comme il le dit lui-même, (*impulsu amoris*), il écrivit la vie de l'illustre pontife, dont il nous a fait connaître le grand cœur et les sublimes vertus.

Le Vme siècle allait finir quand Honorat vint occuper le siège de Marseille. Les manuscrits les plus complets de Gennade contiennent sur lui un article rempli d'éloges, où sont louées son éloquence, sa prodigieuse facilité d'improvisation, et sa grande connaissance des saintes écritures. Il était comme un arsenal vivant d'où sortait à tout instant ce qu'exigeaient l'édification des fidèles et la réfutation des hérétiques. Il prêchait avec feu ; les villes voisines se délectaient à l'entendre, et les évêques des églises lointaines, chez qui il passait, le forçaient à prendre la parole à leur place, pour instruire leurs ouailles.

Il composa de nombreux ouvrages : des homélies, des vies de saints, dont nous n'avons que celle de saint Hilaire, un traité contre les hérésies. Le pape saint Gélase, à qui il envoya un exposé de sa foi et de sa doctrine, lui adressa un rescrit pour l'approuver. Ceci nous apprend qu'il siégeait au plus tard en 496, dernière année de la vie de Gélase.

Un dernier fait, relaté par son historien, concerne les processions solennelles, ou Litanies, comme on disait alors, qu'il fit célébrer à Marseille, pendant les calamités publiques, pour apaiser la colère du Seigneur. C'était la spéciale dévotion de l'époque, et on y recourait fréquemment ; aucune municipalité n'avait encore essayé d'y mettre obstacle, et il n'est pas dit que le bon ordre et la paix publique aient eu à en souffrir.

IX

AUXANIUS

533

La liste des évêques de Marseille est à peu près vide pendant les trois premiers quarts du VIme siècle. C'est là un fait bon à noter, parce qu'il réduit à sa juste valeur la force de l'argument purement négatif, dont une critique outrée et déraisonnable a fait si souvent usage. Personne n'osera soutenir qu'il n'y avait point d'évêques à Marseille au VIme siècle, et comme leurs noms ne nous sont pas parvenus, il faut se résigner à avouer que nous les ignorons uniquement parce qu'ils ne nous ont pas été transmis. Nous allons essayer de combler une partie de cette grande lacune par un nom nouveau.

En 533, un concile fut tenu à Marseille pour juger Contumeliosus, évêque de Riez ; y compris l'accusé et le représentant de l'évêque de Cavaillon, il y avait là seize prélats provençaux, réunis sous la présidence de saint Césaire d'Arles. Nous disons que tous ces prélats étaient provençaux, vu que les douze dont on peut facilement déterminer les sièges, appartiennent aux églises de la Provence. Il en est vraisemblablement de même des quatre noms qui demeurent indéterminés, Rusticus, Pontadius, Rodanius, Auxanius, et c'est parmi eux que se trouve l'évêque de Marseille, si l'on ne veut soutenir qu'il n'était pas au concile, ce que nous n'admettrions pas aisément.

Auxanius est le dernier souscrit parmi les Pères du concile, qui paraissent classés par rang d'ancienneté. Nous opinons qu'il faut voir en lui l'évêque de notre ville ; et si notre soupçon est fondé, le concile se serait réuni à Marseille, non seulement pour la cause de Contumeliosus, mais aussi pour donner un évêque à cette église. Le nom d'Auxanius nous a frappé, parce que plusieurs auteurs ont admis pour Marseille un évêque de ce nom, rejeté par d'autres. Qui sait s'ils ne se sont pas trompés seulement de date ?

Sans doute notre opinion n'est pas certaine, mais nous ne la donnons pas comme telle, et nous voulons seulement appeler sur ce point l'attention des savants. Il faut bien d'ailleurs, en plusieurs cas, se contenter de probabilités, comme nous allons le voir immédiatement.

Le concile de 533 étant le seul qui se soit jamais réuni à Marseille, nous croyons utile d'en reproduire le texte. Les signatures qu'il porte serviront à l'histoire des églises provençales ; d'ailleurs, c'est une pièce curieuse et presqu'inconnue. Elle l'était tout-à-fait, lorsqu'on la découvrit, il n'y a pas cinquante ans, dans un manuscrit de la bibliothèque de Darmstadt ; et depuis, elle n'a été publiée que dans deux recueils qui ne sont pas sous la main de tout le monde, et où l'on aurait quelque peine à la trouver. Nous espérons qu'on nous saura gré de l'avoir rendue accessible à tous, en l'insérant ici.

Constitutio Cesarii pape in Massiliensi urbe habita, episcoporum XVI.

Cum ad civitatem Massiliensem, propter requirenda et discutienda ea que de fratre nostro Contumelioso episcopo fuerant divulgata, sacerdotes domini convenissent, residentibus sanctis episcopis, cum grandi diligentia discussis omnibus, secundum quod gesta que nobis presentibus facta sunt continent, multa turpia et inhonesta supradictus Contumeliosus, convictus, ore proprio se confessus est perpetrasse ; ita ut non solum revincere testes non potuerit, sed etiam publice, in conventu episcoporum et laicorum qui interfuerant, in terram se projiciens, clamaverit se graviter in Deum et in ordine pontificali peccasse. Pro qua re, propter disciplinam catholice religionis, utile ac salubre omnibus visum est, ut supradictus Contumeliosus in Casensi monasterio, ad agendam penitentiam, vel ad expianda ea que commiserat, mitteretur ; quam rem, studio penitendi, et ipse libenter amplexus est. Et quia multas domus ecclesie Regensis, absque ratione, contra canonum statuta, sine concilio sanctorum antistitum, perpetuo jure distraxit, hoc sanctis episcopis visum est, ut quidquid supradicte ecclesie constiterit injuste ab ipso alienatum, facta ratione, ad vicem de ejus substantia compensetur.

Cesarius, peccator, constitutionem nostram relegi et subscripsi. Not. sub die VIII kalendas junias, post consulatum tertium Lampadi et Orestis (533).

Cyprianus, peccator, consensi et subscripsi.—Pretextatus, peccator, consensi et subscripsi. — Eucherius, peccator, consensi et subscripsi. — Prosper [peccator], consensi et subscripsi.—Heraclius, peccator, consensi et subscripsi. — Rusticus, peccator, consensi et subscripsi. — Pontadius, peccator, consensi et subscripsi. — Maximus, peccator, consensi et subscripsi. — Porcianus, peccator, consensi et subscripsi. — Item Eucherius, peccator, consensi et subscripsi. — Aletius, peccator, consensi et subscripsi. — Vindemialis, peccator, consensi et subscripsi. — Rodanius, peccator, consensi et subscripsi. — Auxanius, peccator, consensi et subscripsi. — Valentinus, abbas, directus a domno meo Fylagrio, consensi et subscripsi.

PARDESSUS. Diplomata, chartæ, etc. Tom. I. Paris. 1843. pag. 92.

X

EMÉTÈRE

554

Ce n'est pas sans scrupules que nous maintenons Emétère parmi les évêques de Marseille, ce titre ne lui étant donné par aucun ancien document. Les écrivains qui le lui attribuent ne peuvent pas citer à l'appui un seul témoignage d'auteur contemporain, ni une chronique, ni une liste épiscopale, ni une souscription conciliaire. Tout se réduit pour eux à ceci.

Au concile d'Arles, où l'archevêque Sapaudus rassembla en 554 les évêques des provinces d'Arles, d'Aix et d'Embrun, on trouve une souscription conçue en ces termes : Libère, archidiacre, envoyé par mon évêque Emétère, j'ai souscrit. Le nom du prélat n'est suivi d'aucune indication de siège ; néanmoins le P. Lecointe a cru pouvoir démontrer qu'il devait être évêque de Marseille. Il fait remarquer en effet que tous les évêques de la Provence assistèrent au concile, soit en personne, soit par leurs délégués, sauf ceux d'Embrun, de Saint-Paul-Trois-Châteaux et de Marseille ; et croyant connaître le nom des deux premiers, qui n'est pas Emétère, il conclut que ce dernier devait siéger à Marseille, à moins qu'il ne fût d'une province étrangère.

Il y a dans ce raisonnement deux côtés faibles. D'abord, on ne connaît pas sûrement le nom des évêques d'Embrun et de Saint-Paul en 554, et l'on est obligé d'accepter comme ayant siégé à cette date précise l'un des deux prélats qui figurent avant et après ; comme si un évêque intermédiaire n'était pas possible. De plus, on a négligé de tenir compte de plusieurs sièges provençaux, Riez, Sisteron, Carpentras, qui ne furent pas représentés au concile, et dont les titulaires pourraient réclamer le nom d'Emétère. L'argument n'est donc pas concluant, et il n'est pas certain qu'il faille voir là un évêque marseillais.

Acceptons Emétère comme un évêque douteux, avec Mgr de Belsunce, qui lui-même s'était laissé impressionner par l'autorité de Lecointe, suivi de Baillet, des auteurs de l'Histoire littéraire de la France, et de Denys de Sainte-Marthe. Personne ne sera trompé, puisque l'état de la question est bien connu.

SAINT THÉODORE

566—591

Un passage de Fortunat, auquel personne n'a pris garde jusqu'ici, nous permet de préciser l'époque où saint Théodore fut fait évêque de Marseille. Ce texte se trouve dans la douzième pièce de vers contenue dans le sixième livre de ses œuvres. Le poëte écrivant à Marseille, où était alors Dynamius, notre compatriote et son ami, le charge de saluer pour lui les principaux personnages de la ville, Félix, Albin, Elie, Jovin, et ajoute ces paroles, qui démontrent que l'avènement de notre évêque était encore tout récent : *Sacris Theodori primo lare sedis aplaudo.* J'applaudis au commencement de l'épiscopat de Théodore.

Il n'est pas difficile d'établir en quelle année fut écrite la lettre à Dynamius. Les auteurs de l'*Histoire littéraire de la France* ont déjà remarqué que les petits poëmes compris dans le VIme livre de Fortunat ont dû être composés lorsque cet écrivain était à la cour des rois d'Austrasie, c'est-à-dire en 566, année du mariage de Sigebert et de Brunehaut, qui fait l'objet des premières pièces. En 567, le poëte avait quitté la cour et se trouvait à Poitiers. C'est donc l'année précédente, au mois de juillet ou d'août, que les vers adressés à Dynamius partaient pour Marseille, et l'avènement de saint Théodore doit être de la même année.

De ceci il faut conclure que le fait scandaleux arrivé dans la cathédrale de Marseille le jour de Noël de l'an 573, et raconté par Grégoire de Tours au 44me chapitre du VIme livre de son histoire des Francs, appartient à l'épiscopat de saint Théodore. C'est son archidiacre Vigile qui fut saisi dans l'église même par le gouverneur Albin, sans aucun égard pour la solennité de la fête, et comme arraché de l'autel pour être jeté en prison. Quelques années après, ce fut le tour de l'évêque lui-même, et alors commença cette longue série d'épreuves et de persécutions qui dura autant que sa vie, et dont nous devons le récit au même écrivain.

La ville de Marseille, qui faisait partie du royaume d'Austrasie, fut, à la

3

mort du roi Sigebert, envahie par Gontran, roi de Bourgogne, qui s'en attribua la moitié, au préjudice de son neveu Childebert. Dynamius y commandait en son nom, et comme l'évêque, fidèle à son jeune prince, lui faisait obstacle, il lui tendit des embûches et s'empara de sa personne. Mais l'iniquité était trop évidente ; il fut obligé de le relâcher, et Théodore put, à travers mille périls, se rendre à la cour du roi Childebert, qui le fit rétablir sur son siège par le duc Gondulfe. Grégoire de Tours a raconté comment Dynamius, qui avait fermé à l'évêque et au duc les portes de la ville, tomba dans un piège qu'on lui tendit dans l'église de Saint-Etienne, et se vit forcé de jurer fidélité au roi et à l'évêque. Mais il recommença bientôt ses menées et sut tellement exciter contre celui-ci la colère de Gontran, qu'il ordonna de le lui envoyer chargé de chaînes. On le saisit donc de nouveau, un jour qu'il allait dédier une église hors de la ville, et on le conduisit en la présence du roi. Là encore, son innocence apparut si manifestement, qu'il lui fut permis de retourner à son église.

Quelque temps après, il eut à endurer une nouvelle persécution, à l'occasion de Gondovald, qui se disait fils du roi Clotaire, et qu'on l'accusa d'avoir accueilli à Marseille, et aidé de tout son pouvoir. Théodore fut jeté dans une étroite prison, où il eut beaucoup à souffrir, et le roi proférait à son sujet les plus terribles menaces. On le força à comparaître au concile de Mâcon, mais tandis que ses ennemis espéraient l'y faire condamner, il siégea au concile parmi les évêques, sans qu'aucune mesure fut prise contre lui.

La peste qui désola la Provence, les années suivantes, fut pour lui l'occasion de nouvelles souffrances et de nouveaux mérites. Marseille, ravagée par le fléau à diverses reprises, fut presque entièrement abandonnée par ses habitants, et l'évêque dut se retirer à Saint-Victor, où il ne cessa d'implorer la miséricorde de Dieu pour le salut de son peuple.

Le dernier fait connu de la vie de saint Théodore est la lettre qu'il reçut de saint Grégoire-le-Grand, au sujet des juifs. Ceux-ci s'étaient plaints qu'en Provence on les forçait à recevoir le baptême ; et le Pape recommandait de n'employer à leur égard que la persuasion, sans les contraindre à se faire chrétiens malgré eux. Cette lettre est du mois de juin 591.

Saint Théodore était un homme d'une grande vertu et d'une éminente sainteté : tous les historiens sont d'accord sur ce point. Les persécutions qu'il éprouva étaient dues à des motifs politiques, et ne firent que rendre sa sainteté plus éclatante. Néanmoins, son culte n'est pas ancien ; on n'en faisait point la fête chez nous avant Mgr de Belsunce, qui mit son office dans le propre de 1732. Quant à l'église qui porte son nom à Marseille, elle ne lui est dédiée que depuis le commencement de ce siècle.

XII

SAINT SÉRÉNUS

596—601

Tout ce que l'histoire nous a transmis sur l'épiscopat de saint Sérénus se trouve dans les lettres que saint Grégoire-le-Grand lui écrivit, lesquelles sont au nombre de quatre. En dehors de ces documents authentiques, si nous en exceptons la question de son culte, il n'y a rien de certain, et il faut renoncer à y ajouter quelque chose d'assuré sur sa vie, ses actes ou ses vertus.

On a dit qu'il avait été sacré à Rome par saint Grégoire lui-même. Nous serions bien aise que cela fût vrai ; mais malheureusement nous n'avons là qu'une assertion gratuite, dénuée de toute garantie. Lorsque, assez récemment, un écrivain inépuisable s'avisait de soutenir que depuis saint Sérénus, aucun évêque de Marseille n'avait reçu à Rome la consécration épiscopale, il oubliait de fournir la preuve des deux faits contenus dans sa proposition, faits aussi insoutenables l'un que l'autre. Son affirmation *partait d'un bon naturel*, sans doute, et l'intention était excellente ; mais il aurait été bien embarrassé s'il lui avait fallu prouver son dire.

C'est en 596 que saint Sérénus reçut la première lettre de saint Grégoire, datée du mois de juillet. Elle lui fut apportée par le moine Augustin, futur archevêque de Cantorbéry, que le grand Pape envoyait en Angleterre, avec plusieurs compagnons, pour travailler à la conversion de cette île. Comme ces missionnaires pouvaient avoir besoin, en traversant la France, de direction, d'appui et de secours matériels, ils étaient recommandés spécialement aux évêques de Marseille, de Saintes et de Tours. Ils durent venir par mer dans le port de Marseille, car la voie de terre ne les aurait point amenés dans notre ville, et les recommandations du souverain pontife auraient été adressées à d'autres évêques qu'ils pouvaient rencontrer sur leur route.

Trois ans après, le Pape lui écrivait de nouveau, pour qu'il fît bon accueil à Cyriaque, abbé de son monastère, se rendant auprès de Syagrius, évêque d'Autun. Mais un motif beaucoup plus grave avait dicté cette lettre. Saint Grégoire venait d'apprendre que notre évêque, voyant qu'il y avait à Marseille quelques personnes qui adoraient les images, avait brisé et fait enlever des églises celles qui s'y trouvaient, et il croyait nécessaire de modérer un zèle excessif qui avait troublé les fidèles et scandalisé bien du monde. « Nous louons votre zèle, lui disait-il ; vous avez raison d'empêcher qu'on adore ce qui est fait de main d'homme ; mais vous n'auriez pas dû briser les images. On met des images dans les églises pour que ceux qui ne savent pas lire, voient et lisent sur les murailles ce qu'ils ne peuvent lire dans les livres. Détournez donc le peuple de l'adoration des images, mais laissez les images dans les temples de Dieu. »

Bien que ces reproches lui fussent faits avec une extrême bienveillance, saint Sérénus ne put se persuader que la lettre remise par Cyriaque venait du souverain pontife, et soupçonna qu'elle avait pu être supposée. Le pape, auquel il exprima ses doutes, lui répondit en blâmant ses injustes soupçons, et lui prescrivit ce qu'il devait faire pour éteindre les commencements d'un schisme que ses mesures peu prudentes avaient occasionné. « Attachez-vous, écrivait-il, à ramener les esprits par la douceur. Enseignez au peuple qu'il n'est pas permis d'adorer l'ouvrage des hommes. Dites que vous n'avez brisé les images que parce que vous avez vu qu'on en était venu à les adorer ; que si l'on veut en avoir, selon l'esprit de l'antiquité, pour l'instruction et l'édification des simples, vous n'y mettez aucun obstacle. Ne défendez donc pas de faire des images, empêchez seulement qu'on les adore. D'ailleurs, ne soyez pas ému mais excité par notre correction : c'est l'amour de la sainte église qui nous l'inspire. »

La douceur et la fermeté du pontife durent toucher notre évêque et mettre fin à ses hésitations. En 601, le pape lui donna une marque honorable de sa confiance en lui recommandant les nouveaux missionnaires qu'il envoyait en Angleterre. C'est une preuve évidente qu'il avait reçu une pleine satisfaction.

Sur la fin de sa vie, saint Sérénus entreprit un voyage à Rome, dont nous ne connaissons pas les détails, et, comme il revenait à son église par la haute Italie, il tomba malade à Blandérat, près de Verceil, et y termina ses jours. Son corps y est encore conservé avec beaucoup de dévotion, et honoré d'un culte solennel, comme protecteur du pays.

A Marseille, son culte ne remonte pas très loin. M⁺ᵉʳ de Belsunce établit sa fête le 20 avril 1730 ; et ayant reçu en 1747 une de ses reliques, il publia en son honneur un Mandement et un Abrégé de sa vie. M⁺ᵉʳ Eugène de Mazenod développa l'œuvre de son prédécesseur, alla chercher lui-même à Blandérat un bras entier de saint Sérénus, et fit confirmer son culte à Rome. C'est donc bien mal à propos que la *France pontificale* conteste à notre évêque le titre de saint que le Saint-Siège lui a reconnu en approuvant son office.

AMBROISE

De saint Sérénus à saint Mauront, c'est-à-dire durant près de deux siècles, nous ne connaissons d'une manière certaine aucun des évêques qui ont gouverné l'église de Marseille. Deux noms seulement paraissent devoir être maintenus avec quelque apparence de raison sur notre catalogue ; et bien qu'on ne puisse pas arriver à la certitude à leur sujet, nous ne saurions prendre sur nous de les écarter et d'agrandir ainsi l'immense lacune qui s'y trouve. C'est pour nous un motif que nous croyons suffisant, (et ce sera notre excuse auprès de ceux qui n'admettront pas ce que nous allons dire), de conserver ici les deux évêques en question, qui, s'ils n'ont pas en leur faveur une preuve irrécusable, du moins ont été admis par des hommes de l'opinion desquels il faut tenir compte.

Ambroise aurait siégé en 683. Son nom se trouve dans l'acte de fondation du monastère de Groseau, par Aredius, évêque de Vaison, avec celui de sept autres évêques que le fondateur pria de souscrire ; mais aucun de ces prélats n'a mis, à la suite de sa signature, le nom de son siège. Voici la souscription d'Ambroise : *In Dei nomine, Ambrosius episcopus, rogatus a domno Aredio episcopo, hoc privilegium, salva cannonica institutione firmavi.*

Il semble assez difficile de faire sortir de ce texte la désignation de l'église dont Ambroise était évêque. Néanmoins, Mabillon ayant remarqué qu'Aredius appelle les signataires ses comprovinciaux, en a conclu que tous ces prélats devaient être de la province d'Arles, et a cru reconnaître dans Ambroise l'évêque de Marseille

Nous croyons avec le savant bénédictin que les huit évêques sont en effet ceux de la province d'Arles ; mais nous ne voyons pas pourquoi Marseille doit prendre pour sa part Ambroise plutôt qu'un des autres prélats nommés avec lui. Ce n'est donc qu'à titre provisoire, et par déférence pour le grand nom de Mabillon, que nous avons laissé ce personnage sur notre liste.

XIV

SAINT ABDALONG

VIIIme SIÈCLE ?

L'épiscopat de saint Abdalong n'est guère mieux assis que celui d'Ambroise, ou plutôt, il l'est beaucoup moins ; car l'existence de celui-ci est hors de doute, tandis que celle du premier ne l'est pas. Elle n'est garantie en effet que par le martyrologe gallican de Du Saussay, qui n'a pas d'autorité, et par Molanus, qui dit avoir vu son nom dans les additions au martyrologe d'Usuard.

Quel est l'exemplaire du martyrologe d'Usuard dans lequel ce nom aurait été ajouté, et quelle peut être la valeur de cet unique manuscrit? Nous l'ignorons. En fait, la meilleure édition de ce martyrologe, donnée par le P. Sollier, qui a ramassé dans des manuscrits de diverses provenances des additions nombreuses, ne mentionne saint Abdalong que sur le témoignage de Molanus. Il faut en conclure que l'existence de cet évêque ne repose pas sur un fondement solide.

Malgré le titre de saint qu'on lui donne, il n'a jamais eu aucun culte à Marseille. Quand le *Gallia Christiana* dit que la tradition de notre église lui est favorable, il se trompe ; aucun de nos livres n'en parle. Les Bollandistes ne l'ont mentionné que parmi les *prætermissi* du premier jour de mars. On n'est pas même d'accord sur l'époque où il vivait. Du Saussay le fait succéder à saint Sérénus, et fait de lui un éloge des plus précis, comme s'il possédait des documents antiques, qui lui en eussent fourni la matière. Plus communément, on s'accorde à le placer au temps des invasions sarrasines, dont il aurait été le témoin, et Mgr de Belsunce lui assigne les années 716 à 737. Mais tout ceci est incertain et ne saurait former que des conjectures, n'étant basé sur rien de positif, sur rien d'ancien.

Si donc nous le laissons à la place où on l'a mis avant nous, c'est pour ne pas trancher définitivement une question douteuse sans avoir en mains une preuve décisive, et par égard pour l'opinion des écrivains qui l'ont accepté.

SAINT MAURONT

780

Saint Mauront gouvernait l'église de Marseille du temps de Charlemagne, et il avait sous son administration l'antique abbaye de Saint-Victor, alors désolée, dépouillée, et comme réduite en solitude. C'est à ce titre que nous le verrons figurer dans les pièces où il est question de lui.

S'il fallait ajouter foi à ce qui est dit dans son office actuel, il aurait pris l'habit religieux dans ce monastère sous l'abbé Magne, y aurait fait sa profession, et en serait devenu abbé régulier, avant d'être évêque de Marseille. Ces faits nous trouvent incrédule. Nous croyons que saint Mauront ne fut abbé de Saint-Victor que comme les autres évêques ses successeurs, qui, sans être religieux, eurent, à défaut d'abbés, l'administration de l'abbaye et de ses biens, soit qu'il y fût resté quelques moines, soit qu'on y eût établi des clercs séculiers. Rien d'un peu ancien ne donne à notre saint le titre de moine et d'abbé. Quant aux leçons du Propre, elles manquent complètement d'autorité, puisqu'elles ne datent que de 1732 et ne s'appuyent sur aucune tradition.

L'abbaye marseillaise avait été dépouillée de ses domaines, dans des temps de troubles. Le 23 février 780, douzième année du règne de Charlemagne, saint Mauront comparut à Digne par devant les *missi dominici*, pour demander la restitution de la villa de Chaudol que le patrice Nimphidius et sa femme avaient donnée à Saint-Victor, et qu'on lui avait enlevée par la violence. Il produisit les titres de propriété, et de nombreux témoignages ayant confirmé la légitimité de ses réclamations, les commissaires royaux firent rendre au monastère les biens qu'on lui avait injustement ravis.

C'est là tout ce que l'on savait jusqu'ici sur notre évêque ; mais une charte encore inédite, dont on lira le texte ci-dessous, nous permet d'ajouter à sa vie de curieux détails. Saint Mauront fit un voyage au château d'Héristal, pour porter ses plaintes au roi lui-même. Il ne réclamait pas seulement Chaudol, mais aussi la villa Bedata (Rognes) et la villa d'Orbesio (Sorps ?) au diocèse de Riez, dont le patrice Anténor s'était violemment emparé, lorsque la Provence se révolta contre Pepin d'Héristal, le bisaïeul de Charlemagne. Celui-ci ordonna qu'il fût fait sur place une enquête pour vérifier les allégat'ons de l'évêque ; et c'est le rapport qui lui fut adressé par un de ses envoyés qui nous révèle ces faits jusqu'à présent inconnus.

Saint Mauront mourut le 21 octobre 780, et eut son tombeau à Saint-Victor. Sa fête est dans tous nos livres d'offices ; et son culte, dont on ne saurait indiquer le commencement, n'a jamais cessé à Marseille. Voici la charte inédite qui le concerne, et que nous avons déjà annoncée.

In nomine domini nostri Ihu. Xpi. Breve commemoratorio qualiter pro ordinacione vir inclitus gloriosus seu domino nostro Karolo rege Francorum et Langobardorum, seu patritio Romanorum, scilicet Vernarius, servus vester, memorari vobis credimus, domine, qualiter in palacio Aristalio Maurontus, episcopus sedis Massilie, suggessit, et cartas vobis exinde ostendit ad relegendum... de villa cognominante Bedata, que sita est in pago Aquense ; similiter et de villa cognominante Orbesio, que sita est in pago Regense ; etiam et de villa Caladio, que sita est in pago Dignense ; qualiter ipsas villas, per ipsa istromenta, ad casas Dei Sancte Marie et Sancto Victori, civitatis Massilie, relatas fuerint, et ipsas pars ipsius ecclesie possedissent. Et vos, domine, nobis de verbo vestro commendastis ut nos hoc diligenter, juxta legis ordinem, per illos pagenses ingenuos homines qui hoc bene cognoscere debent, inquirere debuissemus, quod ita et fecimus, si possessio exinde fuisset ex partibus supradictis ecclesiis... Set nos, domine, juxta et quod nobis exinde commendastis, taliter hoc inquisivimus, et sic veracius exinde invenimus, quomodo ipsas casas ecclesie Dei, vel hactori ipsius ecclesie, ipsas villas possederunt. Et illi pagenses ingenui homines sic in omnibus testimoniaverunt quod ipsi viderant ipsas villas partibus supradictis ecclesias possidere et dominare, et carta reclamatione exinde viderunt qualiter Abbo, patricius condam, ante avio vestro Charlo reclamavit quod Antenor patricios, ut quod condam pro malo ingenio et forcia, quando Provincia revellavit contra bisavio vestro Pipino, Antenor ipsas villas partibus suis ad probrio se dixit abere, usque quod ipse in ipso revellio vixit... ipsius ecclesie abstulit. Set avius vester Charolus Abbone patricio ad partibus de ipsas supradictas ecclesias revestire fecit ; et post mortem ipsius Abbone, Ardingus ille Allamannus ipsas casas ecclesie Dei Massiliensis, intemerato hordine... disvistivit, et Adhisimberto suo vasso hoc beneficiavit. Et postea, pro hac causa, ipsas casas ecclesie Dei Sancte Marie et Sancto Victori martiris comperdutas... in vestra elemosina quicquid exinde facere aut ordinare... Cetera desunt. (Arch. des B.-du-Rh. S. Victor.)

YVES

Quand saint Mauront se rendait à Digne à la fin de février 780, il était dans les derniers mois de sa vie, et dès le 12 mars de l'année suivante, nous voyons un autre évêque siéger à sa place. C'est Yves, dont nous ne connaissons guère que le nom, qui se trouve dans la donation du château de Nans à Saint-Victor, par Sigofredus et Eurileuba, sa femme. Il est désigné dans cet acte, le seul qui parle de lui, avec les qualités d'évêque, recteur et gouverneur de l'abbaye ; et comme son titre d'évêque n'est pas suivi du nom de son siége, on s'est demandé s'il fallait voir réellement en lui un évêque de Marseille.

Que cela fasse une difficulté pour ceux qui ne connaissent pas notre histoire, on peut l'admettre ; mais pour nous qui savons, et qui allons constater à chaque pas, que l'abbaye marseillaise n'eut pas d'autres administrateurs à cette époque que les évêques de Marseille, et qu'eux seuls la gouvernèrent, la difficulté n'existe pas. Nous avons déjà vu saint Mauront agir comme représentant de Saint-Victor ; il en sera de même de tous ses successeurs durant deux siècles, et tous les actes la concernant, tous les priviléges qui lui seront concédés, seront sollicités et obtenus par nos évêques. Il n'est donc pas douteux que Yves gouvernait, comme eux, en même temps l'évêché de Marseille et l'abbaye.

Nous avons dit que ce prélat siégeait le 12 mars 781. Cela résulte de la charte de donation de Nans, faite la treizième année du règne de Charlemagne ; mais comme cette pièce porte l'indiction IX, qui ne concorde pas avec la susdite année, les nouveaux Bollandistes ont jugé à propos, contre toute raison, de la dater de 787. Il est pourtant bien facile de comprendre que le copiste a pu écrire l'indiction IX au lieu de l'indiction IV, en confondant deux chiffres qui se ressemblent. Pour un motif semblable, ils ont reporté la mort de saint Mauront à 786. Mais de tels changements nous semblent inacceptables quand les notes chronologiques peuvent se concilier par la simple addition ou le retranchement d'une unité, procédé toujours admis quand il s'agit d'une copie.

XVII

WADALDE

814—818

Le classement des dix évêques de Marseille qui se partagent les IXme et Xme siècles, et sur lesquels nous avons fort peu de renseignements, ne laisse pas de nous causer quelque embarras ; car, si la plupart d'entr'eux nous sont connus par des chartes datées, il en est trois sur lesquels nous n'avons aucune indication chronologique. Mgr de Belsunce a rangé Gulfaric et Babon immédiatement après Yves, mais sans aucune raison plausible ; pour des motifs que nous exposerons quand le nom de chacun d'eux reviendra, nous ne croyons pas pouvoir le suivre, et nous commençons par Wadalde.

Wadalde passa en 817 une convention avec divers particuliers pour des terres appartenant à Saint-Victor, près de la Durance, au comté d'Arles. L'acte est du 23 mai, et de la quatrième année de Louis-le-Débonnaire. Mais ce qui a surtout rendu son nom célèbre, c'est le Polyptyque qu'il fit faire quatre ans auparavant ; lequel, découvert seulement de nos jours, a été publié par les éditeurs du Cartulaire de Saint-Victor, et a donné lieu à de curieux travaux de MM. Mortreuil et Blancard.

Par un capitulaire de l'an 812, Charlemagne avait prescrit d'inventorier les biens des évêchés et des abbayes. Wadalde s'était empressé d'obéir, et dès l'année 814, qui correspond à l'indiction VII, il dressait l'état des possessions de son église, y compris les domaines de Saint-Victor, avec le rôle de toutes leurs dépendances, des serfs ou mancips attachés à chacune, et des redevances qu'ils devaient payer. C'est ce que l'on nomme le Polyptyque de Wadalde.

Nous n'analyserons pas le précieux rouleau qui aura bientôt onze siècles. Disons seulement que la première villa décrite, *Villa nono* ou *Campania*, que l'on a placée à Venelles et à Peyrolles, est assurément *Campagne*, entre les Pennes, Septèmes, Cabriès et Bouc. *Villa nono* signifie *la villa du neuvième mille* sur la route de Marseille à Aix, laquelle s'étendait jusqu'au quatrième mille, *in Quarto* (ch. 71, 72) et comprenait une obédience au septième mille, *in Septimo* (ch. 30, 67) qui est Septèmes. Ceci est indubitable.

XVIII

THÉODEBERT

822—841

On croit communément que Théodebert était archidiacre de l'église de Marseille avant d'en être évêque ; et c'est lui, selon toutes les apparences, dont le nom figure à côté de celui de Wadalde dans la charte de 817. Il ne faudrait pas qu'on s'étonnât de l'y voir appelé *Teotbertus*, pas plus que de trouver ce même nom écrit ailleurs *Teutpertus*. C'est l'orthographe de l'époque, qui n'avait de constant que ses variations.

Théodebert obtint pour l'abbaye de Saint-Victor trois diplômes impériaux, qu'il alla solliciter en personne. Le premier est de Louis-le-Débonnaire, et en date du 1er novembre 822. Charlemagne avait donné à l'abbaye les droits que le fisc percevait sur le sel et les autres marchandises que l'on venait charger près de la villa de *Leonio*, aujourd'hui l'étang de Lion, et aussi les droits de douane et d'ancrage que devaient payer les bâtiments arrivant d'Italie dans le port de Marseille et abordant à la rive qui est sous le monastère. C'est pour obtenir la confirmation de ce privilége que notre évêque se rendit en 822 auprès de l'empereur, alors en son palais d'Isembourg, sur le Rhin ; et celui-ci accueillant ses prières, renouvela la donation que son père avait faite.

Vingt ans après, Louis étant mort et ayant été remplacé par son fils Lothaire, Théodebert entreprit un second voyage jusqu'à Aix-la-Chapelle, pour demander une nouvelle ratification des priviléges concédés à son abbaye par les empereurs carlovingiens. Il fut aussi heureux cette fois que la première, et revint à son siége, rapportant deux diplômes de Lothaire. Par le premier, celui-ci confirmait tout ce qu'avaient accordé son père et son aïeul ; par le second, il prenait le monastère sous sa protection et sauvegarde spéciale et lui accordait les immunités les plus étendues, défendant à ses officiers de lui imposer aucune charge ni aucune contribution.

C'est tout ce que l'on sait de la vie de ce prélat, si zélé pour les intérêts de l'abbaye confiée à ses soins.

ALBOIN

Ainsi que son prédécesseur, Alboin est connu uniquement par un acte où il intervient comme chef et défenseur de l'abbaye marseillaise. Le récit nous en a été conservé par une des plus curieuses chartes du Cartulaire; et bien qu'Alboin n'y soit pas dit évêque de Marseille, mais simplement évêque, personne ne lui a jamais contesté ce titre, tellement il est certain que le gouvernement de l'abbaye était alors entre les mains des évêques de Marseille. Ceci doit nous servir de guide pour nous diriger dans un cas semblable.

Nous avons vu ci-dessus que Théodebert avait fait deux voyages en Allemagne, pour obtenir des empereurs Louis et Lothaire la rénovation du privilège concernant les droits de douane dans la villa de *Leonio*. C'était une question très importante pour l'abbaye qui, ayant des domaines fort considérables sur la côte orientale de l'étang de Berre, en tirait de notables avantages pour leur exploitation, et pour la vente du sel qui s'y recueillait par grandes quantités. Mais bien que le diplôme de Lothaire fut encore tout récent, les officiers impériaux n'en avaient pas tenu compte, et faisaient percevoir au profit du fisc les droits attribués aux moines de Marseille.

Alboin prit en main l'affaire de l'abbaye. Le vicaire du comte Adalbert étant venu tenir un plaid dans la villa de Cadarosc, près de Berre, Alexandre, avocat de l'évêque et de Saint-Victor, y dénonça les agents du fisc qui avaient usurpé ce qui appartenait à l'église. On lui opposa vainement que le fisc était en possession. La production des quatre diplômes munis de leurs sceaux, qui contenaient la donation impériale, et les dépositions de nombreux témoins attestant sous serment qu'ils avaient toujours vu, depuis le comte Leibulfe, Saint-Victor disposer des droits qu'on lui contestait, sans aucune intervention des comtes d'Arles ou de leurs vicaires, terminèrent le procès. On restitua aux moines ce qu'on leur avait enlevé, et il fut dressé un acte public du jugement. Tel est l'acte qui nous a appris le nom d'Alboin.

XX

GULFARIC

863?

———

Aucun catalogue n'avait encore fait mention de Gulfaric et l'on ignorait complètement son nom, lorsque Louis-Antoine de Ruffi, l'historien de Marseille, le découvrit dans les archives de Saint-Sauveur. Il l'inséra aussitôt dans son histoire des évêques de notre ville, qui malheureusement est restée manuscrite, et Mᵍʳ de Belsunce, en ayant eu connaissance, le fit figurer dans son ouvrage. Désormais, sa place est assurée sur la liste de nos prélats, quoique, en dehors de son nom, on ne sache de lui qu'un fait insignifiant, l'état dressé par ses ordres, d'un des domaines de son église.

Il est bien difficile de déterminer la date de son épiscopat, parce que tout ce qu'on en sait, c'est qu'il siégeait en une année où tombait l'indiction XI. Nous tenons cependant à la fixer un peu mieux qu'on ne l'a fait jusqu'à ce jour, et à dire pourquoi nous n'acceptons ni la date adoptée par Ruffi, ni celle que Mᵍʳ de Belsunce a préférée.

Celui-ci a mis Gulfaric en 788, sans en donner une seule raison, et uniquement parce qu'on comptait, cette année-là, la onzième indiction. Or il nous semble évident que les descriptions de terres et de serfs au milieu desquelles paraît le nom de Gulfaric, et dont nous allons donner le texte, n'ont pu être faites que postérieurement au capitulaire de Charlemagne de 812. Et comme ce qu'ordonnait ce capitulaire fut immédiatement exécuté par Wadalde, qui inscrivit dans son Polyptyque la liste précise et détaillée des biens et des hommes de son église, il est hors de doute que les inventaires dont on verra ci-dessous les sommaires, et qui ne sont que des suppléments à celui de 814, n'ont pu venir qu'assez longtemps après.

Mᵍʳ de Belsunce a donc placé Gulfaric trop tôt, en le mettant en 788 ; de son côté Ruffi, en le renvoyant en 908, l'a mis trop tard. Outre que le choix de cette date, fait sans motif déterminant, est purement arbitraire, il en résulte qu'en s'y tenant il n'y a plus assez de place pour Babon et Venator, qui dans notre texte suivent Gulfaric. Aussi pour être moins gêné, Ruffi a changé arbitrairement encore l'ordre des noms, mettant Venator le premier, et assignant le dernier rang à Babon ; en quoi nous croyons qu'il a été mal inspiré. ·

Quant à nous, bien que l'ordre où sont rangés Gulfaric, Babon et Venator, ne nous semble pas hors de toute contestation, n'ayant point de fil conducteur pour le modifier et ne voulant pas faire un nouvel acte arbitraire, nous l'acceptons tel qu'il est. Pour placer Gulfaric sans tomber dans les inconvénients signalés, après avoir cherché au IXme siècle, depuis Wadalde, une année de la onzième indiction qui ne soit pas occupée par un autre évêque, nous n'en voyons aucune qui lui convienne mieux que 863. Toutes les autres, examinées de près, offrent des impossibilités qui ne sont pas ici. Nous nous en tenons donc à cette date, en attendant que des documents plus explicites viennent éclairer d'un jour nouveau cette question épineuse.

Les textes découverts par Ruffi, d'où sont sortis les noms de trois évêques de Marseille, sont des fragments, ou plutôt des titres de chapitres d'un Polyptyque, et nous croyons qu'ils ont dû faire partie du rouleau de Wadalde, actuellement incomplet d'une ou de plusieurs peaux. Nous les reproduisons ici, parce qu'ils n'ont été imprimés qu'une seule fois, dans le livre de Mgr de Belsunce, et fort incorrectement. On y cherchera vainement le *de Illide colla* qui a donné lieu à des commentaires fantaisistes. Nous les donnons d'après l'autographe de Ruffi, sauf le n° 8 qui est de la *Statistique des Bouches-du-Rhône.*

1. *Descriptio mancipiorum de agro Albuciano. Col[onica]in Plumbarias ; Teloneus, megerius, cum uxore Ermengarda. Habemus juxta fluvium Gerre campo Sancti Victoris. Habemus inibi de col[onic]a tertiam partem de terras Sanctœ Mariœ.Habemus pratum Sanctœ Euphemiœ et Sancti Baudilii ab integro, quos Honoratus corepiscopus in beneficio habet.*

2. *Descriptio mancipiorum de villa Salone, factum tempore Carlomani regis, et Rostagni, archiepiscopi Arelatensis, anno primo.*

3. *Descriptio mancipiorum de agro Donnustes, factum tempore* GULFARICI, *episcopi Massiliensis, indictione XI.*

4. *Descriptio mancipiorum de valle Ovacina,factum tempore* BABON *episcopi.*

5. *Descriptio mancipiorum de agro Massiliensi, factum tempore* VENATORIS *episcopi, decimo anno episcopatus ejus.*

6. *Descriptio mancipiorum de agro Columbario, factum tempore* GUADALDI *episcopi, indictione XI.*

7. *Descriptio mancipiorum de agello Cellas, factum tempore supradicti episcopi, indictione XI.*

8. *Descriptio mancipiorum de villa Podiolum, juxta fluvium Uvennœ, factum tempore supradicti episcopi, indictione XI.*

XXI

BABON

870?

Nous voici, en abordant l'épiscopat de Babon, dans la même situation où nous nous sommes trouvés vis-à-vis de Gulfaric. Mgr de Belsunce a pensé, et ses fidèles satellites ont répété, que cet évêque vivait en l'an 800 ; la *France ponti-ficale* ajoute qu'il assista au concile d'Arles de 813, et qu'il mourut cette même année. Or, la preuve de ces faits n'existe pas, et un simple coup d'œil sur l'histoire à cette époque suffit pour les faire rejeter.

Le nom de Babon est resté attaché à une forteresse bâtie sur les hauteurs de Saint-Laurent, pour servir de refuge aux Marseillais dans les mauvais jours des invasions ; et depuis que l'épiscopat de celui-ci est devenu certain, grâce au texte découvert par Ruffi, il est facile de comprendre que le Château-Babon a été ainsi appelé du nom du prélat qui le fit construire. Ceci nous indique approxi-mativement la date de cette construction et de celui qui la fit faire. Vouloir que le Château-Babon date du règne de Charlemagne, du moment où le grand empereur refoulait en Espagne les Sarrasins, et où nos contrées jouissaient d'une tranquillité parfaite, c'est un système que nous ne discuterons pas, tant il est absurde.

Faudra-t-il donc admettre l'opinion de Ruffi, qui a retardé Babon jusque vers 920 ? Pas davantage. Le besoin d'un lieu de refuge avait dû se faire sentir à Marseille bien auparavant. Sous les faibles successeurs de Charlemagne, toute sécurité avait disparu en Provence, et les Sarrasins et les Normands l'envahis-saient à tout instant. Marseille fut prise et pillée. Le comte Gérard enlevait nos reliques. Saint Rolland, archevêque d'Arles, tombait victime des pirates. Rappelons-nous le concile de Mantaille élisant le roi Boson, parce que le pays était livré sans protection aux violences des ennemis intérieurs et extérieurs. Voilà l'époque où Babon dut construire sa forteresse.

Dans la charte 28 du cartulaire de Saint-Victor figure, en 840, un diacre marseillais nommé Babon, nom excessivement rare. Nous croyons que c'est le futur évêque, et son épiscopat ne peut guère être reculé que d'un quart de siècle.

XXII

LÉODOIN

875?—879

En l'année 878, le pape Jean VIII quitta l'Italie, et vint par mer à Arles, pour la fête de Pentecôte. Parmi les nombreux prélats qui s'empressèrent de se réunir autour de lui se trouve nommé Léodoin, évêque de Marseille, que l'on croit avoir assisté, trois ans auparavant, à un concile à Mâcon. Mais si ce dernier fait n'est pas hors de doute, sa présence à Arles, pendant le séjour du Souverain Pontife, ne saurait être contestée.

Le Pape lui-même en parle dans une de ses lettres, où, faisant le récit de ce qui s'était passé après son arrivée à Arles, il raconte ce qu'il avait dû faire en faveur de l'abbaye de Saint-Gilles. L'évêque de Nîmes s'était rendu maître de ce monastère, soumis de droit au Saint-Siège, et l'abbé ayant demandé d'être affranchi de son joug, le pape Jean ordonna aux évêques romains et provençaux qui étaient présents, d'étudier la cause et de lui en référer. Sur leur conseil, il se prononça pour l'abbaye et l'exempta de la juridiction épiscopale. Notre évêque figure au nombre des prélats consultés, sous le nom un peu altéré de *Litidinus*, nom qui est écrit ailleurs *Lituinus*, *Leudoinus* et *Leodoïnus*

Nous ne trouvons pas Léodoin au concile que Jean VIII alla tenir à Troyes, quoiqu'il nous semble difficile qu'il ait pu se dispenser de s'y rendre ; mais nous le voyons reparaître l'année suivante, dans une circonstance solennelle. Le 15 octobre 879, vingt-trois évêques se réunirent à Mantaille, pour pourvoir aux besoins du pays privé de souverain et exposé à une perte totale ; unanimement ils élurent roi de Provence le duc Boson, qui était l'un des plus grands seigneurs de l'époque, puisqu'il avait pour femme la fille unique de l'empereur Louis II, et que sa sœur avait épousé Charles-le-Chauve. Léodoin prit part aux actes de cette assemblée, avec son métropolitain et la plupart de ses comprovinciaux.

La mort de cet évêque est fixée au 12 de mars par le Nécrologe de l'église de Marseille, dont nous avons retrouvé une copie à Paris : *Quarto idus martii, obiit dominus Leudoinus, episcopus Massiliensis.*

XXIII

BÉRENGER

884—886

Bérenger dut être le successeur immédiat de Léodoin, car l'intervalle qui sépare la dernière date de l'un et la première de l'autre est si court qu'il est permis de croire à une succession directe. Il était déjà sur le siége épiscopal au commencement de 884, et cette fois encore, c'est comme administrateur, défenseur ou protecteur de Saint-Victor, que nous le voyons intervenir, en sollicitant la restitution d'une propriété enlevée à l'abbaye.

La villa de Sillans, qui, bien qu'englobée dans le comté de Fréjus, faisait partie de celui de Marseille, était devenue, comme tant d'autres, la proie de ceux qui avaient gouverné la Provence durant le temps des invasions et des bouleversements qui les avaient accompagnées. En 884, elle était tombée dans le domaine royal. Mettant à profit cette circonstance, Bérenger se rendit à Compiègne, auprès du roi Carloman, et ayant su intéresser à sa cause le célèbre Hugues-l'Abbé et Frotaire, archevêque de Sens, qui employèrent leur crédit en sa faveur, il obtint du roi la restitution intégrale de la villa à l'église de Sainte-Marie et de Saint-Victor, placée, dit notre document, sous sa protection pastorale. Ce diplôme est daté, dans le Cartulaire, de la VIIme année de Carloman, qui ne régna pas six ans entiers ; mais l'original qui existe encore, porte en toutes lettres l'an VI, et fait ainsi disparaître toute difficulté.

Bérenger assista, le 17 novembre 886, au concile tenu par Théodard, archevêque de Narbonne, au Port, petite localité entre Maguelone et Nîmes, pour étouffer un schisme survenu dans quelques églises espagnoles qui dépendaient de sa métropole. Pour plus de solennité, les évêques de la Provence y avaient été appelés, et plusieurs y furent présents avec les trois archevêques d'Arles, d'Aix et d'Embrun. Le nom de Bérenger est cité dans les actes de ce concile, et c'est la dernière fois qu'il est question de lui, le *Gallia christiana*, qui le mentionne encore à la date de 890, ayant oublié de dire où il en a retrouvé les traces.

5

XXIV

VENATOR

FIN DU IXme SIÈCLE

————

« On donne pour successeur à Bérenger, a dit Mgr de Belsunce, Venator, dont l'épiscopat est certain, mais dont le temps est incertain. » Ceci n'a pas empêché notre évêque historien de marquer successivement à côté de son nom les années 887, 888, 890 et 902 ; mais il faut reconnaître que ces dates n'ont rien d'assuré, parce qu'aucune charte datée ne porte le nom de Venator. Tout ce que nous savons de lui se trouve dans la pièce que nous avons donnée ci-dessus, sous l'épiscopat de Gulfaric, laquelle, en même temps qu'elle nous garantit son existence, nous fournit à son sujet deux renseignements précieux.

Le premier, c'est que du temps qu'il occupait le siége de Marseille, il fut fait un dénombrement des serfs de Saint-Sauveur dans le terroir de notre ville. Cet acte dut être exécuté par les soins de l'évêque, comme ceux du même genre qui furent faits pour Saint-Victor, parce que l'abbaye marseillaise des religieuses était alors dans un état plus triste encore que celle des hommes, et devait autant que celle-ci se trouver sous l'autorité épiscopale. En tout cas, l'épiscopat de Venator doit être admis au même titre que ceux de Gulfaric et de Babon, d'Yves et d'Alboin, qui reposent sur des preuves identiques. Le *Gallia christiana* n'a pas eu raison de l'exclure, et il faut admettre ce dernier ou repousser tous les autres.

La seconde chose que nous savons de Venator c'est qu'au moment où se fit ledit dénombrement, il était dans la dixième année de son épiscopat. Ceci oblige, si l'on veut rester dans les probabilités, à le fixer à une époque où il y ait dans le catalogue une lacune considérable, parce que, au-delà de ces dix ans, il a pu siéger longtemps encore. C'est pour cela que tous l'ont placé à la fin du IXme siècle, la liste étant complètement libre de 886 à 923.

Enfin, nous ajouterons comme dernier renseignement, pour ne rien perdre de ce que nous savons sur cet évêque, qu'il mourut le 6 avril, ainsi que nous le lisons dans le Nécrologe de notre église : *Octavo idus aprilis, obiit dominus Venator, Massiliensis episcopus.*

XXV

DROGON

923 — 924

Avec Drogon, nous entrons en pleine histoire, c'est-à-dire que, si nous devons rencontrer encore bien des difficultés qui arrêteront parfois notre marche, du moins nous n'aurons plus à poser la question de la réalité des personnages inscrits sur notre liste, ni celle de l'époque à laquelle ils ont pu vivre. Nous avons en effet pour Drogon trois chartes datées, qui mettent hors de contestation ces deux points importants, et fixent de la manière la plus claire le temps où l'église de Marseille l'avait à sa tête.

C'était une époque désastreuse. Les Sarrasins, qui devaient bientôt être balayés du sol de la Provence, redoublaient d'audace de jour en jour, et leurs incursions sans cesse répétées avaient réduit à la plus extrême misère l'évêque de Marseille et ses chanoines. Il leur fallut faire appel à la charité de Manassès, archevêque d'Arles, qui, pour leur assurer le nécessaire, céda à Drogon les revenus de l'abbaye de Saint-André-de-la-Cape, en Camargue, et les églises de Fos et de la Valduc. L'acte est du 13 juin 923, et c'est la première pièce du cartulaire de Saint-Victor.

Drogon était vraisemblablement originaire d'Arles, dont le clergé fournissait alors de nombreux évêques aux églises provençales. Les trois documents par lesquels il nous est connu, sont tous datés d'Arles. Dans le même mois où il obtint de Manassès la faveur que nous venons d'enregistrer, il fut présent dans la même ville, à une convention que ledit archevêque passa avec un nommé Roubaud pour des propriétés de son église à Laurade.

Le 18 juin 924, Drogon était encore à Arles, et, en qualité d'avocat de Saint-Victor, cédait un domaine situé au diocèse d'Uzès, lequel reviendrait à l'abbaye après la mort des acquéreurs. Cette charte, datée de la 34ᵐᵉ année de Louis l'aveugle, est bien de l'an 924, et non de 934, comme l'a cru Mᵍʳ de Belsunce, comptant les années de Louis comme empereur. Malgré l'appui qu'un historien récent a donné à notre illustre prélat, en adoptant son erreur, le calcul est inadmissible, ce prince n'ayant point eu 34 ans d'empire.

XXVI

HONORAT II

948—976?

Honorat était frère de Guillaume qui fut le premier vicomte de Marseille. C'est encore d'Arles que dut nous venir cet évêque ; car sa famille, comme nous le verrons mieux à l'article suivant, tenait un rang élevé à la cour des comtes de Provence, alors comtes d'Arles, et l'épiscopat d'Honorat commença longtemps avant que Guillaume eut obtenu la vicomté et fût venu s'établir dans notre ville. Il ne faudrait donc pas attribuer sa nomination à la position que son frère occupa à Marseille.

Nous le connaissons comme évêque dès l'année 948. Il fut un des nombreux témoins qui assistèrent à Arles, le 7 octobre, à un acte d'échange conclu entre l'archevêque Manassès et Theucinde, la pieuse fondatrice de Montmajour, lequel fit passer aux mains de celle-ci le local où elle établit quelque temps après le célèbre monastère bénédictin.

Ce que Theucinde allait faire à Arles, Honorat le fit à Marseille, où il restaura l'illustre abbaye de Saint-Victor, y rétablit la vie monastique, et donna des Abbés aux religieux qu'il y avait introduits. Nous avons les noms de quatre de ces abbés réguliers du Xme siècle, Bernard, Adalard, Pons et Hugues ; et bien que la restauration définitive de l'abbaye ne date que du siècle suivant, Honorat n'en a pas moins l'honneur de l'avoir commencée. Il voulut aussi pourvoir aux besoins des nouveaux moines marseillais. Il leur rendit de nombreux domaines qui avaient jadis appartenu au monastère, et qui étaient alors unis à son évêché. Il réclama avec zèle la restitution de ceux de leurs biens que des particuliers et le comte de Provence lui-même détenaient injustement, et les autorisa à rechercher les anciennes propriétés de Saint-Victor, et à en poursuivre le recouvrement. Il fut ainsi le vrai restaurateur de l'abbaye.

La mort d'Honorat arriva le 6 février, après qu'il eut siégé un peu moins de trente ans. Le Nécrologe marseillais n'en dit pas l'année, et se contente de l'annoncer en ces termes : *Octavo idus februarii, obiit dominus Honoratus, episcopus Massiliensis.*

PONS I

Le 18 août de l'année 950, le roi Conrad inféoda la vallée de Trets à Arlulfe, l'un des grands seigneurs de notre pays et des principaux officiers du comte de Provence. Arlulfe est la souche des vicomtes de Marseille ; il fut père de Guillaume, le premier de nos vicomtes, d'Aicard, qui mourut sans descendance, et aussi de l'évêque Honorat que nous savons être frère de Guillaume. Celui-ci épousa Belielde, qui lui donna trois fils : Pons, Guillaume et Fouque. Pons succéda à son oncle Honorat et fut évêque de Marseille, les deux autres en furent les vicomtes, après leur père. Tous ces faits résultent si clairement de chartes authentiques et incontestables, qu'il serait inutile de s'arrêter à les discuter en détail.

Pons n'est pas connu dans l'histoire avant le 6 du mois de mars 977. Nous avons à cette date l'acte par lequel il céda à son père la terre de Campagne qui appartenait à son église. C'était un immense domaine, allant de Bouc à l'étang de Berre, du Pin à la limite actuelle de la commune de Marseille, par conséquent la même chose que *Villa nono* qui forme le premier chapitre du Polyptyque de Wadalde. Le mauvais état dans lequel cette propriété se trouvait engagea Pons à la confier à sa famille, pour la faire remettre à neuf, y attirer des fermiers qui la cultiveraient et y planteraient des arbres et des vignes, à la condition que les vicomtes en auraient la moitié, tandis que l'autre moitié reviendrait à l'église. Ce n'était donc pas une donation gratuite, et les chanoines de Marseille souscrivirent volontiers cet acte de bonne administration, qui leur promettait d'excellents résultats

En 984, un arrangement identique fut conclu pour les domaines que l'église de Marseille avait au Plan d'Aups, à Riboux, à Mazaugues. Le vicomte s'engageait à faire travailler et renouveler les terres qui lui étaient remises, dont la moitié devait lui demeurer en alleu, le reste faisant retour à l'évêché. C'est ainsi que Pons améliorait et augmentait pour l'avenir la dotation de son siége, en rendant productives, sans qu'il en coûtât rien, de grandes propriétés épuisées et délaissées, qui allaient devenir d'importantes prébendes, nonobstant la diminution qu'elles avaient subie dans leur étendue.

Il entreprit aussi de mener à bonne fin ce que son prédécesseur avait commencé pour la restauration de l'abbaye de Saint-Victor. Il en fut le généreux protecteur, lui prodiguant ses largesses et ses bienfaits, au point qu'une charte de 1001 le nomme l'*évêque de Saint-Victor* (ch. 74). Il lui donna pour abbé le Bienheureux Wifred, qui mit le monastère dans un merveilleux état de prospérité et en assura l'avenir, en ayant pris le gouvernement lorsqu'il n'y avait que cinq religieux, et en laissant cinquante à sa mort. Muni du consentement du Pape et du Roi, il l'émancipa de toute autorité étrangère, voulant qu'il vécut de sa vie propre et indépendante, sous la règle de saint Benoît et la direction de ses Abbés, comme les autres monastères réguliers, sans être assujetti à quelque personne que ce pût être, si ce n'est à titre de défenseur.

Son vieux père, le vicomte Guillaume, sentant arriver la fin de ses jours, avait voulu terminer sa vie sous l'habit bénédictin, et, avec le consentement de tous les siens, il avait donné aux moines marseillais une part de son héritage. Pons résolut d'imiter son exemple. Après plus de trente ans d'épiscopat, il renonça à son siége, et se retira dans le pieux asile qui lui devait presque l'existence. Et non content de se donner lui-même, il ajouta à ses précédentes libéralités une portion considérable des biens qu'il avait recueillis dans la succession de son père, de sa mère et de son oncle. Le rapprochement des deux actes qui contiennent les donations qu'il fit en cette circonstance, et qui sont l'un et l'autre de 1008 (ch. 18 et 113), donnent le moyen de fixer aux derniers mois de cette année la démission de l'évêque. Le premier étant daté de l'indiction VI, tandis que le second est de l'indiction VII, qui remplaça régulièrement celle-là à la fin de septembre, il est clair que l'année 1008 se terminait quand Pons prit l'habit monacal à Saint-Victor.

Il y vécut encore plusieurs années dans un religieux recueillement, et nous pensons que sa mort arriva le 30 mars de l'an 1015. Voici d'abord l'article qui le concerne dans le Nécrologe de la cathédrale, où sa profession de moine est marquée explicitement à côté de son titre d'évêque : *Tertio kalendas aprilis, obiit Pontius, episcopus sive monachus Massiliensis.* Quant à l'année, il nous semble que Mgr de Belsunce s'est trompé en disant que « Pons était mort l'an 1014. » La charte qu'il cite à l'appui, ne contient rien qui indique que Pons eût cessé de vivre. Au contraire, on lui donne le titre de *domnus* comme à un homme vivant. De plus, ladite charte porte les subscriptions de deux évêques Pons, et nous adoptons pleinement l'opinion de Ruffi qui voit là Pons I et Pons II. L'ancien évêque n'a donc pu mourir que l'année suivante.

XXVIII

PONS II

1008 — 1073

La même année qui vit la retraite de Pons I dut éclairer l'avènement de Pons II. Celui-ci était le propre neveu de son prédécesseur et faisait partie, comme lui, de la famille des vicomtes de Marseille, étant fils du vicomte Guillaume II, dit le Gros, et d'Aissalène, sa première femme. Il eut plusieurs frères, Guillaume III le jeune, Geofroy, Aicard et Pierre Saumade.

La prodigieuse longueur de son épiscopat a fait croire à quelques uns qu'il fallait le partager entre deux évêques homonymes, de sorte qu'il y aurait eu successivement trois Pons sur le siége de Marseille. Mais cette supposition est inadmissible et contredite par des textes précis. Nous avons en effet un grand nombre de chartes dans lesquelles figure l'évêque Pons II, et comme son nom est presque toujours accompagné de celui de son père et de sa mère, de ses frères ou de son oncle, il est impossible de s'y méprendre. C'est ainsi que dans un acte de l'an 1014, après le vicomte Guillaume et sa femme Aissalène, arrive Pons, leur fils ; dans un autre de 1035, il est avec ses frères Guillaume, Aicard et Geofroy ; en 1049, il est nommé avec son oncle le vicomte Fouque ; en 1056, il se dit fils d'Aissalène ; en 1065, il reparaît encore avec son oncle, et en 1073 avec ses frères. Son identité est ainsi facile à reconnaître. Par conséquent les soixante-cinq années qui s'écoulèrent de 1008 à 1073 appartiennent toutes à un seul et même prélat, qui prit là houlette pastorale à la fleur de l'âge, et la garda jusqu'à une extrême vieillesse.

Nous ne connaissons rien de lui avant 1014 ; mais à partir de cette date, il en est bien souvent question, et voici par ordre les principaux actes auxquels il prit part. Il souscrivit en 1014, l'abandon fait à Saint-Victor, par ses parents, des biens patrimoniaux ayant appartenu à Pons I. Fidèle imitateur de la libéralité de sa famille, il donna lui-même à l'abbaye, avec des domaines importants, de nombreuses églises dont le service dut lui sembler mieux assuré, étant confié aux moines qui, par leur régularité bien connue, lui offraient toutes les garanties. Il leur remit ainsi Saint-Mitre et Saint-Michel d'Aubagne, Saint-Jean de Garguier, Saint-Tropez, et dans la banlieue de Marseille, Saint-Just, Saint-Geniez et Sainte-Marguerite. Il leur céda aussi, à titre d'échange, tout ce que son chapitre avait à Auriol, sauf la dîme, et reçut en retour les Pennes et Septèmes. En 1033, il consacra l'église de Saint-Zacharie, relevée de ses ruines, et plus tard celle de Fabregoules, en l'honneur de la Sainte-Vierge.

En 1040, eut lieu le fait le plus considérable de son épiscopat, la dédicace de la nouvelle église de Saint-Victor par le pape Bénoît IX, en présence de vingt-trois évêques, des comtes de Provence, des seigneurs de Marseille, et de près de dix mille laïques. La charte illustrée qui nous a gardé le souvenir de cette cérémonie, représente Pons en tête des prélats qui y assistaient, bien qu'il ne fût pas le premier dans l'ordre hiérarchique. Il se rendit deux ans après à un concile tenu à Saint-Gilles, et en 1044, il donna à des moines grecs l'église de Saint-Pierre d'Auriol, pour y établir un couvent de leur rite ; mais on ne sait pas quels furent les résultats de cette fondation.

Il fut toujours comme un père pour les religieux qui, sous la protection de sa famille et la sienne, avaient ressuscité à Saint-Victor l'antique établissement cassianite, devenu bénédictin. Chaque fois que la mort venait leur enlever leur chef, il se hâtait d'accourir pour les consoler, pour se consulter avec eux sur le choix d'un nouvel Abbé, qu'il s'empressait de mettre lui-même en possession de sa charge. C'est ce qu'il fit à quatre reprises différentes dans sa longue vie, en 1021 pour saint Isarn, successeur du B. Wifred, en 1047 pour l'abbé Pierre, en 1060 pour Durand, en 1065 pour le B. Bernard de Milhau.

Il entoura de la même sollicitude le monastère des religieuses, fondé aussi à Marseille par saint Cassien, lequel, devenu comme celui des hommes la victime des Sarrasins, se releva ainsi que lui par les soins des vicomtes de Marseille. Situé jadis sous les murs de la ville, il le rétablit dans son enceinte, près de Notre-Dame-des-Accoules, et lui donna cette église avec ses revenus. Le 7 janvier 1073, il consacra et intrônisa, comme leur abbesse, sa sœur Garsende, et voulant que leur église jouît des droits paroissiaux, il lui désigna sa circonscription jusqu'aux anciens murs de la ville. Ce fut le dernier de ses actes épiscopaux, car, bien que datée de 1072, cette charte est en réalité de 1073, comme le dénotent l'indiction XI, l'épacte IX, et le 23ᵐᵉ jour de la lune tombant le 7 janvier.

Sa mort est fixée au 16 février 1073 dans le Nécrologe, dont le texte nous fait connaître un autre titre de gloire de Pons II : c'est qu'il avait rebâti son antique siége, c'est-à-dire son église cathédrale. *Quarto decimo kalendas martii, obiit dominus Pontius, episcopus Massiliensis, M. LXXIII, qui reedificavit antiquam sedem.* La partie qui subsiste encore de ce vieux monument est probablement son œuvre.

XXIX

RAIMOND I

1073—1122

Pendant longtemps, on a cru que Raimond appartenait, comme ses prédécesseurs, à la maison des vicomtes de Marseille. On le disait fils de Geofroy, le
frère de Pons II, et il aurait été ainsi le quatrième évêque de la famille se
succédant d'oncle à neveu sur le siége de Marseille. Mais cette opinion, que rien
n'autorise, était produite par une confusion de noms tellement évidente, que ceux
qui en avaient été les partisans en ont démontré eux-mêmes la fausseté, comme
on peut le voir dans l'histoire manuscrite des évêques de Marseille, de Ruffi.
Il faut donc reconnaître que l'on ne sait rien sur l'origine de ce prélat, et qu'il
n'y a nulle apparence qu'il fût de la race vicomtale.

Dans des chartes faites après sa mort, mais presque contemporaines, des
personnes qui l'avaient connu le désignent constamment sous le nom de
Raimond *de la vie éternelle*, pour le distinguer de Raimond de Soliers, qui lui
succéda; nous ne saurions dire d'où lui venait ce surnom, à moins qu'on ne
veuille y voir une allusion à sa sainteté et à ses vertus. Son épiscopat fut très
long; il n'a pourtant pas laissé un grand nombre d'actes, surtout pour la
première moitié; car nous jugeons inutile de citer sa présence en tel et tel endroit
pour des choses peu notables. Ce qui importe davantage, c'est de constater
qu'il fut le successeur immédiat de Pons II. Ceci résulte des accords qu'il passa,
sur la fin de sa vie, avec Pons de Peinier; celui-ci reconnaissant à l'évêque
toutes les possessions et les droits de son église, comme les avait eus Pons, *son
prédécesseur*, frère de Geofroy de Marseille, et comme Raimond lui-même
les avait tenus *après Pons*, ces paroles excluent toute idée d'un autre prélat
qui aurait à prendre place entre eux deux.

Il y eut de son temps de longues dissensions entre le chapitre de la cathédrale
et les moines de Saint-Victor, dont les priviléges toujours croissants et les
exemptions, augmentant avec les biens qu'ils acquéraient, inquiétaient vivement les clercs séculiers. Un règlement fut fait en 1119 par Atton, archevêque
d'Arles, en vertu d'une commission du pape Gélase. Les moines gardèrent ce

6

qu'ils avaient à la Salle et à Saint-Just; mais ils durent rendre les églises d'Eoures, de Gémenos, de Roquefort, et les dîmes de Signe et de Cuges. Ils furent dispensés de donner la dîme des terres qu'ils tenaient à leur main, sauf à Auriol, aux Pennes et à Saint-Tyrse. Les mariages des habitants du Revest seraient bénis par le prieur de Saint-Ferréol; mais si la mariée venait d'ailleurs, on recourrait aux prêtres de Marseille. Raimond signa ces accords avec les archevêques d'Arles et de Narbonne.

Bientôt, il se vit forcé d'excommunier Pons de Peinier, fils du vicomte Geofroy, et Guerrejade sa femme. Les envahissements que ce seigneur, bien différent de ses ancêtres, se permettait contre les propriétés de l'église, étaient incessants et intolérables. L'excommunication seule en eut raison, et le contraignit à rendre à l'évêque le port de Porte-Galle, la franchise dans le grand port, les terres dont il s'était emparé, et tous ses droits à Saint-Marcel, à Aubagne et au Beausset. Cette restitution eut lieu le 23 novembre 1121.

Raimond mourut le 7 novembre 1122 : *Septimo idus novembris, obiit dominus R. episcopus Massiliensis et monachus, anno M.C.XXII.* Le 15 août précédent, il avait fait la translation des reliques de sa cathédrale, dont on verra la liste dans la pièce qui suit. Ce texte antique nous apprend que ce prélat était religieux, qu'il vécut avec un grand renom de sainteté, et qu'il donna à son église des livres nombreux, des vases sacrés et des ornements précieux.

Raimundus, Dei gratia Massiliensis episcopus, vir magne religionis, sub monachali habitu atque regula cunctis diebus vite sue vivens, in ymnis et psalmis cum pudicitia Deo perseveranter servivit. Qui multos libros multaque ornamenta auri, argenti et palliorum in ecclesia Sancte Marie sedis Massiliensis emendo constituit. Ad ultimum autem, sub Xpi. nomine, ad honorem genitricis Dei Marie antique sedis Massilie, hanc archam, in anno M.C.XXII. ab incarnacione domini, fecit. In qua ipsemet, propriis manibus, reliquias plurimorum sanctorum, in die assumptionis Sancte Marie, presente suo clero et populo, posuit. Corpus sancti Cannati, episcopi Massiliensis et confessoris, et sancti Antonini confessoris, et sancti Victoris martiris, ibi sunt. Hic sunt reliquie sancti Petri apostoli, et sancti Stephani, et sancti Adriani martiris, et sancti Vincentii martiris, et sancti Johannis, et sancti Verani, et sancti Apollinaris, et sancte Regine martiris, et sancti Pauli, sancti Gregorii, et sancti Policarpi. De sepulcro Domini, de veste sancti Stephani, sancti Sebastiani, sancti Sulpicii confessoris, sancti Martini, sancti Marcellini, sancti Andree apostoli, sancti Laurentii. De ligno crucis. Sancti Lazari quem Dominus suscitavit, et sancti Faustini, sancte Christine, sanctorum Innocentum, et multorum sanctorum quorum nomina nescimus, Deus scit.

RAIMOND II DE SOLIERS

1122—1151

La succession de nos évêques, à l'époque où nous arrivons, a été complètement faussée par le *Gallia christiana*, qui a placé entre Raimond I et Pierre I
quatre évêques, Aicard, Raimond II, Bertrand et Raimond III, dont certainement
le premier et les deux derniers ne l'ont jamais été. Aicard fut prévôt de l'église de
Marseille, mais non évêque ; Bertrand est un nom mal lu, un B au lieu d'un R ;
Raimond III est un dédoublement irréfléchi de Raimond II. Quant à celui-ci,
pour comble de malheur, après avoir dépécé son épiscopat, on lui a donné une
histoire qui n'est pas la sienne ; et non seulement le *Gallia*, mais l'*Antiquité
de l'église de Marseille*, et toutes les illustrations modernes de notre histoire
religieuse, lui attribuent ce qui n'appartient qu'à Raimond I. « Il fut tiré du cloître,
nous disent-ils, vécut en religieux sur le siége épiscopal, ne quitta jamais
l'habit des moines de Saint-Victor, fit la reconnaissance des reliques de son
église cathédrale, etc. » Tout cela est vrai, si on le dit du premier Raimond,
mais faux, absolument faux, si on l'applique au second. Mgr de Belsunce l'a
soupçonné, quand il a dit que l'opinion de Ruffi, qui rapporte ces choses à
Raimond I, est « encore vraisemblable. » Nous allons prouver une bonne fois
que cette opinion est non point vraisemblable, mais très certaine, et que la
contradictoire est une erreur évidente.

Raimond I, d'après Mgr de Belsunce lui-même, a reçu le 23 novembre 1121 la
soumission de Pons de Peinier ; d'autre part, le Nécrologe de notre cathédrale
enregistre au 7 novembre de l'année d'après, la mort d'un évêque de Marseille
dont le nom a un R pour initiale. Que faut-il conclure de cela, si ce n'est que la
cérémonie du 15 août, placée entre ces deux dates, appartient à l'évêque qui
était vivant le 23 novembre 1121, et mourait le 7 novembre 1122, duquel la
dernière œuvre, — *ad ultimum autem*, — était la translation des reliques de
son église ? D'ailleurs, le texte du Nécrologe est trop explicite pour laisser
quelque doute. Le prélat qui meurt en novembre 1122 était évêque et moine, —
episcopus et monachus, — comme l'évêque qui a présidé la solennité du

15 août 1122, — *sub monachali habitu vivens*. — C'est donc bien à lui que ce fait appartient, et il est absurde de le donner au prélat qui commence en 1122 pour finir en 1151, plus absurde encore de donner à celui-ci les qualités qui désignent celui qu'il a remplacé.

Il existe plusieurs documents qui nomment cet evêque Raimond de Soliers, *de Solario, de Solariis*, et au lieu de nous trouver en face d'un moine de Saint-Victor, nous avons vraisemblablement devant nous un membre de l'ancienne maison des seigneurs de Soliers, près de Toulon. Ce qui nous confirme dans cette idée, c'est la présence, dans des pièces qui le concernent, d'un Guillaume de Soliers, dont le nom indique la parenté, et ne permet pas de voir dans celui que portait l'évêque un simple souvenir du lieu d'origine.

Le 1er juillet 1124, Raimond de Soliers était chez l'évêque de Fréjus, avec Mainfroy d'Antibes, et assistait à la cession de l'église de Saint-Barthélemy de Palaison aux Templiers, qui la remirent à Saint-Victor. Le 13 août 1128, le vicomte-Raimond-Geofroy se déclarait son homme-lige et lui jurait fidélité ; de plus, pour réparer les torts qu'il avait eus envers l'évêque et son église, il leur faisait l'abandon de ce qu'il prétendait sur le château d'Orves, et ratifiait tout ce que son père avait fait à ce sujet. Il fit confirmer tous ces engagements par Pontia, sa femme, et par sa mère Douceline.

Raimond sut aussi maintenir son autorité à Saint-Cannat, antique possession de son église. Il était de notoriété publique que son prédécesseur Raimond *de la vie éternelle* y avait reçu les reconnaissances des particuliers, les hommages et les serments de fidélité. Il ne voulut pas souffrir que ces droits fussent amoindris sous son administration, et obligea ceux qui prétendaient à une indépendance qu'ils n'avaient pas, à reconnaître que l'église de Marseille avait toute la seigneurie de Saint-Cannat, et que les chevaliers et seigneurs du lieu tenaient leurs biens sous sa directe et lui devaient l'hommage.

Pons de Peinier vivait encore, et son esprit toujours inquiet suscita plus d'une affaire à l'évêque. Il fallut néanmoins qu'il lui promit la fidélité pour les fiefs qui le faisaient son vassal. Il lui reconnut la seigneurie de toute la ville haute, entourée de murs et d'un fossé, et son droit absolu sur les fortifications de Roquebarbe, sur lesquelles il renonçait à toute prétention. Après sa mort, ses trois fils renouvelèrent par devant l'archevêque d'Arles les aveux et les engagements de leur père, et reconnurent explicitement les droits de l'église de Marseille.

Ce dernier acte est du 10 janvier 1151. Trois mois après Raimond de Soliers descendait au tombeau, selon ce texte du Nécrologe : *Sexto kalendas maii, obiit dominus Raimundus, episcopus Massiliensis, anno domini M. C. LI.*

XXXI

PIERRE I

Peu de mois après la mort de Raimond de Soliers, Pierre était en possession du siége de Marseille, et les actes que nous lui voyons faire en 1152 nous le montrent comme l'ayant remplacé immédiatement. Le vicomte Raimond-Geofroy renouvela entre ses mains, le 13 juin de cette année, l'hommage qu'il avait prêté jadis à son prédécesseur ; l'importance de ce genre de documents, qui constataient les droits de l'église et établissaient des précédents, était trop grande, pour qu'on eût négligé de conserver, avec le même soin que ceux-ci, un hommage intermédiaire, s'il avait existé.

Nous apprenons par l'acte ci-dessus que la mère de l'évêque se nommait Béatrix : *Juro tibi, Petre, Massiliensis episcope, fili Beatricis, etc.*; mais nous ne savons rien sur son père, ni sur sa famille. Quant à son épiscopat, il nous semble que nous en donnerons une idée exacte, en rapportant ce qu'il fit pour constituer d'une manière solide les droits temporels de son église, la plupart des pièces que nous avons de lui étant faites dans ce but.

Les possessions de l'église de Marseille étaient de plusieurs sortes. Il y avait d'abord ce qu'elle avait pu conserver ou recouvrer, à travers les révolutions et les guerres, de ses antiques et primitives propriétés. Tels étaient ses domaines de Campagne, que nous avons vu figurer dans le Polyptyque de 814 ; telles aussi, pensons-nous, ses terres de Saint-Cannat, auxquelles rien n'indique une origine différente, pour l'ensemble. Une autre partie devait provenir des dons des fidèles, des biens personnels de ses évêques ou des acquisitions faites par eux. Mais la question la plus curieuse qui se pose à ce sujet, est de savoir d'où lui était venue la seigneurie de la ville haute de Marseille, dont nous la voyons investie dès le onzième siècle.

Comme cela s'est fait ailleurs, l'église de Marseille a dû acquérir la seigneurie de la ville alors que les peuples, livrés en proie à des ennemis acharnés, et privés d'autorités régulières, se sont groupés autour de ceux qui se mettaient à leur tête pour les défendre. Presque partout ce sont les évêques qui ont rempli ce rôle, et cela est plus vrai encore à Marseille qu'ailleurs ; car nous serions bien en peine s'il nous fallait indiquer les noms de ceux qui, en dehors des évêques, ont gouverné notre ville du IXme au XIme siècle. C'est dans ces temps calamiteux que l'évêque Babon fit bâtir sur les hauteurs qui dominent la mer et le port, un château-fort où une bonne partie de la population put trouver un refuge et une défense. Qui sait si la forteresse de Roquebarbe, dont nous ne trouvons que plus tard les traces, n'a pas la même origine, et si ces deux boulevards, situés aux deux bouts de la ville supérieure, ne furent pas dès lors reliés par des murs et des fossés, comme nous savons qu'ils le furent à une époque plus récente? Voilà l'origine de la ville haute, dont l'évêque était naturellement le chef, et dont il demeura le seigneur au temps de la paix. Cette situation se maintint d'autant plus aisément que, durant plus d'un siècle, quand l'ordre fut rétabli, notre église eut des évêques pris dans la famille de ses vicomtes, et la plus grande concorde régna entre les seigneurs de la ville basse et ceux de la ville haute. Plus tard, nous l'avons déjà vu, il y eut des mésintelligences, puis des arrangements plusieurs fois conclus et violés. Pour sauvegarder les intérêts de son église, Pierre eut recours à l'autorité suprême du Pape et de l'Empereur, et voulut asseoir ses droits sur les actes les plus solennels.

Il se rendit donc à Rome, après l'élection du pape Anastase IV, et obtint de lui, le 30 décembre 1153, une bulle qui prenait sous sa protection l'église de Marseille et lui confirmait tous ses biens, en particulier, la ville épiscopale et son territoire, Roquebarbe et ses fortifications, le port de Porte-Galle, et de nombreuses terres, châteaux, dîmes, péages et églises. En 1157, il fit constater juridiquement par témoins devant l'archevêque d'Arles, que ses deux prédécesseurs avaient possédé l'entière seigneurie de Saint-Cannat, et reçu les hommages de tous les petits feudataires, et il força les récalcitrants à le reconnaître au même titre. En 1164, une nouvelle enquête enregistra de même tous les engagements que Pons de Peinier et ses fils avaient contractés envers les évêques de Marseille. Enfin, en cette même année 1164, l'empereur Frédéric I lui accorda un ample privilége énumérant les possessions de son église, et mentionnant toute la ville haute de Marseille, depuis le Château-Babon jusqu'à celui de Roquebarbe. Tous ces actes, qui existent encore, montrent quels furent son zèle et son activité.

Pierre conclut une transaction avec son Chapitre et un partage de prébendes ; il termina aussi les désaccords qui étaient entre ses chanoines et Saint-Sauveur. Le Nécrologe le fait mourir le 2 avril 1170 : *Quarto nonas aprilis, obiit dominus P. Massiliensis episcopus. M. C. LXX.* L'Obituaire de Saint-Victor porte de même : IIII. NONAS APRILIS OBIIT DOMNVS PETRVS EPS. MASSILIENSIS. Le *Gallia Christiana* a cru voir entre ces deux textes une divergence qui n'existe pas.

FOUQUES DE THORAME

Fouques de Thorame ou de Thoramène, en latin *de Thoramina*, était élu à l'évêché de Marseille mais n'était pas encore sacré, le 9 septembre 1170. Mgr de Belsunce trouva à la chartreuse de Montrieu, et a cité, une pièce mentionnant ces deux faits qui ne sont pas autrement connus.

Il faudrait bien se garder, malgré la similitude des noms, de confondre cet évêque avec le troubadour Fouques ou Fouquet de Marseille, évêque de Toulouse au commencement du treizième siècle. Il fut un temps, il est vrai, où l'opinion commune ne voyait dans ces deux prélats qu'une seule personne, que l'on faisait passer du siége de Marseille à celui de Toulouse. On trouvera cela tout au long dans la plupart de nos écrivains un peu anciens ; mais on y cherchera vainement les preuves d'une assertion que rien ne justifie, et qui est en opposition avec l'histoire et la chronologie. Pour éviter une pareille erreur, il aurait suffi de considérer que lorsque Fouques de Marseille fut fait, en 1205, évêque de Toulouse, il était encore abbé du Thoronet, et que, lorsqu'il mourut vingt-sept ans après, il y avait presque un demi-siècle que l'évêque de Marseille, son homonyme, l'avait précédé dans la tombe. La confusion est donc impossible, à moins qu'elle ne soit volontaire.

Elu évêque en 1170, Fouques de Thorame figure, en 1173, dans une transaction entre ses chanoines et les enfants d'Anselme de Marseille, pour Allauch. L'année suivante, il mit la paix entre les habitants de Méounes et les chartreux de Montrieu, et traça les limites du territoire réservé aux Solitaires, où il ne serait pas permis de les troubler. En 1178, il acheta, pour accroître les domaines de son église, les biens que la famille des Malherbe possédait à Saint-Cannat. En 1179, il alla à Rome, avec son métropolitain et plusieurs comprovinciaux, pour assister au troisième concile général de Latran. Il était de retour en Provence en 1180, et intervenait de nouveau en faveur des religieux de Montrieu. On trouve sa souscription, en 1182, au rouleau des morts de Bertrand de Baux, pour qui il promit des prières. L'année d'après, il obtint du roi Ildefonse, un diplôme qui lui reconnaissait la haute seigneurie sur tout le château de Saint-Cannat, et le droit d'hommage sur tous ses habitants, sans exception. En 1183 aussi, il détermina la circonscription paroissiale entre La Major et les Accoules. Enfin, nous épuisons la liste des actes où il est nommé, en citant un arbitrage de Pierre Isnard, évêque de Toulon, au sujet du partage de certains revenus entre l'évêque et son chapitre. L'année où eut lieu cet arbitrage est incertaine, parce que la copie que nous en avons est datée de 1190, date évidemment erronée, avant laquelle l'évêque de Toulon était devenu archevêque d'Arles, et Fouques avait quitté ce monde.

Notre Nécrologe met sa mort au 31 mars 1188 : *Pridie kalendas aprilis, obiit dominus F. Massiliensis episcopus, anno domini M. C. LXXXVIII.* La grande précision et l'exactitude que nous avons toujours rencontrées dans ce document, ne permettant pas de douter de son témoignage, nous sommes forcé de rejeter un Nicolas que Ruffi et M⁚ᵉʳ de Belsunce donnent pour successeur à Fouques. Nos archives locales et nos catalogues n'ont gardé aucune trace de cet évêque, connu uniquement par une pièce de Vérone, qui le fait assister à la consécration de l'église de Lépia, en 1186. Cette date, en opposition avec le texte du nécrologe, rend cet épiscopat plus que problématique, et nous croyons que Nicolas fut un des anciens évêques schismatiques, réconciliés avec Frédéric Barberousse, lequel n'eut jamais rien de commun avec Marseille.

Voici le sceau de Fouques de Thorame, dont un double dessin nous a été conservé par Peiresc (Reg. XVI, p. 180, 181). Nous n'en saurions garantir l'absolue fidélité; mais Peiresc l'ayant admis, nous ne pouvons pas prendre sur nous d'omettre le plus ancien sceau des évêques marseillais dont nous ayons connaissance.

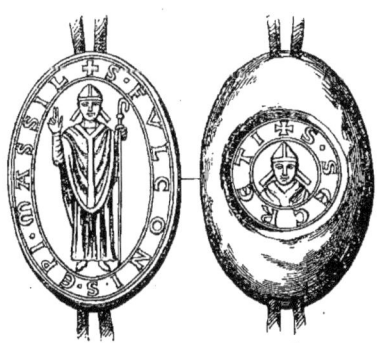

XXXIII

RAINIER

1188—1214

Rainier était chanoine de l'église de Marseille, lorsqu'il fut élevé à l'épiscopat ; on rencontre son nom dans plusieurs pièces où le chapitre paraît en 1164, en 1177, en 1179, et il ne semble pas qu'un autre que lui puisse réclamer ces mentions. Nous regardons comme probable qu'il siégea à partir de 1188, mais le premier acte que nous rapporterons de lui est de 1192 et du jour des Innocents. Il avait eu quelques contestations avec le vicomte Barral, pour des questions de propriété et de juridiction temporelle, et le baile vicomtal lui avait résisté. Quinze jours après la mort de leur neveu, qui arriva le 13 décembre 1192, les vicomtes Hugues Geofroy et Raimond Geofroy donnèrent à l'évêque une satisfaction complète et reconnurent ses droits sur tous les points, le faisant mettre en possession des objets contestés. Le nom de Rainier est écrit tout au long dans cette pièce, sauf l'abréviation *er*.

Le 23 juin 1197, il abandonna au prieur de la chartreuse de Montrieu tout ce qu'avait possédé Pierre d'Auronèves au terroir d'Orves, quoiqu'il pensât que ces biens avaient été achetés au profit de son église par Fouques, son prédécesseur, et qu'il les avait seulement laissés en gage aux chartreux. Dans cette pièce encore, dont nous avons l'original sous les yeux, le nom de l'évêque est écrit en toutes lettres, sous la forme *Rarnerius*. D'où vient donc que l'épiscopat de Rainier a été écourté par le *Gallia Christiana* et quelques autres écrivains qui l'ont retardé jusqu'en 1200 et 1206 ? Voici la réponse à cette question.

Le *Gallia* a été trompé par des actes altérés du Livre jaune de la Major, qui ont été sciemment falsifiés dans le but de prolonger l'épiscopat de Fouques jusqu'en 1205, pour pouvoir alors le transférer à Toulouse. La falsification est évidente et le grattage saute aux yeux. D'autres auteurs ont voulu faire place ici à un Raimond dont ils nous donnent l'épiscopat comme certain, tandis qu'il est complètement imaginaire, aussi bien que sa personne, l'un et l'autre ne reposant que sur une mauvaise copie de l'acte du 23 juin 1197, qui se trouve scellée d'un sceau où se lit le nom de Raimond.

7

Pour que cette pièce pût prouver l'existence en 1197 de l'évêque Raimond dont elle porte le sceau, il faudrait qu'elle fût originale; car si c'est une transcription faite un ou deux siècles après, et scellée du sceau de l'évêque d'alors, elle ne prouve rien du tout. C'est précisément ce qui arrive ici. La pièce en question, comparée à son original, lui est postérieure de cent ans. C'est, nous l'avons dit, une fort mauvaise copie, n'ayant souvent pas de sens, à cause des mots omis ou altérés. Dès le début, on a changé *plenissime* en *presenti pagine*, qui ne signifie rien; ici on a passé quatre mots, ici huit, plus loin quatorze mots, ailleurs une ligne toute entière. Ce document n'a donc aucune valeur. Quant au sceau qui y est attaché, c'est celui de Raimond de Nîmes, qui a vécu un siècle après l'époque où nous sommes. Nous l'avons fait graver, et nous le donnons avec le numéro 1 à la page 59, à côté d'un sceau incontestable de Raimond de Nîmes, qui a le numéro 2. On pourra ainsi se convaincre de l'identité des deux sceaux, et de la nécessité de renoncer au Raimond de 1197, qui n'a jamais existé.

Rainier fut délégué en 1199 par Innocent III pour rétablir l'ordre dans l'abbaye des îles d'Hyères. En 1203, il reçut à Marseille saint Jean de Matha et ses Trinitaires; en 1204, les Prémontrés qui fondèrent l'abbaye de l'Huveaune. En 1205, il favorisa l'érection d'une abbaye de Cisterciennes à Saint-Pons. Il était à Arles, la même année, au concile qu'y tint le légat Pierre de Castelnau, et à Saint-Gilles, le 20 juin 1209, quand fut absous le comte de Toulouse, accusé du meurtre du légat. Il mourut le 16 mars 1214 : *XVII. Kalendas aprilis, obiit R. P. Raynerius, episcopus Massiliensis, anno domini M. CC. XIIII.*

Nous avons de Rainier un sceau en cire jaune, pendant par des ficelles de chanvre à un acte du 29 novembre 1206 (Fonds de la Major).

PIERRE II DE MONTLAUR

1214—1229

Ce fut encore un chanoine de Marseille qui fut appelé à remplir le siége épis-
copal quand la mort de Rainier le fit vaquer. Pierre de Montlaur, au dire de
Ruffi, était de la famille des seigneurs de Montlaur, en Languedoc ; son père se
nommait Pons, et sa mère Agnès de Posquières ; Jean de Montlaur, évêque de
Maguelone en 1234, aurait été son frère. On le fait aussi parent de Hugues de
Montlaur, archevêque d'Aix vers la fin du siècle précédent.

En 1211, il était archidiacre d'Aix, et il alla à Rome solliciter d'Innocent III
l'absolution du vicomte-moine Roncelin, que la maladie avait forcé de s'arrêter
en route. Mais assurément, quoi qu'on en ait dit, il n'était lui-même ni moine, ni
cellerier de Saint-Victor, puisque ce cellerier faisait partie de la même dépu-
tation que lui et était son compagnon de voyage. Nous le voyons ensuite
chanoine et Ouvrier, *operarius*, de la cathédrale de Marseille ; il avait encore
ce titre le 20 juin 1214, mais le 7 octobre suivant il était évêque.

Ce fut en cette même année 1214, qu'eut lieu la fondation de Notre-Dame de la
Garde. Nous disons à dessein la fondation, car la charte qui relate ce fait est on
ne peut plus claire, et ne permet pas de supposer qu'il y ait eu sur la colline une
église antérieure. Ni l'histoire, ni la tradition, ne parlent de rien de semblable,
et il n'est pas permis, même avec une intention louable, de leur faire dire ce
qu'elles ne disent pas. Rien de plus précis que le titre qui nous apprend le jour
où notre cher pèlerinage a commencé. Avant 1214, il n'existe rien, et la
meilleure volonté du monde, les désirs les plus ardents, les vues les plus pieuses,

ne peuvent pas suppléer au silence absolu de l'histoire. Il faut aussi renoncer à appliquer à la sainte colline, en l'amplifiant et en le commentant, le prétendu texte *in Illide colla*, que l'auteur de l'*Antiquité de l'église de Marseille* a cru lire dans Ruffi, où il ne se trouve pas, et qui s'est glissé à tort dans le *Dictionnaire topographique* de M. Mortreuil. Ce texte, nous l'avons déjà dit, n'a jamais existé aucune part; et ayant sous les yeux l'Autographe de Ruffi, auquel tout le monde s'en est référé, nous pouvons donner l'assurance qu'on ne parviendra pas à l'y rencontrer.

Sous l'épiscopat de Pierre de Montlaur, les deux grands ordres, nouvellement fondés, des Frères Mineurs et des Frères Prêcheurs vinrent s'établir à Marseille, les premiers à l'entrée de la rue Tapis-Vert, où ils eurent leur célèbre couvent de Saint-Louis, les autres, à la première partie de la rue de Rome, vers la fontaine Puget. C'est alors aussi que fut bâtie la belle église de Notre-Dame des Accoules, que nos pères admiraient comme « un superbe monument de leur magnificence, » et que les vandales de la fin du dernier siècle ont renversée. L'évêque Pierre présidait à ces démonstrations de la piété marseillaise et à cette expansion du culte divin. Comme la famille des vicomtes, sur le point de disparaître, s'était divisée en rameaux multiples, il eut soin de faire renouveler, par chacun de ses membres entre lesquels la seigneurie était partagée, les accords que leurs aïeux avaient passés avec ses prédécesseurs. Mais le danger, auquel il croyait avoir obvié par cette sage mesure, ne devait pas venir de ce côté.

En ce temps-là, les Marseillais s'établirent en commune libre, en achetant successivement à chacun de leurs vicomtes sa portion de seigneurie. Loin de nous la pensée de blâmer les généreux efforts que firent alors nos ancêtres pour conquérir leur liberté. Le point de départ était admirable; car, par extraordinaire, il n'y eut point de lutte violente, point de sang versé, et ils payèrent leur affranchissement à beaux deniers comptants. La conduite de nos vieux républicains du XIIIme siècle n'aurait rien de repréhensible, s'ils avaient toujours su s'abstenir de recourir à la violence, et attendre patiemment les circonstances favorables. Mais le succès de leurs premières entreprises les enhardit à tout oser; et comme la ville haute n'était pas à vendre, ils essayèrent d'usurper peu à peu le domaine épiscopal. Ils s'emparèrent d'une partie de Roquebarbe, de la grande tour du palais de l'évêque, et de divers endroits situés dans le périmètre de la ville supérieure. Ils privaient les sujets de l'évêque des franchises auxquelles ils avaient droit, pour les forcer à s'unir à eux, ou bien ils les affiliaient à leur confrérie, et les liaient par des serments. Ils empêchaient leurs concitoyens·de comparaître au tribunal de l'évêque, quand ils en étaient devenus justiciables, à raison du délit ou du contrat.

L'évêque résista avec énergie à ces empiètements et força les Recteurs de la ville vicomtale à lui faire justice. Le peuple et les magistrats réunis en parlement reconnurent la juridiction de l'église et les droits de ses vassaux, et lui restituèrent tout ce qu'ils détenaient injustement. Les limites qui séparaient les deux villes furent désignées avec une grande exactitude. Cette affaire entra plus tard dans une nouvelle phase. Une partie des habitants de la ville épiscopale, poussés par leurs voisins, constituèrent chez eux, à leur exemple, un gouvernement populaire, et se donnèrent, comme eux, un podestat, des consuls, des juges, des notaires. Pierre, en vertu de sa pleine autorité temporelle, cassa tout ce qu'avaient attenté ses sujets infidèles et les fit rentrer dans le devoir. C'était en 1225. L'an d'après, un autre essai d'union des deux villes fut réprimé par le légat du Pape, et par une bulle impériale de Frédéric II.

Après une vie si agitée dans des temps difficiles, Pierre de Montlaur arriva au terme de ses jours le 29 août 1229, ainsi que l'atteste le Nécrologe de son église : *Quarto kalendas septembris, anno domini M. CC. XXIX, obiit dominus Petrus de Montelauro, venerabilis episcopus Massiliensis.*

Nous possédons la bulle de plomb dont se servait ce prélat. Il y avait fait représenter la ville de Marseille, avec son nom en toutes lettres, pour marquer qu'il en avait la seigneurie, au même titre que les vicomtes, et après eux la commune, l'avaient sur une autre partie. Cela correspond au titre d'évêque et seigneur de Marseille, *episcopus et dominus Massilie,* qu'il prenait dans ses actes. Nous avons aux archives départementales trois exemplaires de cette bulle. (Fonds de l'Evêché et du Chap. de Mars.) Il n'y en a aucun de son sceau, encore inédit, en cire jaune, avec le contre-sceau au laurier, que nous tirons des archives du Var. (Fonds de Montrieu.)

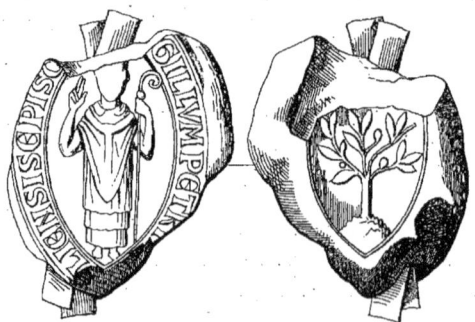

BENOIT D'ALIGNAN

1229—1267

Benoît d'Alignan, qui succéda à Pierre de Montlaur, était bénédictin ; nous le voyons, déjà évêque, aimer à prendre le titre de frère Benoît, en souvenir de son ancienne profession religieuse. C'est à tort qu'on a voulu le faire provençal : il naquit à Alignan-du-Vent, diocèse de Béziers, dans le département actuel de l'Hérault, dont la seigneurie appartenait à sa famille.

Sur la fin de l'année 1224, tandis qu'il était Sacristain de l'abbaye de Ville-magne, il fut élu abbé de la Grasse, et par une bulle du 3 janvier 1225, le pape Honorius chargea l'évêque de Nîmes de confirmer son élection et de lui donner la bénédiction abbatiale. Il rendit, en cette qualité, des services très importants au roi Louis VIII, pour la soumission de Béziers, de Carcassonne et d'autres lieux fortifiés, services rappelés dans une concession de priviléges que ce prince accorda, à sa considération, au monastère qui l'avait à sa tête.

Il fit le voyage d'Italie en 1228 et séjourna assez longtemps à la cour ponti-ficale, pour faire renouveler les priviléges de son abbaye ; il avait eu soin d'apporter avec lui ses titres les plus anciens et les plus précieux, et il fit vidimer chacun d'eux par une bulle papale. On en trouvera toute la série dans le second volume du Cartulaire de l'Aude, publié par M. Mahul. Nous avons nous-même relevé quelques-unes de ces bulles dans le Regeste de Grégoire IX, et leurs dates nous montrent qu'il était à Riéti le 25 avril 1228, et à Pérouse, en juin et jusqu'au 12 de juillet de ladite année.

Son élection à l'évêché de Marseille eut lieu en 1229 et dut suivre de près la mort de son prédécesseur ; bien que dans son premier acte il n'ait que la qualité d'évêque élu, il est certain qu'il fut sacré avant la fin de 1229, et tous les documents de l'année suivante nous le représentent comme tel. En venant à son siége, il trouva les Marseillais frappés d'excommunication et d'interdit, pour avoir violé les libertés de l'église et commis des attentats de tout genre contre les habitants de la ville épiscopale. Il passa aussitôt un compromis avec eux, et ayant reçu leur serment d'obéir aux ordres du Légat et de l'Église, il leva les censures, le 1er janvier 1230, dans une réunion générale tenue au cimetière de la Major. Il fut ensuite choisi lui-même comme arbitre entre la commune et l'abbaye de Saint-Victor, et s'efforça d'apaiser, par un règlement plein de prudence, les dissensions qui existaient de ce côté, dissensions non moins graves que celles qui divisaient la commune et l'évêque.

Mais la prudence la plus consommée ne suffisait pas pour sortir d'une position des plus inextricables. Depuis que les Marseillais s'étaient délivrés, à prix d'argent, de leurs vicomtes, ils poursuivaient ardemment un triple but : Annexer la ville épiscopale à la ville basse; reprendre sur Saint-Victor la portion du vicomte Roncelin, qu'ils n'avaient pu validement acheter à celui-ci; s'affranchir de l'autorité du comte de Provence. Que pouvait Benoît contre des intentions bien arrêtées, suivies avec résolution, en profitant des circonstances? En 1230, le comte pressait la commune de reconnaître sa juridiction, et la cause fut remise à l'arbitrage de l'évêque. Je suis comte de Provence, disait Raimond Bérenger. — Oui, disait le procureur de la commune. — Marseille fait partie du comté de Provence, ajoutait-il. — Non, répondait l'autre. Quel est l'habile diplomate qui aurait pu concilier des prétentions si opposées? Benoît d'Alignan fut d'avis que Marseille devait reconnaître la haute juridiction du comte, et de concert avec l'évêque de Toulon, il remit à celui-ci les châteaux de Saint-Marcel, d'Aubagne, de Roquefort, de Bréganson et d'Hyères, que la commune avait donnés en gage. Il encourut par là toute la colère des Marseillais.

Aussi sa position fut des plus critiques, tant que dura la lutte avec Raimond Bérenger, Marseille ayant préféré se donner au comte de Toulouse, plutôt que de se soumettre. Il fut en butte à toute sorte de mauvais traitements et de persécutions, et dut plus d'une fois s'exiler de sa ville épiscopale. Néanmoins, il ne perdit jamais courage, et en même temps qu'il défendait ses droits temporels avec une grande habileté, il sut aussi rémédier aux désordres qui s'étaient introduits dans son église, en faisant dresser pour son chapitre des statuts pleins de fermeté et de sagesse.

Il partit en 1239 pour la Terre-Sainte avec le roi de Navarre, et y fit un séjour de trois ans, pendant lesquels il rendit aux chrétiens un service signalé, en procurant la construction du château de Saphet. De retour à Marseille en 1242, il présida à la fondation de l'abbaye des Cisterciennes du Mont-de-Sion, et reçut dans sa ville les Augustins, les Carmes, les Frères de la Pénitence de J.-C., les Clarisses, les Béguines de Roubaud. Par ordre du Pape, il assigna à l'ordre des Serviteurs de Marie la règle de Saint-Augustin, et leur donna l'église d'Arenc. Il assista en 1248 au premier concile général de Lyon. En 1252, il prit part à la consécration de l'autel de Montrieu, dédié par l'archevêque d'Aix à saint Lazare le ressuscité, *premier évêque de Marseille.*

Cinq ans après, il céda à Charles d'Anjou, comte de Provence, la seigneurie de la ville haute, en échange de laquelle, le comte donna à l'église de Marseille de nombreuses terres de son domaine, Château-Vert, Roque-Brussane, Néoules, les trois châteaux de la vallée de Signes, Mérindol, Mallemort, Alleins, Valbonette ; lui remettant en outre tous les droits qu'il pouvait avoir sur Saint-Cannat, Ners, Péchaury, Meynarguettes, Méounes, Orves et le Beausset, où il ne se réservait que la souveraineté et les cavalcades.

Benoît entreprit un second pèlerinage en Terre-Sainte, après avoir fait, le 27 août 1260, une espèce de testament pour fonder son anniversaire. Nous savons qu'il était à Acre en septembre 1261, et à Marseille en août 1263. Ses derniers actes sont : un décret sur la dîme, porté en synode le 24 octobre 1263, et l'établissement d'un office d'Aumônier dans sa cathédrale, le 17 juillet 1266.

En 1267, Benoît d'Alignan renonça à son évêché et se fit Frère-Mineur. Il mourut dans sa nouvelle profession le 11 juillet 1268 : *Quinto idus julii, obiit Benedictus de Alignano, venerabilis episcopus Massiliensis, anno domini M. CC. LXVIII.* Salimbene nous apprend qu'il fut enseveli dans l'église des Frères-Mineurs de Marseille, *in archa lapidea.* Il a composé un traité sur les hérésies de son temps, dont nous avons vu un exemplaire à la bibliothèque nationale (Mss. lat. 4224.)

Sa bulle de plomb est conservée chez un de nos amateurs les plus érudits ; son sceau en cire jaune, aux archives départementales (B. 326.) et ailleurs.

XXXVI

RAIMOND DE NIMES

1267—1288

———

Médecin et prêtre, originaire de la ville de Nimes, dont le nom s'est tellement identifié avec le sien qu'on ne lui en connaît point d'autre, Raimond avait eu des relations personnelles et était lié d'amitié avec Guy Fulcodi, qui devint le pape Clément IV. Personne n'ignore que ce grand jurisconsulte, né à Saint-Gilles, avait passé presque toute sa vie en Provence et dans le Languedoc, où il remplit les plus hautes fonctions, séculières et ecclésiastiques; et il y avait connu tout ce qu'on y comptait alors d'hommes éminents dans l'Église. Il s'en souvint, quand il eut été élevé au souverain pontificat, et il s'empressa de nommer Raimond son chapelain. Nous le voyons avec ce titre dès le premier acte que nous avons de lui.

En juillet 1267, lorsque ce même pape autorisa la translation à Valence d'un évêque d'Avignon que tout le monde appelle Bertrand, et que nous disons, nous, être Robert I d'Uzès, ne voulant pas enlever au chapitre d'Avignon la nomination de son successeur, il lui désigna quatre personnes sur l'une desquelles devrait porter l'élection : Raimond de Nimes était l'un des quatre. Il ne fut pourtant point élu, le chapitre ayant choisi le cousin de l'évêque transféré, qui avait le même nom que celui à qui il devait succéder. Mais cette élection d'un concurrent ne lui fit rien perdre, car moins de six mois après, il fut fait évêque de Marseille.

Depuis environ cinq ans, Raimond était prévôt du chapitre de notre ville, ayant remplacé Geofroy Rostagni, qui occupait encore cette dignité en 1262. Il monta sur le siége épiscopal, quand Benoit d'Alignan en descendit, avec la permission du pape, pour terminer ses jours dans la vie religieuse. Ses bulles sont du 23 décembre 1267. Clément IV, qui le nomma directement et sans qu'il y ait eu d'élection, se plut à attester, en les lui donnant, que ses grandes vertus et ses mérites éminents lui étaient personnellement connus depuis fort longtemps, *prout diutina familiaris experientia nos instruxit.* Ce furent évidemment l'estime qu'il avait pour lui et la connaissance intime de ses qualités qui décidèrent sa promotion immédiate, sans consulter le chapitre de l'église vacante, à qui l'élection aurait appartenu.

Nous ignorons si Raimond alla se faire sacrer en Italie; mais il est certain que dès le mois d'avril de l'année suivante, c'est-à-dire trois mois après la date de ses bulles, il était à Viterbe, où se trouvait alors la cour romaine. Comme il ne partageait pas l'opinion de son prédécesseur, au sujet de l'échange fait par celui-ci, avec le comte de Provence, de la seigneurie de la ville épiscopale, il s'occupa avec beaucoup d'ardeur à en obtenir la révocation. Il soutenait que cet échange lésait énormément son église, et était pour elle un contrat désastreux qui devait être annulé. Le jugement de cette affaire fut confié par le Pape au cardinal Richard, diacre de Saint-Ange, et les procédures qu'elle occasionna et dont nous avons une partie, retinrent notre évêque à Viterbe pendant toute l'année 1268. Sa présence y est constatée aux mois d'avril, de mai, de juillet, de septembre, où s'accomplirent les divers actes connus du procès engagé. Tandis que Raimond comparaissait à chaque séance, Charles d'Anjou ne songea pas même à constituer un procureur pour le représenter dans la cause. Bientôt le Pape mourut, et la longue vacance du Saint-Siége, qui dura près de trois ans, rendit inutiles tous les efforts de l'évêque de Marseille, qui dès lors n'eut plus qu'à retourner dans son diocèse, pour y organiser les nouveaux domaines de son église, et y faire reconnaître ses titres et ses droits.

Il renouvela, en 1271, d'accord avec son chapitre, les statuts de son église cathédrale, et régla avec soin tout ce qui concernait le service divin, la tenue et la conduite des chanoines, la résidence et l'assiduité à l'office, et les distributions à faire à ceux qui étaient présents. En 1275, il assista au second concile général de Lyon, célébré par le Pape Grégoire X.

Il avait pour vicaire-général, au spirituel et au temporel, Rostang de Noves, qui le seconda merveilleusement, soit pour améliorer l'état des biens de l'église, soit pour surmonter les difficultés qu'il rencontra dans quelques-uns de ses vassaux, soit enfin pour le maintien de la discipline ecclésiastique. Le désordre qui régnait dans l'abbaye de Saint-Sauveur, fut principalement l'objet de son zèle ; et, n'ayant pu y remédier d'une autre manière, il procéda à la déposition de l'abbesse. Rostang de Noves, dont on a fait un franciscain ou un dominicain, et qui était un simple chanoine séculier, devint archevêque d'Aix, en 1283, à la demande unanime du Chapitre et des Suffragants. Deux ans après, il acquit à Marseille, au profit de son archevêché, la chapelle et l'hôpital de Sainte-Marthe, avec l'agrément de l'ordinaire, donné dans la forme la plus gracieuse.

Raimond de Nimes fit un dernier voyage à Rome en 1286, et obtint d'Honorius IV, par une bulle donnée à Tivoli le 8 août, la faculté de prendre un coadjuteur, alléguant pour motifs sa vieillesse et l'épuisement de ses forces. Nous n'avons pas trouvé de traces du personnage qui put être désigné pour le suppléer. Il vécut encore deux ans, et sa mort est inscrite dans le Nécrologe au 15 juillet 1288. *Idibus julii, obiit R. de Nemauso, episcopus Massiliensis, anno domini M.CC.LXXXVIII.* A partir du 24 juillet, nous trouvons en effet, dans nos livres de reconnaissances, le nom des administrateurs de l'évêché, le siége vacant, *cum careat episcopo;* et nous verrons, quand il s'agira de son successeur, que cette vacance dura bien près d'un an.

Les armoiries de cet évêque n'ont pas été retrouvées; celles que lui assigne *la France pontificale* n'ont aucune garantie, et l'on fera bien de s'en défier, comme de la plupart de celles qui sont dans ce livre. Son sceau, au contraire, nous est bien connu, et nous en avons fait graver deux exemplaires. Celui qui porte le n°2, et qui se trouve aux archives départementales de Vaucluse (Fonds de Bonpas, liasse 310), est incontestablement de notre prélat, puisqu'il pend par des ficelles de fil bleu à un *Vidimus* délivré par lui le 30 juin 1285. Il est en cire jaune. Le n° 1 est en cire verte, et est conservé aux archives des Bouches-du-Rhône, liasse B. 298. La charte à laquelle il est attaché par des bandes de parchemin, est du 23 juin 1197; ce qui l'a fait attribuer à un évêque Raimond, qui aurait vécu à cette époque. Mais deux choses sont certaines. La pièce B.298 est une copie bien postérieure à sa date, et son sceau ne peut être du XII° siècle. D'autre part, en comparant celui-ci au sceau avignonnais de Raimond de Nimes, il est facile de constater l'identité des deux dessins et des deux légendes. Les deux sceaux appartiennent donc au même personnage, qui vivait en 1285, et le Raimond de 1197 est un être imaginaire.

1   2

XXXVII

DURAND DE TRÉSÉMINES

1289—1312

Le surnom que portait l'évêque Durand a soulevé quelques difficultés, et un auteur récent a fait observer, comme un motif de suspicion, que Ruffi seul l'appelle ainsi ; Mgr de Belsunce dit aussi n'avoir trouvé ce nom dans aucun des actes qu'il a vus ; mais cette objection n'est pas fondée. En fait, le surnom de *Trésémines* est parfaitement authentique, et il est donné au prélat par diverses pièces de l'époque, sous les formes *Tre emine, Tres eminas, de Tribus eminis*. Au surplus, il n'est pas difficile de savoir d'où lui venait ce nom. *Trésémines* est un ancien fief, actuellement compris dans la commune de Villelaure, département de Vaucluse, dont la seigneurie a dû appartenir à la famille de l'évêque, sur laquelle, du reste, nous ne pouvons rien dire de plus explicite.

Durand était précenteur de la cathédrale de Marseille, et avait d'étroites relations avec l'église d'Arles. Au commencement de 1287, il était à Rome dans la maison du cardinal Bernard de Languissel, ancien archevêque de cette ville, à qui nous croyons qu'il était attaché, et il se trouvait en même temps procureur de Rostang de Capre, alors titulaire de l'archevêché. C'est, sans nul doute, la protection du susdit cardinal qui lui valut l'évêché de Marseille, dans les circonstances que nous allons dire, dont il n'a encore été fait mention dans aucun des historiens à nous connus.

Après la mort de Raimond de Nimes, les chanoines qui avaient à choisir son successeur, élurent Raimond Lordeti, abbé de Saint-Victor, précédemment abbé de Saint-Germain-des-Prés. Celui-ci, qui n'avait été promu à son abbaye que depuis un mois environ, et qui, pour l'obtenir, avait renoncé à la grande abbaye parisienne, parait avoir hésité beaucoup à accepter l'évêché auquel on l'appelait. Son âge avancé l'en dissuadait aussi, et il se sentait arrivé au bout de sa carrière. Il prit le parti de se rendre à Rome, où il était en février 1289 ; et le résultat de son voyage fut qu'il refusa définitivement de consentir à son élection. Le pape Nicolas IV se réserva alors le soin de pourvoir lui-même à la vacance de l'église de Marseille ; à l'instigation du cardinal de Languissel, il y nomma Durand, qui était présent à la cour romaine, et le fit sacrer par le même cardinal, évêque de Porto. Tout ceci avait lieu avant le 17 avril 1289, qui est la date des bulles données au nouvel évêque, et dès le mois de mai, les actes se faisaient en son nom à Marseille.

Il se rendit lui-même dans son diocèse, dans le courant de cette année, et nous le trouvons à Marseille et à Aix, dans les derniers mois. En 1290, il reçut l'hommage des châtelains de Ners, ses feudataires. En 1291, il supprima, d'accord avec ses chanoines, les repas que l'évêque avait le droit de prendre à la prévôté en certains jours de fêtes, et qu'il donnait à l'évêché le lendemain de Noël ; comme dédommagement, le prieuré de Cuges fut uni avec ses revenus à la mense épiscopale. En 1294, il obtint plusieurs lettres du roi Charles II, comte de Provence, pour mettre un frein aux prétentions des officiers royaux qui le molestaient dans l'exercice de ses droits.

Comme il avait toute la confiance de ce prince, il reçut de lui et du souverain pontife de nombreuses commissions pour d'importantes affaires. En 1295, le pape le chargea de mettre les Dominicains en possession de Saint-Maximin et de la Sainte-Baume, où le roi voulait les établir, ce qu'il fit le 20 et le 21 juin. Il dut encore, plus tard, constater par une enquête la valeur de la forêt de la Sainte-Baume, pour laquelle une compensation était promise aux Bénédictins. Il eut mission de mettre la paix, un moment troublée, entre l'archevêque d'Aix et son chapitre ; et c'est aussi sur son rapport que Charles II reconnut à l'église d'Aix *le mère impère*, d'abord contesté, au Puy-Sainte-Réparade.

Boniface VIII le fit receveur-général des décimes qu'il avait accordées au roi de Sicile sur les églises de France, et cette opération, qui s'étendait à un bon nombre de provinces, l'occupa durant plusieurs années, et l'obligea à se porter, de sa personne, en divers lieux éloignés. Il était à Vienne le 12 septembre 1296, à Lyon le 19 ; et il se rendit de là, le 2 octobre, à Saint-Antoine, où le Pape l'envoyait pour citer en cour romaine les Antonins qui venaient de chasser de leur église les moines de Mont-Majour qui la desservaient. Rentré à Marseille le 11 octobre, il faisait aussi assigner à Rome les Bénédictins arlésiens, et rendait compte au Pape, le 22, de ce qu'il avait fait pour exécuter ses ordres.

Dans l'impossibilité où nous sommes d'énumérer tous les actes de moindre importance auxquels il prit part, nous nous contenterons de mentionner, en 1302, sa présence à Aix à une réunion d'évêques qui vota au roi, pour un an, un subside équivalant au vingtième du revenu ; en 1304, son assistance, dans la même ville, à un conseil d'évêques et de barons, à la suite duquel Pierre de Ferrières, archevêque d'Arles, publia des statuts pour la Provence ; en 1307, des lettres de Charles II pour lui maintenir la seigneurie du château d'Orves, et obliger ses feudataires à la reconnaître. En 1309, il prêta hommage au nouveau roi de Sicile, Robert, qui venait de succéder à son père; et quand ce prince jura solennellement aux Marseillais l'observation des chapitres de paix et la conservation de leurs libertés, il assistait à la cérémonie, avec plusieurs autres prélats provençaux.

En cette même année 1309, pour mettre fin à quelques mésintelligences, on procéda à la délimitation exacte et précise des diocèses de Toulon et de Marseille. L'année d'après, eut lieu l'institution d'un curé pour l'église de Saint-Martin de Gémenos, sur la présentation de l'abbesse de Saint-Pons. Enfin, le 17 mai 1311, le procureur de l'évêque prit possession, en son nom, d'une maison à Alleins. C'est le dernier acte à nous connu de Durand de Trésémines, qui ne mourut cependant que le 3 août 1312, selon ce texte du Nécrologe : *Tertio nonas augusti, obiit dominus Durantus, episcopus Massiliensis, anno domini M. CCC. XII.*

Il y a aux archives départementales des Bouches-du-Rhône plusieurs exemplaires du sceau de Durand, mais ils sont tous assez défectueux, et aucun n'a le curieux contre-sceau que l'on peut voir ci-dessous. Celui que nous avons fait graver appartient aux archives du couvent de Saint-Maximin (Arm. 1. Sac. 1. n° 10.) Il est en cire rouge, et pend par un cordon de fil à une charte du 20 juin 1295. C'est l'acte par lequel Durand, au nom du Pape, mit Pierre d'Allamanon, évêque de Sisteron, et représentant des Dominicains, en possession de l'église de Saint-Maximin et de ses dépendances. Quel est l'animal qui figure au revers ? Cette question, assez embarrassante, attend une réponse que nous n'essayerons pas de donner nous-même.

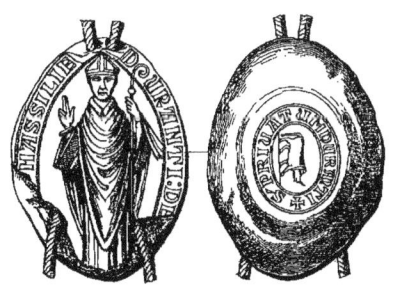

XXXVIII

RAIMOND ROBAUDI

1313—1319

Le *Gallia Christiana* a ignoré le nom de famille du prélat qui vient en ce moment prendre son rang sur le catalogue de nos évêques. Pour lui et pour les autres, il n'y a ici qu'un Raimond innommé, dont on a retrouvé à peine le prénom, et dont les antécédents ont échappé à toute recherche ; c'est presque un inconnu. Nous sommes heureux de pouvoir lui redonner son nom complet, et nous lui rendrons aussi sa personnalité, les titres qu'il a eus avant son épiscopat, et son histoire détaillée, que l'on chercherait en vain chez nos prédécesseurs.

Plusieurs de nos pièces contiennent tout au long le nom de famille du futur évêque de Marseille, qui n'est pas le moins du monde douteux ; et nous y voyons aussi qu'il avait pour frère Jean Robaudi, curé de Saint-Julien d'Asse, puis précenteur de Riez. Raimond fut lui-même archidiacre de la cathédrale de Riez, au plus tard en 1304 ; et un diplôme de Charles II, du 11 juin 1305, ajoute à ce premier titre celui de clerc du comte de Provence, *archidiaconi Regensis, clerici, familiaris et fidelis nostri*. En 1309, peut-être avant, il était devenu prévôt de l'église de Fréjus, et c'est de là qu'il fut promu à l'évêché de Marseille.

Tous nos écrivains religieux, à l'unanimité, font commencer son épiscopat en 1312, et citent de lui, comme évêque, un acte du 3 mars de ladite année. Ces deux assertions sont fausses, soit parce que Durand de Trésémines est mort seulement le 3 août 1312, soit parce que les bulles de Raimond sont datées du 1er janvier 1313. L'acte du 3 mars ne peut appartenir qu'à cette dernière année. Il dut sa nomination à Clément V, qui s'était réservé l'évêché de Marseille, et il fut sacré, sans doute à Avignon, par le cardinal Bérenger Frédol, évêque de Tusculum.

Les comtes de Provence, dont il avait été le serviteur, ne cessèrent pas de l'employer dans leurs affaires. Le roi Robert le chargea, en 1314, d'obtenir un délai pour le paiement du tribut de 8,000 onces d'or qu'il faisait à l'église romaine, et que les nécessités de la guerre l'empêchaient d'acquitter au terme convenu. Le 24 septembre, il fit son hommage à Aix, entre les mains du sénéchal. Le 1er juillet 1315, il fut témoin à Marseille, au couvent des Frères-Prêcheurs, à l'acte de procure donnée par la princesse Clémence de Hongrie, qui allait en France épouser le roi Louis X, pour la constitution de son douaire. C'est cette pièce qui nous a conservé son sceau. Deux mois plus tard, il jugeait en appel un procès des habitants de Manosque contre l'ordre de Saint-Jean de Jérusalem.

Le 7 mars 1318, il dégrada quatre malheureux Frères-Mineurs condamnés comme hérétiques, et livrés au pouvoir séculier qui les fit brûler dans le cimetière des Accoules. On veut qu'il ait assisté à la translation des reliques de saint Louis, évêque de Toulouse, qui eut lieu à Marseille, le 8 novembre 1319; ce jour-là en effet le corps du saint fut exhumé, et placé dans une châsse d'argent sur le maître-autel. Si Raimond fut présent à cette fête, ce que nous n'avons pas pu vérifier, ce ne fut pas comme évêque de Marseille, car depuis le 12 septembre de cette année, il était devenu archevêque d'Embrun, et il avait reçu un successeur.

Raimond Robaudi garda son archevêché un peu moins de quatre ans. Le jour précis de son décès ne nous est pas connu; mais il dut mourir au milieu de 1323. Le 26 août de cette année, Bertrand de Deux était nommé archevêque d'Embrun à sa place.

Le sceau de ce prélat, qui est ogival et en cire rouge, est encore pendant par des cordons de fil blanc à la charte du 1er juillet 1315, déjà mentionnée, laquelle est gardée aux archives des Bouches-du-Rhône, sous la cote B. 446. Nous n'en connaissons point d'autre exemplaire, et ç'aurait été vraiment dommage qu'un objet si gracieusement dessiné ne nous fût pas parvenu. C'est le premier de nos évêques qui ait mis sur son sceau la figure de la Sainte-Vierge, sous laquelle il s'est lui-même placé.

XXXIX

GASBERT DE LA VAL

1319 — 1323

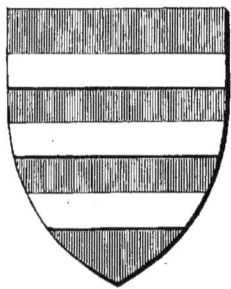

Nous savons déjà que les bulles qui transféraient Raimond Robaudi à l'archevêché d'Embrun étaient du 12 septembre 1319; celles qui nomment son remplaçant à Marseille sont datées du 18 du même mois. Ainsi, le siége ne demeura vacant que durant six jours.

Gasbert était du diocèse de Cahors, ainsi que le pape Jean XXII, et avant l'élévation de celui-ci à la papauté, il faisait partie de sa maison. Deux jours après son couronnement, Jean lui conféra à la fois l'église paroissiale de Bovenac, au diocèse de Narbonne, et un canonicat de la cathédrale de Meaux, en attestant sa qualité de familier, *familiari nostro*. Il lui donna ensuite l'archidiaconé de Cahors, qu'il possédait lorsqu'il devint évêque. Bientôt, il le fit son trésorier, titre qu'il échangea plus tard pour celui de camerlingue, *camerarius*, qu'il conserva durant tout le pontificat de Jean XXII. En outre, à partir de la mort du cardinal Jacques de Via, c'est-à-dire du mois de juin 1317, Gasbert eut l'administration de l'église d'Avignon que le pape retenait à sa main, sans y nommer de titulaire, et qu'il fut chargé de gouverner spirituellement et temporellement, avec le titre et les pouvoirs de vicaire-général de l'évêché. En réalité, il n'y eut point d'autre évêque d'Avignon que lui pendant les dix-huit ans du règne de Jean XXII, et tout ce qu'un Ordinaire aurait pu faire, fut accompli par lui, surtout lorsqu'il eut le caractère épiscopal.

9

Il semble que ces charges et ces fonctions multiples qui attachaient Gasbert à la cour pontificale, et qui ne prirent fin qu'avec la vie de son protecteur, auraient dû éloigner de lui une dignité qui, de droit, l'appelait à résider ailleurs, et à se consacrer au troupeau confié à sa sollicitude. Néanmoins, le pape n'hésita pas à lui donner la succession de Raimond Robaudi. Mais il est à peine besoin de dire que, durant les quatre années qu'il fut évêque de Marseille, le nouveau prélat demeura bien plus à Avignon que dans notre ville, et qu'il gouverna son diocèse par des grands-vicaires. Aussi trouve-t-on un fort petit nombre de faits à citer sous son épiscopat.

Il fit son hommage et serment de fidélité au roi Robert, à Avignon, dans le couvent des Dominicains, le 19 mars 1320. En 1321, il obtint de ce prince la révocation d'une ordonnance rendue par son Sénéchal, qui restreignait les droits des évêques dans l'organisation de leurs cours temporelles. Le 13 juin 1322, il obligea Guillaume de Lauris, co-seigneur de Valbonette, à reconnaître le droit exclusif qui appartenait à l'évêque, haut seigneur du lieu, de faire emprisonner les délinquants, droit que celui-ci s'était arrogé ; et le 18 juin, Bertrand de Porcellet, qui avait empiété sur sa juridiction, vint lui demander de l'absoudre de l'excommunication qu'il avait encourue. Tous ces actes s'accomplirent à Avignon, dans sa maison d'habitation.

Cependant l'éloignement où Gasbert se trouvait de son église, et le désir de récompenser ses services en l'élevant en dignité, le firent nommer archevêque d'Arles, le 26 août 1323. Il reçut le *pallium* le 8 septembre, et fit hommage entre les mains du roi, le 8 mars de l'année suivante. Il eut alors plus de facilité pour gouverner son diocèse, tout en continuant à demeurer à Avignon et à y exercer les mêmes fonctions. Nous l'y trouvons présidant en 1326 et en 1337 les deux conciles de Saint-Ruf.

Benoît XII le transféra, le 1er octobre 1341, à l'archevêché de Narbonne, et il y mourut au commencement de 1347. Le Nécrologe de la Major a enregistré sa mort en ces termes : *Tertio nonas januarii*, *obiit dominus Gasbertus, archiepiscopus Narbonensis, qui fuit quinque annis episcopus istius ecclesie.* Mais, malgré cette affirmation, il est sûr que son épiscopat à Marseille fut de quatre ans moins quelques jours.

Cet évêque portait : *de gueules à trois fasces d'argent.* Nous devons la connaissance de ses armoiries à l'auteur du *Pontificium Arelatense* (p. 308.), qui, néanmoins, les a données gravées à contre-sens, d'argent à trois fasces de gueules. Il est probable que l'erreur doit être attribuée à l'auteur de la gravure.

XL

AYMAR AMIEL

1323—1333

—

Il n'est pas facile de dire pourquoi l'on s'est opiniâtré jusqu'ici à nommer ce prélat *Amelin*, tandis que tous les documents qui contiennent son nom, ou celui des membres de sa famille, emploient le mot *Amelius*, qui en provençal ou en languedocien se rend par *Amiel*. Nous ne connaissons aucune pièce qui lui donne le premier nom, et l'on n'en a jamais cité aucune; nous en avons, au contraire, un bon nombre où se trouve le second. Il y a donc eu ici une simple méprise que rien ne justifie, et la rectification que nous avons faite s'impose nécessairement. Que ce soit une question vidée.

Aymar était chanoine et sous-chantre, *succentor*, de l'église d'Alby. Nous croyons qu'il était originaire de Montels, près de Cahuzac, dans le département du Tarn, où nous savons qu'il choisit sa sépulture. C'est, du reste, ce qu'affirme l'obituaire d'Alby, lequel nous apprend qu'il fut enseveli dans le lieu de sa naissance, dans l'église de Notre-Dame de Montels. Il eut un neveu, Bernard Amiel, qu'il fit son héritier, et deux autres, Aymar et Jean, qui furent successivement prieurs de Saint-Mitre, près d'Aubagne.

Son épiscopat est comme une doublure de celui de Gasbert de la Val. Il avait succédé à celui-ci comme trésorier pontifical, lorsqu'il devint camerlingue; il lui succéda aussi comme évêque de Marseille, quand il fut fait archevêque d'Arles. Comme lui, il demeura constamment à Avignon, auprès de Jean XXII, dont il habitait le palais, et où il mourut. Les deux prélats vivaient à côté l'un de l'autre, ainsi que nous le voyons dans un acte de 1326, fait au palais, *sur la terrasse de la maison habitée par l'archevêque d'Arles, camerlingue, et par l'évêque de Marseille, trésorier du Pape.* C'est de là seulement qu'Aymar put veiller sur son église, à laquelle il paraît avoir été fort attaché, et dont il soigna toujours les intérêts. Il siégea plus longtemps que son prédécesseur, c'est-à-dire dix ans entiers et quatre mois; mais il vécut moins que lui, et semble avoir eu une santé peu florissante, à en juger par les comptes de remèdes que nous avons rencontrés dans ses papiers. Nous connaissons un assez grand nombre d'actes de son administration, et nous pourrons la suivre d'assez près pour avoir une idée suffisante de ce qu'elle fut. Nous savons, du reste, de la manière la plus précise ce qui concerne son commencement et sa fin.

Les bulles qui le nommèrent évêque de Marseille sont datées du 26 août 1323, comme celles qui donnèrent l'archevêché d'Arles à Gasbert de la Val. Le même jour vit notre église perdre son évêque et en recevoir un nouveau. Le roi Robert reçut son hommage le 8 mars 1324; le dernier de ce mois, il ordonna lui-même à ses officiers d'exiger, dans son diocèse, les hommages, les reconnaissances et les serments de fidélité que lui devaient les nobles, les communautés et les particuliers, dans les châteaux qui appartenaient à son église. Cet ordre fut exécuté, et les nobles de Mallemort, d'Alleins et de Saint-Cannat, s'empressèrent de remplir à son égard leurs devoirs féodaux.

L'année suivante, il fit au profit de son église une acquisition très importante. Depuis l'échange conclu avec Charles d'Anjou, les évêques de Marseille avaient à Signe la haute seigneurie avec de grandes propriétés. Aymar profitant d'une occasion favorable pour les augmenter, acheta de Bertrand de Porcellet, seigneur de Cabriès, tout ce que celui-ci possédait à Signe-la-Blanche, et dans la vallée. Il lui en coûta sept cents livres de coronats, somme considérable pour l'époque; mais il obtint de Jean XXII l'autorisation de demander, pour s'acquitter, un subside au clergé de tout le diocèse. Le domaine de Signe devint un des principaux de la mense épiscopale; plusieurs évêques y ont résidé et y sont morts.

En 1326, eut lieu le premier concile de Saint-Ruf, où se trouvèrent réunis, sous les murs d'Avignon, tous les évêques de Provence, avec leurs trois métropolitains d'Arles, d'Embrun et d'Aix. Aymar était avec eux, ainsi que Gasbert son archevêque. On y fit de nombreux décrets disciplinaires. En 1331, le roi Robert, qui avait perdu son fils unique, demanda aux prélats et aux barons de Provence de reconnaître, par un acte formel, les princesses Jeanne et Marie, ses petites-filles, comme ses futures héritières. Aymar, déjà malade, ne put faire que par procureur son serment de fidélité. Il n'était pas, pour cela, moins soigneux pour veiller aux intérêts de son siége. Il força un petit damoiseau de Saint-Cannat à démolir deux tours qu'il avait bâties dans ce lieu, contre les droits de l'évêque; il protesta aussi solennellement contre le juge des premières appellations du comté de Provence, qui voulait connaître en appel une cause qui lui appartenait en vertu des conventions passées avec le comte.

L'état de sa santé, qui était loin de s'améliorer, le préoccupait de plus en plus. En 1333, qui fut la dernière année de sa vie, il fonda dans sa cathédrale une messe quotidienne pour le repos de son âme. Il établit, à la même intention, une chapellenie dans l'église de Signe, et une autre dans l'église de Saint-Cannat. Le 15 décembre, il fit, en présence de l'archevêque Gasbert, un codicille rempli de généreuses dispositions en faveur de ses serviteurs. Le 23, il manifesta de nouveau sa volonté de recevoir la sépulture dans l'église de Montels, au diocèse d'Alby, et voulut qu'en attendant, son corps fût gardé à Notre-Dame des Doms. Ce fut son dernier acte, et la présence de l'archevêque d'Arles, qui y est marquée, atteste que son prédécesseur l'assistait dans ses derniers moments. Il mourut le même jour, ainsi que le porte le Nécrologe : *Decimo kalendas januarii, obiit dominus Ademarius episcopus Massiliensis.*

Ses funérailles furent célébrées dans l'église cathédrale d'Avignon, et il y fut provisoirement enseveli, comme il l'avait ordonné. Nous pensons qu'on ne verra pas sans intérêt les détails que contiennent sur ses obsèques les fragments d'actes ci-joints.

M.CCC.XXXIIII, die IX mensis januarii… Jacobus Melioris, ypothecarius, romanam curiam sequens, habuit et recepit… a ven. ac discreto viro domino Bernardo Amelii, utriusque juris doctore, herede ac executore testamenti R. P. domini Ademarii, pie memorie, massiliensis episcopi, pro nongentis septuaginta duabus libris cere, *habitis et receptis a dicto Jacobo,* pro exequiis dicti domini episcopi, *LXIIII libras, XVI solidos, IV denarios coronatorum. Et pro speciebus, rebus medicinalibus, et quibusdam aliis receptis a dicto Jacobo, octo libras, duos solidos coronatorum. De quibus… pecuniarum summis, que in unam reducte summam faciunt LXXII librarum, XVIII solidorum, IV denariorum, necnon et aliis omnibus in quibus dictus dominus bone memorie episcopus teneri eidem Jacobo posset, usque ad diem presentem, eundem dominum heredem et executorem, ac bona ejusdem domini episcopi, absolvit penitus et quittavit. Renuncians… Actum Avinione infra hospitium Bertrandi Feraudi, civis Avinionis, quod tenebat dictus dominus episcopus… presentibus discretis viris dominis Johanne Courtoys, etc.*

M.CCC.XXXIIII, die IX mensis januarii… ven. ac religiosus vir dominus Guillelmus Ploverii, sacrista ecclesie Avinionensis, habuit et recepit… a ven. et discreto viro Bernardo Amelii, utriusque juris doctore, herede ac executore testamenti bone memorie domini Ademarii, massiliensis episcopi…, pro vestibus nigris, anulo, cirothecis et mitra, *que corpus domini episcopi secum portavit ad dictam Avinionensem ecclesiam, in qua fuit tumulatum, ac pro sepultura dicti corporis, et pulsatione campanarum, videlicet, tam pro se quam familia sua, quatuordecim florenos auri. De quibus… Acta fuerunt hec in sacristia, seu thesauraria dicte ecclesie Avinionensis…*

(Arch. dép. des B.-du-Rh. S. Sauveur d'Aix. Reg. 77 et 78).

XLI

JEAN ARTAUDI

1334 — 1335

C'est seulement depuis Mgr de Belsunce que Jean Artaudi a retrouvé sa place parmi nos évêques, où le *Gallia Christiana* avait refusé de l'admettre ; mais la notice qu'il lui a consacrée n'a que quatre lignes, et consiste uniquement en l'insertion de son nom. Son histoire était parfaitement inconnue, et elle l'a été jusqu'à nos jours. Tout récemment encore, M. l'abbé Ricard écrivait, après avoir mentionné le nom d'Artaudi : « On ne sait rien de plus de son épiscopat ; » et M. Fisquet, avec un peu plus de modestie : « Nous ne savons rien autre chose sur ce prélat. » Pourtant, pour en savoir un peu plus, il n'aurait fallu que faire quelques recherches, car les documents abondent, et nous en avons réuni plus d'une cinquantaine.

Nous allons donc résumer ici le Mémoire historique que nous publiâmes, il y a six ans, à l'occasion de l'entrée de Mgr Robert, évêque de Marseille, pour reconstituer la figure de son prédécesseur. Des pièces nouvelles, découvertes depuis lors, nous permettront d'être plus complet et encore plus précis, et de fixer des dates que nous avions dû parfois laisser un peu indécises.

Jean Artaudi descendait d'un noble chevalier arrivé en Provence à la suite de Béatrix, fille du comte de Savoie, lorsqu'elle vint épouser Raimond Bérenger V, et nommé Artoud de Dorchis. On trouve encore dans le département de l'Ain une localité appelée *Dorche*, dont la famille d'Artoud a dû prendre le nom et posséder la seigneurie. Celui-ci, qui avait pour femme Agathe, dame d'honneur de la comtesse Béatrix, figure dans un grand nombre de chartes de Raimond Bérenger, qu'il servit avec beaucoup de zèle. En 1233, il était tombé entre les mains des ennemis de ce prince, qui s'occupa de sa rançon, et il est probable qu'il était prisonnier à Marseille. Ses services furent récompensés par la donation du château de Pierrerue, puis par celle du château de Venelles, qui passa à ses descendants. Après la mort du comte, il resta attaché à sa veuve, la suivit dans le comté de Forcalquier, son douaire, où elle se retira, et encourut par sa fidélité la colère de Charles d'Anjou, le nouveau comte de Provence. Il est dit, dans l'arbitrage prononcé par saint Louis en 1256, pour accorder son frère avec la vieille comtesse, que Charles devra ne garder aucune rancune contre les partisans de celle-ci, spécialement contre le chevalier Guillaume Artoudi, et qu'il rendra les biens qu'il avait saisis à lui et à son père.

Artoud de Dorchis vécut au moins jusqu'en 1257 ; il eut un fils nommé Guillaume, dont nous venons de parler. Après celui-ci, paraissent Jacques Artaudi et un second Guillaume Artaudi, successivement seigneurs de Venelles, et, selon toutes les apparences, ses fils et petit-fils. Guillaume II fut père d'un autre Jacques, qui était le neveu de notre évêque, lequel semble donc avoir été lui-même fils de Jacques Iᵉʳ et frère de Guillaume II. Nous lui connaissons encore un frère, Artaud de Dorchis, qui fut chanoine d'Aix, et une sœur nommée Cécile, qui fut mariée à Arles à Hugues d'Aiguière, dont elle n'eut que des filles.

Par sa mère, Jean Artaudi était le neveu de Pierre d'Allamanon, qui fut évêque de Sisteron de 1292 à 1304 ; c'est lui-même qui nous a appris ce fait, qui ne saurait être mieux prouvé ; et comme tout semble indiquer que l'évêque de Sisteron était le fils du célèbre troubadour Bertrand d'Allamanon, l'évêque de Marseille en serait le petit-fils.

A la suite de son oncle, qui fut à son époque l'une des gloires des Frères-Prêcheurs, Jean Artaudi se fit dominicain, et aussi bien que lui, il fit beaucoup d'honneur à son ordre. Il fut le quatrième prieur du nouveau couvent de Saint-Maximin, fondé par le roi Charles II. C'est là que le pape Jean XXII vint le chercher pour le faire évêque de Nice. Il eut ses bulles le 9 mai 1329, et il administra cette église plus de quatre ans et demi. Durant ce temps, il reçut du pape plusieurs commissions concernant les affaires de son ordre, pour le gouvernement duquel il était consulté et employé. Il résista avec fermeté aux entreprises du viguier royal, qui, au mépris des immunités ecclésiastiques, avait saisi un de ses clercs et refusait de le lui rendre. Une bulle énergique que le pape adressa, sur ses plaintes, au Sénéchal de Provence, réclama la répression de cet empiétement sur la juridiction de l'église.

Le 10 janvier 1334, Jean XXII transféra Artaudi à l'évêché de Marseille ; comme il lui donna presque en même temps une mission de la plus haute importance, il n'est pas certain que celui-ci ait pu venir prendre possession en personne de sa nouvelle église. Il fut choisi pour aller, avec l'évêque de Saint-Paul-Trois-Châteaux, travailler à mettre fin à la guerre que se faisaient le comte de Flandre et le duc de Brabant, au sujet de la ville de Malines, guerre qui menaçait d'amener de désastreuses conséquences. Les pouvoirs que le pape donna à ses nonces sont datés du 1ᵉʳ mars 1334. Ils se mirent en route le 8 de ce mois ; le 10, ils étaient à Viviers, le 19 à Châlons, le 14 avril à Amiens.

Nous avons sept ou huit bulles qui leur furent adressées durant leur négocia-
tion, par lesquelles on peut comprendre les difficultés qu'ils rencontrèrent, et
qui les mirent plusieurs fois dans le cas de songer à revenir à la cour pontificale. Le roi de France, avec qui ils avaient ordre de se concerter, ne voyait pas
leur départ de mauvais œil, et il suggéra à Jean XXII de leur substituer, avec
les mêmes facultés, les évêques de Noyon, de Tournai et de Boulogne. Mais le
pape lui répondit qu'il ne serait pas honorable pour le roi ni pour lui, et encore
moins utile à la cause, de confier une pareille mission à des prélats de son
royaume. Il maintint donc à leur poste ses deux envoyés, que nous trouvons le
18 août tenant conseil à Amiens, avec le roi de France et d'autres grands personnages, pour chercher une solution pratique à l'affaire qui les avait amenés.
De l'avis de tous, il n'y avait point de paix à attendre si le comte de Flandre
gardait Malines. Alors les nonces, usant de leurs pouvoirs, relevèrent le comte
du serment qu'il avait fait de ne jamais aliéner cette ville, et elle demeura
indivise entre les deux princes qui se l'étaient disputée.

Artaudi était de retour à Avignon au mois d'octobre suivant. Il se proposait
alors de fixer sa demeure à la cour pontificale ; mais la mort de Jean XXII, qui
arriva peu après, et l'élection de Benoit XII, rigide observateur des lois de la
résidence, le déterminèrent à rentrer à Marseille, en février 1335. Le 2 avril
suivant, il donna, dans sa cathédrale, la bénédiction abbatiale à Cécile de
Requis-Novis, abbesse de Sion. C'est de Marseille aussi et de son palais épiscopal que sont datées une collation de la cure de Saint-Marcel et une procure
pour l'exécution du testament de Raimond, son successeur à Nice. Ceci nous
mène jusqu'au 18 avril de la dite année ; et après, on ne sait plus rien de son
épiscopat.

Nous le retrouvons cependant une dernière fois, le 7 juillet, dans son ancien
couvent de Saint-Maximin, malade et sur le point de terminer sa vie. En vertu
de l'autorisation que le pape lui avait donnée, il put, quoique religieux, dicter
ses dernières volontés et disposer de ses biens. Il voulut être enseveli dans
l'église des Frères-Prêcheurs d'Aix, aux pieds de son oncle de sainte mémoire,
Pierre, évêque de Sisteron. L'église des Dominicains d'Aix est actuellement
l'église paroissiale de Sainte-Madeleine. Pierre d'Allamanon y avait sa sépulture aux pieds du grand autel, du côté de l'évangile ; là aussi doit reposer son
neveu l'évêque de Marseille.

XLII

JEAN GASQUI

1335 — 1344

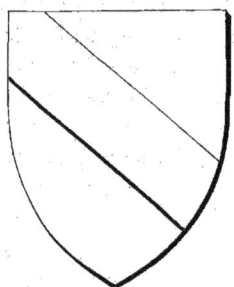

Beaucoup d'écrivains ont confondu Jean Gasqui avec Jean Artaudi, et ont fait des deux une seule personne ; c'est cette confusion qui explique pourquoi le nom de ce dernier manque dans les catalogues jusqu'au siècle passé. Nous ne nous arrêterons pas à établir la distinction entre les deux évêques ; elle ressort avec évidence des faits et des dates que nous citons pour chacun d'eux, et surtout des bulles de provisions données à l'un et à l'autre à un intervalle de vingt-un mois, et par deux papes différents.

Une seconde erreur, plus générale que la première, puisqu'elle a un partisan encore vivant, veut que ce prélat ait été dominicain. Tous les nomenclateurs de l'ordre s'y sont trompés et ont adopté Gasqui comme un des leurs, tandis qu'ils ne tiennent pas compte d'Artaudi. Cette méprise, au premier abord incompréhensible, provient de l'autre et s'explique aussi par elle. Il fallait un évêque de Marseille dominicain ; on a pris maladroitement le seul qui restât sur la liste, après l'exclusion du vrai. Bien que cette opinion soit certainement fausse, il serait inutile de la combattre ici, car ce que nous allons dire sur le compte de ce personnage établit manifestement qu'il ne fut pas religieux.

Enfin, pour terminer cette revue des inexactitudes accumulées sur un même sujet, nous ferons observer que divers auteurs, dont la critique laisse à désirer, Fontana, Cavalieri, etc., ont désigné Gasqui sous le nom de Jean de Montpellier.

10

C'est un nom de fantaisie, que rien ne justifie et qu'aucun document ne contient. Il ne faut pas aller chercher si loin la patrie de notre évêque, qui, au lieu d'être languedocien, était provençal et originaire de la ville d'Aix. Ceci est démontré par toute sa carrière qui s'est faite à Aix, par l'établissement à Aix de tous les membres de sa famille, et par l'existence à Saint-Sauveur d'une chapelle domestique bâtie par ses ancêtres, comme il nous le dit dans son testament, *quam capellam habet ibidem hedificatam genus meum.*

Jean Gasqui avait deux frères, Jacques et Isnard, qui furent chanoines d'Aix après lui; un troisième, Pierre, qui laissa des enfants ; et aussi des sœurs mariées à Aix. Il commença par être chapelain et médecin de Guillaume de Mandagot, archevêque d'Aix, qui, devenu cardinal et évêque de Palestrine, le fit nommer, le 30 mars 1317, recteur de l'église de Notre-Dame de la Gayole, au diocèse d'Aix. Il fut ensuite, avec les mêmes titres de médecin et chapelain, au service de Pierre des Prés, aussi archevêque d'Aix, de qui, disait-il en mourant, il avait reçu tant de biens et d'honneurs que Dieu seul pouvait acquitter sa dette. Pierre fut à son tour cardinal et évêque de Palestrine, et lui obtint en 1328 un canonicat à Lérida. Il devint peu après chanoine d'Aix, et il avait la charge de sous-chantre en cette église. Le 13 octobre 1335, Benoit XII le fit évêque de Marseille. Les bulles nous apprennent qu'il y avait eu une élection faite par le chapitre, après la mort de Jean Artaudi, et toutes les voix des chanoines recueillies au scrutin l'avaient désigné. Mais comme le Pape s'était précédemment réservé la nomination, il déclara l'élection nulle et le nomma de sa propre autorité.

Le nouvel évêque ne fit son hommage que le 23 novembre 1336, à cause d'un désaccord avec les officiers royaux sur la manière de le prêter. Ceux-ci exigeaient un hommage-lige, fait à genoux, à quoi le prélat se refusait. Le pape intervint, et le roi Robert ordonna à son Sénéchal de recevoir l'hommage sous la même forme employée par les prédécesseurs de Gasqui, en réservant tous ses droits. Alors l'évêque fit son serment de fidélité, debout, les mains jointes et la tête découverte.

Au mois de décembre 1337, il se rendit au second concile de Saint-Ruf, avec tous les évêques des trois provinces provençales. En 1338, furent réglées les questions qui divisaient les chanoines et l'évêque, au sujet des droits de visite de l'église cathédrale, des offrandes faites par les fidèles quand il officiait pontificalement, et de la collation des chapellenies. Il se mit également d'accord en 1339 avec le curé de Signe, sur la dîme qui lui était due par les domaines épiscopaux ; et en 1340, il fit un accommodement entre le curé de Gémenos et le monastère des dames de Saint-Pons. En 1341, ses droits de haut justicier à la Roque-Brussane furent déterminés par un arbitrage. Le 16 juillet 1342, le pape lui accorda la permission de tester, dont tous les évêques, les séculiers aussi bien que les religieux, avaient soin de se munir ; et il lui donna, le 18 janvier 1344, une indulgence d'un an pour sa cathédrale, en chacune des fêtes des saints évêques Lazare et Cannat.

L'épiscopat de Jean Gasqui fut de neuf ans. Il fit son testament le 5 septembre 1344, à Avignon, dans la maison, ou, comme il dit, dans *la livrée* du cardinal Pierre des Prés, et il y mourut le 10 du même mois. *Quarto idus septembris, obiit venerabilis vir dominus Johannes Gasqui, episcopus massiliensis.* C'était un homme studieux et érudit, ce dont fait foi l'énumération des livres de sa bibliothèque contenue dans son testament. On y trouve la confirmation de sa première profession, dans les livres d'histoire naturelle et de médecine qui y figurent. Il avait lui-même composé des sermons et des opuscules de droit, et un ouvrage intitulé l'*Echelle de la vie*, qu'il légua au cardinal son protecteur.

Il n'y a que des legs particuliers dans le testament de Jean Gasqui, car il n'institua point d'autres héritiers que les pauvres. Il ordonna que tout ce qui resterait, après qu'on aurait satisfait ses serviteurs et acquitté ses legs, serait distribué aux pauvres de chacune des terres appartenant à l'évêché, sans réserver autre chose que le strict nécessaire pour son successeur.

Nous avons de lui un beau sceau en cire rouge, dans un noyau de cire jaune, attaché par des bandes de parchemin à une charte du 8 juin 1339 (Arch. des B.-du-R. La Major). On y voit ses armes, qui consistent en une simple bande traversant l'écu. Nous en ignorons les couleurs ; mais il y en a bien assez pour faire voir combien sont fantaisistes les armoiries, tout à fait différentes, qu'on lui a attribuées ailleurs. Celles-ci ne sont reproduites dans aucun nobiliaire.

XLIII

ROBERT DE MANDAGOT

1344—1359

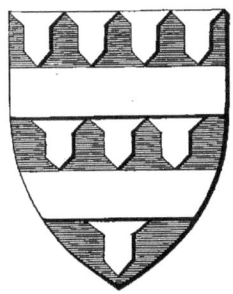

Jamais peut-être la place laissée vacante par un évêque mourant ne fut remplie avec autant de rapidité que celle de Jean Gasqui. Décédé en cour de Rome, le 10 septembre 1344, il avait, dès le 13 du même mois, un successeur dans la personne de Robert de Mandagot.

Robert était le neveu du cardinal Guillaume de Mandagot, successivement archevêque d'Embrun et d'Aix, l'une des lumières du droit à son époque, et l'un des juristes employés par Boniface VIII à la composition du sixième livre des décrétales. Élevé à l'école d'un tel maître, il était lui-même, au moment de sa promotion, docteur en droit canonique, prêtre et prévôt de l'église d'Uzès. Son frère, Hugues de Mandagot, était prévôt d'Embrun et chanoine d'Aix ; mais le savant Baluze s'est trompé en disant que ce Hugues fut aussi évêque de Marseille, après Robert ; car nous verrons que le successeur de celui-ci, quoique son parent, portait un autre nom, et n'avait rien de commun avec le prévôt, chanoine de ces deux chapitres. Nous affirmons, sans hésitation, que ce sont deux personnes distinctes.

Dès le 23 septembre, n'étant encore qu'évêque élu, il donna procure à son frère et à deux autres, pour présenter ses bulles aux chanoines de Marseille et prendre possession de son évêché. Un acte du 16 octobre suivant nous fait savoir qu'il était sur le point d'être sacré, et il dut l'être vers cette époque ; en tout cas, le mois suivant, il faisait demander pour son usage les ornements pontificaux qui appartenaient à l'église de Marseille, lesquels lui furent envoyés à Avignon. Presque en même temps, les frères de son prédécesseur lui rendaient des livres et des anneaux de prix, qui devaient lui revenir, et il s'entendait avec eux sur les détails de l'exécution du testament de leur frère. Les deux actes sont datés d'Avignon, où il était resté.

Il vint dans son diocèse l'année suivante. On le voit à Mallemort le 15 avril 1345, à Châteauvert le 15 mai, après qu'il eut très vraisemblablement séjourné à Marseille. Il se retrouvait dans son palais au mois de mars 1346, où il statua avec ses chanoines que les deux curés de La Major seraient désormais perpétuels, et fixa le mode à suivre pour leur nomination. Il régla également les rapports de l'Ouvrier de la cathédrale avec le Chapitre, et les questions d'intérêt communes entr'eux. Enfin, il se prononça, comme arbitre, sur les réclamations des bénéficiers, qui se plaignaient de l'insuffisance de leurs distributions. Tout ceci paraît s'être fait avec un parfait accord. En janvier 1347, il confirma l'élection de Bertrande de Signe, abbesse de Saint-Sauveur ; le 29 avril 1347, il visitait l'église paroissiale d'Auriol, et y conférait la tonsure à Guillaume d'Artigue.

Nous avons deux hommages de cet évêque à la reine Jeanne, l'un du 15 août 1346, fait au couvent de Saint-Louis de Marseille, l'autre du 15 juin 1351, rendu à Aix, au palais royal. L'un et l'autre eurent lieu selon la même méthode qu'avait employée Jean Gasqui, nonobstant les protestations des Sénéchaux qui, en les recevant, soutenaient qu'on y devrait suivre un cérémonial déjà refusé par celui-ci. L'existence de ce double hommage s'explique par le second mariage de la Reine qui, ayant donné à Louis de Tarente, son second mari, le titre de Roi, fit demander aux prélats et aux seigneurs un nouveau serment de fidélité commun à elle et à lui.

A l'occasion du premier jubilé cinquantenaire que Clément VI fit célébrer en 1350, notre évêque fit le pèlerinage de Rome. Nous le savons par les lettres de pouvoirs qu'il donna le 1er septembre à son grand-vicaire et à son official, et nous savons aussi qu'il était de retour avant le 10 novembre.

Robert de Mandagot ne négligeait pas ses devoirs de seigneur temporel. Il agrandit son palais épiscopal ; il obtint pour Mallemort et pour Signe une foire annuelle et des marchés hebdomadaires ; il prohiba dans ses terres le port de certaines armes offensives et les réunions d'hommes armés. Il transigea avec les seigneurs d'Evenos et d'Ollioules pour la seigneurie d'Orves, au moyen d'un partage des terres ; ce qui fut approuvé par une bulle d'Innocent VI.

La fin de son épiscopat fut troublée par un démêlé avec les Marseillais, qui occupèrent militairement son palais, parce qu'il voulait exiger la dîme à Marseille, contre les anciens usages: Plus grave fut la trahison des habitants de Saint-Cannat, qui, durant les dévastations de l'Archiprêtre, livrèrent le château à son associé Amiel de Baux, d'où s'ensuivirent un pillage général et mille brigandages.

On ignore le jour de la mort de ce prélat, que tous les auteurs disent être arrivée en 1359 ou au commencement de 1360. Nous pouvons être plus précis qu'on ne l'a été jusqu'ici, car nous avons un acte qui prouve qu'il n'était plus de ce monde le 19 janvier 1359 ; et ceci est démontré vrai par les bulles de son successeur, qui sont du 4 février suivant. Au dire de Ruffi, il serait mort de la peste à Avignon.

Nous donnons les armoiries de Robert de Mandagot avec quelque appréhension. Elles sont certaines pour le fond, car on distingue clairement sur son sceau un écu à deux fasces ; mais les détails ne sont pas complétement hors de doute. Tout bien considéré, nous croyons qu'il portait *de vair, à deux fasces de* .... Dans tous les cas, il y a une complète discordance entre l'écusson dont nous avons ici la forme authentique, et les armoiries attribuées jusqu'ici au cardinal Guillaume de Mandagot. Robert ne portait ni un écu *à trois lions*, ni un écu *d'azur à un lion d'or, parti de gueules à trois pals d'hermine*. Si son oncle a eu de telles armes, et nous en doutons, bien certainement notre évêque en avait de toutes différentes.

Le beau sceau que nous possédons de lui est en cire rouge sur noyau de cire jaune, attaché par des cordons verts à un acte du 10 avril 1346. Il est unique. Le petit contre-sceau armorié est aussi sur de la cire rouge coulée dans un creux pratiqué dans le noyau.

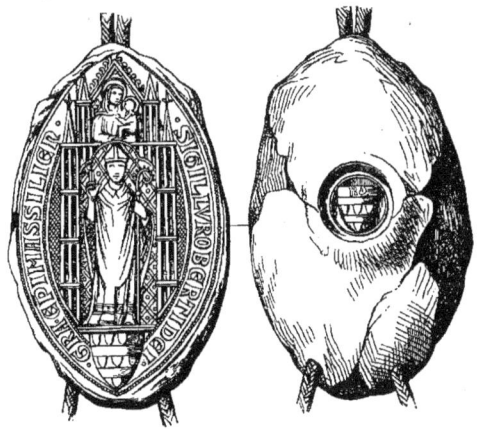

XLIV

HUGUES D'ARPAJON

1359 — 1361

Cousin du précédent évêque, neveu comme lui du cardinal Guillaume de Mandagot, Hugues d'Arpajon doit être nettement distingué de Hugues de Mandagot, prévôt d'Embrun et chanoine d'Aix, qui vivait à la même époque et avec qui on l'a confondu. Nous insistons sur ce fait, parce que la confusion est admise partout à cause de l'autorité de Baluze, dont l'érudition est ici en défaut. Jamais notre évêque ne fut chanoine d'Aix ni prévôt d'Embrun ; pour en acquérir la conviction, il n'y a qu'à le suivre pas à pas dans sa carrière.

Il commença par être chanoine de Marseille, où il vint sans doute avec son parent. Le pape lui donne ce titre et celui de chapelain pontifical, dans une bulle du 21 août 1351, par laquelle il lui confie l'administration de la prévôté de Marseille, non point, comme on l'a dit, avant l'élection d'Antoine de Baux, qui était déjà prévôt en 1350, mais pour suppléer à l'insuffisance de celui-ci. Les termes dont se sert Clément VI sont formels, et la date de la bulle suffirait seule pour faire voir que la première opinion est insoutenable. Comme cette commission lui était confiée *usque ad beneplacitum nostrum*, elle dura plusieurs années ; il en était sûrement investi à la fin de mars 1353, et il la gérait par un substitut. En ce moment, il était aussi chanoine de Rodez et nonce du pape en Italie, où Innocent VI l'avait envoyé auprès de l'archevêque de Milan et dans le patrimoine de Saint-Pierre.

Quand il fut fait évêque de Marseille, le 4 février 1359, il était archidiacre de Pithiviers, en l'église d'Orléans, licencié en droit civil et sous-diacre apostolique ; ce sont là les titres que le pape énumère dans ses bulles, où il atteste le connaître personnellement, *prout etiam familiari experientia novimus*. Sa qualité d'archidiacre a été niée à tort ; et ce qu'on a dit qu'il fut chapelain du pape Jules, et sacré le dimanche 14 février 1361, n'est pas de l'histoire, mais du roman. Il n'y eut pas de pape Jules depuis l'an 352 jusqu'en 1503 ; et le sacre de Hugues eut lieu assurément dans les premiers mois de 1359.

Ce prélat ne tint le siège que pendant deux ans, et il est resté peu de souvenirs des évènements arrivés sous son épiscopat. Le principal fut la reprise de possession de la terre de Saint-Cannat, qui depuis les troubles était restée au pouvoir des officiers royaux. Le sénéchal eut ordre de la restituer à son légitime seigneur, ce qu'il exécuta en 1360. Hugues d'Arpajon étant allé s'établir dans le château qui lui était rendu, y mourut en 1361 ; mais on ne sait pas le jour ni le mois de sa mort. Un acte incomplet du notaire Etienne Venaissini nous fait croire qu'il vivait encore à la fin de mai. Il est impossible de prolonger sa vie au-delà de ce terme.

Trois ans après, Guirand de Simiane, fils de sa sœur, fit transférer son corps à Marseille, et voici la lettre de part qu'il adressa au Conseil de la ville, pour l'inviter à la cérémonie funèbre.

Nobilibus viris dominis vicario et consilio generali civitatis Massilie, dominis et amicis carissimis. — Nobiles et precarissimi domini et amici. Felici salutatione premissa, notificamus vobis quod die jovis proxime venienti intendimus corpus reverendi patris et domini domini Hugonis de Arpajono, bone memorie, episcopi massiliensis, avunculi nostri, in ecclesia massiliensi translatare. Ideo rogamus vos quatenus in ejus translatione, contemplatione nostri et amore, vobis placeat interesse; et si qua possemus vobis grata, nobis fiducialiter rescribentes. Scripta Aquis, die XVII februarii. (Arch. mun. de la ville de Marseille.)

Le Conseil, pour honorer le défunt, et le seigneur de Simiane qui avait été jadis viguier de la ville, délibéra, le 19 février 1365, de prendre part au convoi avec tout l'appareil et la solennité convenables, et chargea les syndics d'en faire les préparatifs.

La famille d'Arpajon avait des armes parlantes : *de gueules à une harpe d'or, cordée d'argent*. Elles sont données par tous les nobiliaires, — si ce n'est qu'il y a divergence sur la couleur des cordes, — et nous n'avons pas de motif pour les repousser. Mais nous n'avons vu aucun monument ancien duquel il résulte, d'une manière indubitable, que notre Hugues les employait.

XLV

PIERRE FABRI

1361

L'évêque nommé pour remplacer Hugues d'Arpajon ne fit que passer, et ne fut jamais sacré. Pendant longtemps, nous nous sommes demandé si ce personnage avait un droit incontestable pour figurer sur la liste de nos évêques. Ce qui nous faisait surtout hésiter, c'est que le *Gallia Christiana* et notre Ruffi assurent qu'avant son élection, qui serait du 3 juillet 1361, Pierre était prévôt du chapitre de Marseille, tandis qu'il est hors de doute qu'Antoine de Baux était alors, comme avant et après, en possession de la prévôté. Et puis, n'avions-nous pas à tenir compte des affirmations d'un moderne écrivain, assurant que « on n'a aucun document qui prouve qu'il ait été considéré comme évêque de Marseille » ? Si, en effet, il n'y avait pas de preuve qu'il ait été notre évêque, il serait déraisonnable de vouloir nous l'attribuer. Voici la solution de ce problème, qui n'a rien de bien difficile.

Il existe en réalité deux documents qui établissent que Pierre Fabri était évêque de Marseille, vers le milieu de 1361. Le premier est un acte de collation d'un canonicat de la Major, daté du 8 juillet de cette année, dans lequel il est dit que Pierre Fabri, évêque élu, était alors absent de la province d'Arles, et se trouvait en Italie dans les états de l'Église. Le second est la bulle du 27 août 1361, qui nomme Guillaume Sudre à l'évêché de Marseille, vacant, dit-elle, par la mort de Pierre récemment décédé *extra curiam*. Il nous semble que cela suffit pour rendre certain l'épiscopat de Pierre Fabri, si court qu'il ait été.

Le terme, *évêque élu*, ne doit faire illusion à personne, ni donner à penser que Pierre fut l'élu du chapitre. La distinction primitive du droit, entre l'évêque élu et l'évêque confirmé, n'existait plus à l'époque des papes d'Avignon, qui avaient supprimé les élections ; et un évêque élu était tout simplement un évêque institué par le Pape, mais non encore sacré. Pierre Fabri est donc mort avant son sacre, mais il était évêque, sauf le caractère. Il y a toute apparence qu'il était attaché à la cour romaine, et qu'il remplissait pour elle une mission en Italie, où il mourut en juillet ou en août.

11

GUILLAUME SUDRE

1361–1366

Deux grands évêques, tous les deux cardinaux de l'église romaine, vont maintenant se succéder sur le siége de saint Lazare. Il est vrai que, conformément à la discipline de ces temps, le jour où la pourpre vint couronner leurs mérites, ils durent quitter leur évêché et cesser d'en porter le titre. Ils n'en sont pas moins l'honneur de notre église, d'où ils ont été tirés pour devenir les princes de l'Église-mère et maîtresse. A cette même époque, Marseille voyait un autre de ses enfants adoptifs, Guillaume de Grimoard, simple abbé de Saint-Victor, monter sans transition sur le trône pontifical. C'est lui qui, pour honorer la ville qu'il aimait, appela au cardinalat ses deux évêques, et en décorant d'une si haute dignité deux hommes éminents, ajouta un titre nouveau à la gloire de l'église qui les avait à sa tête.

Le premier des deux, Guillaume Sudre, naquit à Laguenne, tout près de Tulle, où l'on montre encore en ce moment la vieille maison de sa famille. Il se fit dominicain au couvent de Brives, se livra avec ardeur à l'étude, puis à l'enseignement, dans lequel il s'acquit un grand renom, et en 1348 le chapitre provincial de Saint-Gaudens le mit à la tête de la province de Toulouse. On ne le laissa pas achever le temps de son provincialat, et dès 1350, le pape l'appela à Avignon, pour être Maître du Sacré Palais, ou comme on disait alors, maître des écoles du Palais. De cet emploi, il passa à l'évêché de Marseille.

On n'a pas toujours été d'accord sur la date de son épiscopat. Baluze s'est trompé en la fixant à 1364; mais on sait depuis longtemps qu'il fut nommé en 1361. Nous sommes heureux de pouvoir dire le dernier mot sur cette question, en produisant ses bulles d'institution que nous avons rapportées de Rome; elles sont du 27 août 1361. Il est hors de doute qu'il fut sacré dans le mois de septembre. Il prit aussitôt pour vicaire-général Guillaume de Marseille ou de Roquevaire, dominicain comme lui, personnage très important dans son ordre et dans le monde, dont nous avons eu l'occasion de raconter l'histoire, comme ayant été le dernier des seigneurs de Roquevaire.

Sitôt qu'il en eut la liberté, il se consacra tout entier à l'administration de son diocèse, où les longues absences de ses prédécesseurs avaient rendu sa présence nécessaire. Il y vint vers Pâques de 1362. Le premier acte qu'on cite de lui est la bénédiction solennelle qu'il donna dans sa cathédrale, le 22 mai, aux trois abbesses de Saint-Sauveur, de Saint-Pons et de Sion. Le jour de l'Ascension, il officia dans l'église des Dominicains, et il y reçut la profession de nombreuses religieuses des trois monastères. Il entreprit ensuite la visite de ses églises, et la commença par la cathédrale, qu'il visita le 27 mai. Le 15 juin, il alla à Aix, faire son serment de fidélité entre les mains du Sénéchal, et retourna à Marseille pour s'y trouver au passage de l'abbé de Saint-Victor que le pape envoyait en nonciature à Naples, d'où il devait revenir, quatre mois après, élu au Souverain Pontificat.

Il tint son synode le 10 avril 1363, auquel assista un nombreux clergé; et il fit dresser la liste de ceux qui ne s'y étaient point rendus, pour les soumettre aux amendes édictées par la loi synodale. En 1364, le jour de saint Jean-Baptiste, ayant célébré la messe solennelle et prêché dans l'église de l'abbaye de Saint-Sauveur, il défendit, sous peine d'excommunication, les danses, les jeux et les chants profanes que les séculiers se permettaient dans l'enceinte de ce monastère. Il ordonna de faire avec plus de solennité, dans son diocèse, l'office de la Fête-Dieu et son octave. Il poursuivit les usuriers et les força à restituer les intérêts usuraires. Au mois de mai 1365, il assista au concile des trois provinces, tenu à Apt par ordre du Pape, et le 4 juin suivant, il fut présent au couronnement de l'empereur Charles IV dans l'église métropolitaine d'Arles. En octobre, il reçut Urbain V, qui vint à Marseille pour inaugurer les nouvelles constructions qu'il avait fait faire à Saint-Victor, et pour y consacrer le grand autel.

Sur la fin de cette même année, comme on redoutait l'invasion des Grandes-Compagnies, il fit réparer les murailles et les fossés des places qui dépendaient de l'évêché, y mit des capitaines pour les garder et les défendre, et ordonna aux habitants d'y fixer leur demeure, après s'être munis des armes nécessaires, et avoir mis à l'abri dans l'intérieur des murs toutes leurs provisions de bouche. On devait brûler ce qui ne pourrait y être transporté.

Urbain V, qui durant quatre ans de règne n'avait fait encore aucun cardinal, en créa trois le 18 septembre 1366, dont le premier était Guillaume Sudre, évêque de Marseille. Dès le lendemain, le conseil général de la commune se réunissait pour le féliciter de l'honneur qu'il recevait, et se transportait chez lui pour le supplier de se regarder toujours comme le protecteur et le défenseur de la ville. Il quitta bientôt Marseille et se rendit à Avignon, où il recevait, le 27 dudit mois, avec le chapeau, le titre des saints Jean et Paul.

Le nouveau cardinal eut toujours un grand crédit auprès du Pape. Il l'accompagna en Italie en 1367, devint évêque d'Ostie, et prit part à toutes les grandes affaires qui se traitèrent à la cour pontificale. En 1368, il sacra l'impératrice, femme de Charles IV, avant qu'elle fût couronnée des mains du Pape. En 1369, il reçut la profession de foi de Jean Paléologue, empereur de Constantinople. Revenu en France en 1370, en compagnie d'Urbain V, il mourut à Avignon le 28 septembre 1373, et fut enseveli dans l'église des Dominicains.

Les armoiries de ce prélat sont: *de gueules à la bande d'argent chargée de quatre chevrons de sable*. C'est ainsi du moins qu'on les voit figurées sur son sceau, si ce n'est que les couleurs n'y sont pas marquées. Mais on a varié sur le nombre des chevrons qui, d'après les uns, serait de trois, d'après d'autres, de cinq. Ciaconius, qui n'en admet que trois, les dit d'argent, et indique la bande comme étant d'azur, ce qui n'est pas admissible.

Son sceau, en cire rouge, nous est encore fourni par nos archives départementales (Fonds de l'Évêché de Marseille). Il est attaché à des bandes de parchemin, et pend au bas d'un acte du 19 décembre 1363, qui nomme un juge d'appel pour toutes les terres de l'évêque. Nous le croyons inédit, ne l'ayant jamais vu reproduit nulle part.

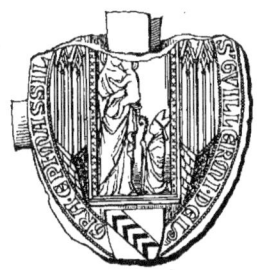

XLVII

PHILIPPE DE CABASSOLE

1366—1368

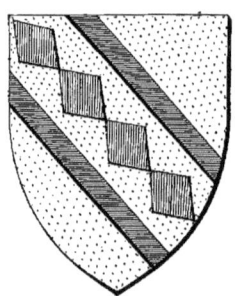

Philippe de Cabassole est aussi une des gloires de notre église, comme il fut l'honneur de la petite ville dont il occupa le siége avant de venir chez nous, et dont il est demeuré la principale illustration. Il jouit en son temps d'une immense renommée, grâce surtout à Pétrarque qui l'a immortalisé dans ses écrits. Du reste, ses goûts et ses connaissances littéraires en faisaient un esprit des plus distingués. Il était l'ami de tous les savants. Homme d'état estimé, il eut la confiance du Pape et de son souverain. Le roi Robert, en mourant, le donna pour conseiller à la jeune princesse qui allait lui succéder, dont il fut le chancelier malheureusement peu écouté. Urbain V lui confia le gouvernement d'Avignon et du Comtat-Venaissin, quand il ramena la cour pontificale en Italie, et Grégoire XI le fit Légat de l'Ombrie. Tout cela nous fait comprendre de quoi on le jugeait capable.

Cavaillon est la patrie de Philippe de Cabassole; il y naquit, y fut baptisé et y commença ses études. Son épitaphe, rapportée dans le *Gallia Christiana*, le dit fils d'Isnard de Cabassole; mais nous craignons qu'il n'y ait là un nom altéré, une charte de notre ancienne cour des comptes présentant d'une autre manière la généalogie de sa famille. D'après cette pièce, Jean de Cabassole, chevalier et maître-rational, eut un fils aîné nommé Louis; celui-ci, mourant avant son père, laissa deux enfants, Jean et Philippe. Jean II eut Isnard;

celui-ci, neveu de Philippe, fut substitué aux biens de sa maison. Ceci s'accorde peu avec l'assertion précitée.

Le futur prélat fit toute sa carrière ecclésiastique à Cavaillon, et il la fit très rapidement, comme on peut en juger par les dates suivantes, toutes certaines et précises. Le 22 mars 1328, il fut fait chanoine de la cathédrale de Cavaillon ; le 26 août 1330, il en devint archidiacre ; le 18 septembre 1331, il fut mis à la tête du chapitre, en qualité de prévôt ; le 17 août 1334, il fut nommé évêque, pour remplacer Geofroy Isnard, transféré à Riez. Il n'était que diacre, et paraît n'avoir pas eu alors l'âge canonique pour l'épiscopat. Il dut toutes les nominations que nous venons d'énumérer au pape Jean XXII, qui, en lui donnant l'évêché, fit son éloge en des termes que l'on rencontre rarement dans des actes de cette sorte, l'appelant : *virum litterarum scientia luminosum, morum elegantia insignitum, discretionis et consilii maturitate conspicuum, etc.*

C'est comme évêque de Cavaillon que Philippe acquit une réputation prodigieuse. C'est là que Pétrarque le connut et le fit connaître au monde entier. Les papes l'employèrent en diverses affaires difficiles, et l'envoyèrent en légation en France et en Allemagne. Il passa plusieurs années à Naples, à la tête du conseil de gouvernement dont la reine Jeanne avait été pourvue par la sagesse de son grand-père, et il y baptisa le fils que cette princesse mit au monde, après la mort de son premier mari misérablement assassiné.

Malgré tous ses talents et ses services, Philippe de Cabassole resta pendant près de trente ans évêque de Cavaillon. C'est un étrange spectacle de voir un personnage de cette valeur enseveli presque toute sa vie dans une petite ville, nous allions dire dans un village, grand homme, mais petit évêque, dit Pétrarque, *semper magnum virum, sed parvum tunc episcopum.* Innocent VI, sur la fin de son règne, reconnut cette anomalie. Le 18 août 1361, il le nomma patriarche de Jérusalem, en lui conservant par d'autres bulles du même jour, l'administration de l'église de Cavaillon ; c'était un titre d'honneur et un rang qu'il entendait lui conférer. Urbain V le fit recteur du Comtat-Venaissin, et lui donna l'évêché de Marseille, le 23 septembre 1366.

Il n'y a aucun fondement dans ce qui a été dit que Guillaume Sudre garda toute sa vie son ancien évêché. Selon le droit alors en vigueur, l'évêché devint vacant par le seul fait de sa promotion au cardinalat, et cinq jours après Philippe en était pourvu. Il tint notre église en administration, à cause de son titre de patriarche, et jamais il ne s'intitula autrement que *administrateur de Marseille*. Mais c'était tout un, et il n'en était pas moins évêque. Ceci rend sans portée la remarque récemment mise au jour, qu'il fut d'abord administrateur, puis évêque titulaire de Marseille ; et ce qu'on veut nous donner comme un *évènement trop peu mis en lumière*, est un fait qu'il faut absolument se résoudre à retrancher de son histoire.

Nous avons trois ordonnances faites par ce prélat, pendant les deux ans de son épiscopat. La première régla qu'un prêtre suffisait dans les lieux où il y avait cent habitants ; deux, là où il s'en trouvait quatre cents ; trois, de six cents à mille, sauf l'avent et le carême pendant lesquels on leur enverrait des auxiliaires. La seconde prescrivait de diminuer les distributions quotidiennes du chapitre, parce que ses revenus ne pouvaient y suffire. La troisième défend de recevoir, comme chanoine de la cathédrale, aucun sujet qui n'aurait pas l'âge pour être promu aux ordres sacrés dans l'année.

En partant pour l'Italie, en 1367, Urbain V confia à Philippe le gouvernement d'Avignon et de son église, qui n'avait pas d'évêque, et il devint ainsi son chef spirituel et temporel. Il était l'homme de confiance, chargé de tout durant l'absence du Souverain Pontife. L'année suivante, il fut compris dans la promotion de huit cardinaux que le Pape fit à Montefiascone, le 22 septembre 1368, et il y occupe la tête de la liste. Il eut d'abord le titre des saints Pierre et Marcellin, qu'il échangea deux ans après pour l'évêché de Sabine.

Il rejoignit la cour pontificale, où le pape l'appela, au milieu de 1369, et demeura en Italie jusqu'au retour d'Urbain V à Avignon, en septembre 1370. Il assista au conclave où fut élu Grégoire XI ; mais peu de mois après, celui-ci le renvoya dans les états de l'Église, avec les pouvoirs de Légat. Ce nouveau séjour en Italie ne fut pas plus long que le précédent ; étant tombé malade à Pérouse, il y mourut le 27 août 1372. Son corps fut rapporté en France et enseveli dans l'église de la chartreuse de Bonpas.

Philippe de Cabassole fut un grand ami et un admirateur de sainte Delphine, comtesse d'Ariano, qu'il eut de nombreuses occasions de fréquenter à Naples et en Provence. Quand Urbain V fit instruire le procès de sa canonisation, demeurée par malheur inachevée, il voulut donner à la cause l'appui de son témoignage, et déposa avec bonheur ce qu'il avait vu et connu personnellement des grandes vertus et des merveilleuses actions de la sainte.

Nous avons de lui une vie de sainte Marie-Madeleine, qui n'a jamais été imprimée, et dont une partie, celle qui regarde l'invention des reliques de la sainte en 1279, a pour nous une grande importance. Ici, Philippe n'est pas seulement un témoin presque contemporain et intègre ; comme il atteste tenir certains détails, qu'il rapporte, de la bouche même du roi Robert, fils de Charles II, nous avons dans ses récits un témoignage de premier ordre.

Les armoiries des Cabassole sont : *d'or à quatre losanges de gueules, appointés et posés en bande, accostés de deux cottices d'azur.*

XLVIII

GUILLAUME DE LA VOUTE

1368-1379

Si l'on veut comprendre quelque chose à la vie de Guillaume de la Voute, et se rendre raison de ses fréquents séjours en Italie, de sa nomination à une abbaye italienne, et de ses nombreux changements de siége, il faut d'abord se mettre au courant de ses relations de famille.

Ce prélat était d'origine vivaroise; son nom l'indique assez, et lui-même le confirme, en nous apprenant qu'il était du même pays que le cardinal Flandrin, dont la patrie est connue. Ce que nous savons encore par son propre témoignage, c'est qu'il était cousin du comte de Nole, dans le royaume de Naples; or, le comte de Nole, de la maison des Ursins, avait épousé Suéve de Baux, et un de leurs fils, adoptant le nom de famille maternel, se faisait appeler Raimond de Baux des Ursins. De là seulement pouvait provenir la parenté du comte italien avec Guillaume de la Voute, laquelle serait très facilement expliquée, s'il était vrai, comme le veut Baluze, que celui-ci eut pour père Bermond de la Voute, et pour mère Eléonore, fille d'Aymar de Poitiers et de Sibylle de Baux. Cette généalogie n'est point certaine; mais elle n'en montre pas moins qu'il y avait des alliances entre les maisons de Poitiers, de la Voute et de Baux, comme il y en avait entre cette dernière et les Ursins de Nole. Il faudra s'en souvenir quand nous verrons notre évêque quitter Marseille pour Valence, et aussi quand nous constaterons qu'il ne vécut pas moins en Italie qu'en France.

Guillaume de la Voute se fit moine au monastère de Saint-Saturnin, de l'ordre de Cluny, au diocèse d'Uzès, actuellement le Pont-Saint-Esprit, et il appartenait à ce prieuré, lorsque Innocent VI, le 22 mars 1359, le fit abbé de Saint-Vincent du Vulturne, abbaye bénédictine, située sur les bords dudit fleuve, non loin de Capoue. Il gouverna cette maison durant près de six ans, et il en fut tiré par Urbain V, le 13 novembre 1364, pour devenir évêque de Toulon, à la place de Raimond Daconis, transféré à l'évêché de Fréjus. Après quatre années presque entières d'épiscopat à Toulon, le même pape le fit évêque de Marseille, lui donnant la succession du cardinal de Cabassole. Nous n'avons pas retrouvé ses bulles dans les registres d'Urbain V, bien qu'elles soient inscrites à la table, parce que tout le cahier qui les contenait avec beaucoup d'autres, a disparu depuis longtemps ; mais nous savons qu'elles étaient datées du 27 septembre 1368, comme celles de son successeur à Toulon, qui le disent en toutes lettres. Il n'y a donc pas lieu de remettre sa promotion à l'année suivante, ni de supposer ici une vacance de quelques années.

Il fit son hommage le 26 avril 1369, et plusieurs actes nous le montrent à Marseille jusqu'à l'élection de Grégoire XI ; mais bientôt, ce pape l'envoya comme nonce à Naples, où il eut à s'occuper de graves affaires. Il dut entr'autres mettre fin aux menées peu correctes de Philippe, empereur de Constantinople, en le menaçant de l'excommunier et d'interdire ses terres. Il partit en juin 1371, ayant confié, le 8 de ce mois, l'administration de son diocèse à Giraud Aymeric, et nous ne l'y voyons reparaître qu'en 1373. En 1374, il souscrivit une transaction qui termina un long procès avec les Marseillais, en exemptant à jamais du paiement des dîmes la ville de Marseille et son terroir.

Une procure qu'il donna le 5 octobre 1377 nous apprend qu'il se disposait à un nouveau voyage, qui devait le tenir absent pendant longtemps. Nous savons où il allait. Grégoire XI était retourné en Italie depuis 1376, et Guillaume se rendait à Rome, à la cour pontificale. Il s'y trouvait quand le pape mourut, le 27 mars 1378, et il joua dans le conclave qui suivit sa mort un rôle important, qui est la partie la plus curieuse de son histoire.

Il fut prié par le cardinal camerlingue de le suppléer dans la garde du conclave et de veiller à la sûreté des cardinaux. Comme il connaissait tout le danger d'une pareille charge, en présence des dispositions violentes que le peuple manifestait, il aurait voulu la décliner ; mais le cardinal Flandrin, son compatriote, et le comte de Nole lui remontrèrent tout ce qu'elle avait d'honorable pour lui. Il se rendit donc au palais, reçut les clefs du conclave, et remplit ses fonctions avec le plus grand courage, ne craignant pas d'exposer ses jours. Il eut une peine incroyable pour faire sortir la foule qui avait envahi le palais, et

12

toute la nuit se passa dans un tumulte inouï, et dans une lutte périlleuse. Comprenant le prix du temps et la nécessité de devancer les 'démonstrations et les injonctions des Romains, il exhortait les cardinaux à ne pas perdre un instant. Hâtez-vous, mes seigneurs, leur disait-il, autrement vous serez tous mis en pièces, si vous ne nommez un romain ou un italien. Mais le récit détaillé de ces faits n'est pas de notre sujet.

Après l'élection de l'archevêque de Bari et la sortie des cardinaux, il voulut se retirer dans le château Saint-Ange, et ne put y parvenir. Il fut pris en route et traîné dans l'église de Saint-Laurent de la place *Scozza cavalli*, où on mit en délibération si on lui couperait la tête, ou si on le jetterait dans le Tibre. Sauvé par un Colonna, il put s'enfuir de la ville, à minuit, avec les cardinaux Flandrin et des Ursins, et se réfugia à Vicovaro.

Quelque temps après, l'ordre étant rétabli, et Urbain VI paraissant accepté comme pape, il reçut de lui des bulles qui le transféraient aux évêchés réunis de Valence et de Die. Mais quand il voulut prendre possession de ces églises, sa nomination fut regardée comme nulle, et il dut se faire promouvoir de nouveau par Clément VII, qui avait été élu dans l'intervalle. Les bulles que Clément lui donna sont datées de Nice et du 1er juin 1379. Celles d'Urbain VI ne se retrouvent pas, le Regeste de ce dernier étant très incomplet au Vatican. Guillaume resta à Valence jusqu'au 4 novembre 1383, jour où Clément VII le nomma à l'évêché d'Alby. Le Nécrologe de notre cathédrale dit qu'il mourut le 15 octobre 1392 : *Idibus octobris, obiit Guillelmus de Vouta, olim Albiensis episcopus, et ante, presentis ecclesie Massiliensis, anno domini M. CCC. XCII.*

Guillaume portait : *d'argent au lion de gueules.* On peut voir cet écu, deux fois répété, sur le sceau de notre évêque, dont nous avons trouvé un exemplaire suffisamment bon aux archives des Bouches-du Rhône. (Fonds du Chapitre de Marseille.) Ce sceau est en cire rouge, sur un noyau de cire de la même couleur. La charte à laquelle il est fixé par des bandes de parchemin, est du 10 mai 1376.

XLIX

AYMAR DE LA VOUTE

1379—1395

Aymar de la Voute est communément regardé comme le frère de son prédécesseur. Nous n'avons pas l'intention de contredire l'opinion générale, à laquelle
pourtant Ruffi n'a pas souscrit ; car d'après son histoire manuscrite de nos
évêques, il faudrait croire seulement que ces deux prélats étaient de la même
famille. Nous nous contenterons de dire que nous n'avons pas la preuve nécessaire pour que leur degré de parenté soit mis hors de doute. Nous connaissons
le père et la grand'mère d'Aymar, mais nous ne savons pas quels furent ceux de
Guillaume, c'est-à-dire qu'aucune pièce ne dit qu'ils eussent des auteurs
communs, aucune ne donne à l'un le titre de frère de l'autre. Il nous faut donc
laisser cette question dans l'état où nous l'avons trouvée, sans la trancher dans
l'un ou dans l'autre sens.

Si toutefois les deux évêques étaient frères, voici leur généalogie ; elle est
certaine pour ce qui concerne Aymar, et le deviendrait par cela même pour
Guillaume. Vivarois d'origine, nos évêques étaient provençaux de naissance,
par suite de l'alliance qu'un membre de la famille de la Voute, dont le prénom
n'est pas connu, vint contracter à Apt, vers 1280, avec la maison de Simiane.
L'une des branches de cette dernière famille prenait fin au XIVme siècle par un
fils et trois filles : Bertrand Raimbaud, mort sans postérité, Raimbaude, Roscie
et Mabile. Mabile, la plus jeune, épousa Fouque de Pontevès, et après un

veuvage prématuré, s'attacha à sainte Delphine d'Ariano dont elle imita les vertus : c'est la B⁻ Mabile de Simiane. Roscie fut mariée à Guillaume Augier, seigneur d'Oze. Raimbaude fut donnée au seigneur de la Voute, dont elle eut un fils, nommé Guillaume, qui était chevalier en 1312. Celui-ci fut le père d'Aymar, qui se dit lui-même dans un acte authentique, *fils de feu noble et puissant seigneur Guillaume de la Voute, chevalier, seigneur de Saint-Martin et de la vallée de Castillon, au diocèse d'Apt.*

Ce prélat commença par être précenteur de l'église cathédrale de Toulon ; c'est du moins le plus ancien de ses titres qui soit venu à notre connaissance. Il l'était encore quand il fut fait évêque de Nimosie, ou Limissa, en Chypre, le 18 août 1367, n'étant alors que sous-diacre et bachelier en droit. Nous pourrions être étonnés d'une nomination qui envoyait Aymar si loin de sa patrie, si nous ne voyions parmi les chambellans de Pierre, roi de Chypre, un Bermond de la Voute, chevalier du Vivarais, lequel accompagna ce roi dans son voyage en occident, lorsqu'il vint voir le Pape. Cette circonstance pourrait bien expliquer la promotion de l'évêque de Nimosie. Après sept ans d'épiscopat en Chypre, Aymar fut appelé au siége de Grasse, le 9 octobre 1374. Il se trouvait peut-être alors en Provence, ou bien il se hâta d'y venir ; car dès le 24 du mois de novembre suivant, il faisait son hommage à Aix, entre les mains du Sénéchal. De l'évêché de Grasse il passa à celui de Marseille, comme nous allons le raconter.

Quand la translation de Guillaume de la Voute à Valence fut décidée, le cardinal Pierre Flandrin s'efforça de faire donner à son frère Jean Flandrin l'église de Marseille qui allait vaquer. Mais Aymar de la Voute lui fut préféré, et Urbain VI fit les deux nominations vraisemblablement le même jour. Nous n'avons pas plus trouvé les bulles de ce dernier que nous n'avions pu découvrir celles de Guillaume, et cela pour le même motif. Tout porte à croire cependant que ces promotions se firent assez peu de temps après l'élection d'Urbain, lorsque celui-ci se mit à expédier les affaires en consistoire, avec le conseil des cardinaux. En supposant qu'elles eurent lieu dans le mois de mai 1378, on ne s'éloignera pas beaucoup de la vraie date, jusqu'ici inconnue. Il existe en effet une lettre écrite d'Avignon, le 25 septembre de cette année, par les cinq cardinaux résidant en cette ville, pour exhorter les Marseillais à repousser l'évêque de Grasse qui s'était emparé de l'évêché de Marseille, en vertu de bulles qui n'avaient aucune valeur.

Aymar avait donc quitté, avant cette époque, son ancien évêché, et s'était installé dans le nouveau, par voie de fait et violence, dit la lettre susdite. Il eut de la peine à s'y maintenir, malgré l'appui du Sénéchal de Provence et du comte de Sault, ses proches parents, qui lui assurait de nombreux partisans ; sa position devint critique, surtout lorsque Clément VII eut été élu par les cardinaux réfugiés à Fondi, et reconnu en France et en Provence. Force lui fut, pour ne pas rester sans diocèse, de s'adresser à ce dernier et de lui demander de nouvelles provisions, que celui-ci lui donna à Nice, le 1er juin 1379.

Devenu ainsi paisible possesseur de son siége, il visita ses paroisses au commencement de 1380, et comme il en trouva plusieurs qui, par l'avarice des prieurs primitifs, n'avaient pas assez de prêtres, il fit une ordonnance pour en fixer le nombre à nouveau, suivant le chiffre de la population. En 1382, il fut fait conseiller de Louis Ier d'Anjou, avec mille francs de gages, et fit son serment à ce titre le 18 avril. Le 18 juin 1385, il fit son hommage à Louis II, à Avignon, entre les mains de la reine Marie, sa mère et sa tutrice. En 1390, il faisait sa visite pastorale à Allauch, où les habitants de Château-Gombert vinrent lui représenter qu'ils avaient rebâti leur église détruite jadis du temps des guerres, et le prièrent de rétablir la paroisse et de leur donner un curé. Il loua leur zèle et autorisa le service divin dans la nouvelle église, sans préjudice du droit paroissial réservé à Allauch.

Il y eut des mésintelligences entre les Marseillais et l'évêque, qui dut résider quelque temps à Avignon. Pour ce motif, semble-t-il, — *cum nos ad presens oporteat agere in remotis*, — il institua en 1392 un second vicaire-général. Mais assez longtemps avant, et au moins durant toute l'année 1384, il y avait à Marseille un évêque étranger, qui prenait tantôt le titre de grand-vicaire de l'évêché, tantôt celui de grand-vicaire de l'évêque. Il s'intitulait *episcopus Civitatensis*, ce qui nous semble désigner un évêque de Civitate, dans la province de Bénévent. Il devait suppléer l'évêque diocésain pour les fonctions épiscopales.

Il s'éleva aussi une discussion entre l'évêque et son chapitre, à l'occasion d'une succession, et de quelques livres et ornements pontificaux, de la perte desquels les chanoines rendaient l'évêque responsable. Les questions litigieuses furent vidées par un arbitrage de l'évêque d'Alby, et les ornements remplacés par une chapelle blanche complète que le prélat dut léguer à sa cathédrale. Cet acte fait à Avignon et daté du 8 octobre 1395, est le plus récent où l'on trouve le nom d'Aymar de la Voute. Huit jours après, le siége vaquait, et le 15 octobre le chapitre de Marseille constituait son administration. L'évêque était mort dans l'intervalle, et l'on ne peut guère douter qu'il n'ait terminé ses jours dans ladite ville d'Avignon.

Ses armes étaient les mêmes que celles de son prédécesseur : *d'argent au lion de gueules*. On les voyait dans un sceau que nous avons en vain fait chercher aux archives nationales, où, d'après le *Gallia Christiana*, il devrait se trouver.

L

GUILLAUME LETORT

1396—1403

Pendant plus d'un an, après la mort d'Aymar de la Voute, l'église de Marseille n'eut point d'évêque. Nous ne savons pas le motif de cette longue vacance, qui n'a pas même été signalée ; on peut pourtant le soupçonner, en voyant que Benoit XIII agit d'une façon identique vis-à-vis d'autres églises privées d'évêques, et ne se pressa pas d'y pourvoir. Il en sera de même, comme nous le verrons dans la notice de Paul de Sade, lors du prochain veuvage de notre église, et il se passera alors encore une année et plus, avant la nomination d'un évêque nouveau. C'était une mesure fiscale ; on laissait les siéges sans titulaires, pour en percevoir les revenus.

Ce fut donc après une longue attente que Marseille vit donner un successeur à Aymar, en la personne de Guillaume Letort. Voici les titres du nouvel élu. C'était un homme du nord, attaché à la cour du roi-comte de Provence, et se disant, dans les actes qu'il a lui-même souscrits, clerc du diocèse d'Évreux, notaire public par l'autorité apostolique et impériale, et secrétaire de la reine Marie et du roi Louis II. Nous savons, en outre, par une lettre de la reine, qu'il était le précepteur du jeune prince, son fils, *magistro in disciplina nati mei regis*. Enfin, les bulles qui le firent évêque nous disent ses titres ecclésiastiques : il était prêtre, docteur en droit et chanoine de Cambrai.

La reine Marie, désirant récompenser ses services, demanda pour lui à Benoit XIII, et à diverses reprises, l'archevêché d'Aix, qui demeura vacant toute l'année 1396. Le pape ne consentit pas à le faire archevêque ; mais, deux mois avant de nommer à ce siége Thomas de Puppio, il donna au protégé de la reine l'évêché de Marseille. Il eut ses bulles le 25 octobre 1396. Là, et dans bien d'autres actes, son nom est écrit tout au long : c'est toujours *Letort*, jamais *Lefort*, et le *Gallia Christiana* a eu tort d'admettre cette seconde forme, qui ne saurait être justifiée. Le 4 novembre, il nomma des procureurs pour prendre possession de son siége : c'étaient un secrétaire du roi, Pierre de Pavaillon, Jean Mercoire, clerc prébendé de l'église d'Apt, et Aymeric David, damoiseau du diocèse d'Angers, son cousin. Le 15 décembre, Pierre de Pavaillon fut installé à la cathédrale et à l'évêché, puis il alla présenter les bulles du pape aux syndics de la ville. Le 30 décembre, Jean Mercoire, en qualité de vicaire-général, révoqua tous les officiers spirituels et temporels, et en nomma de nouveaux ; ordonnant de remettre tous les châteaux appartenant à l'évêque, à son cousin Aymeric David, qui avait mission de les garder. Le château de Saint-Cannat, bien que du domaine de son église, était, avec Mallemort et Alleins, au pouvoir de la cour royale, pour le paiement d'une somme avancée par elle ; Guillaume en obtint la remise par des lettres du 31 décembre 1397.

Retenu sans doute par ses fonctions à la cour, il ne put venir en personne à Marseille, que le 17 janvier 1398 ; il y fut reçu processionnellement par les chanoines et le clergé, qui se réjouissaient de recevoir enfin leur évêque, *propter ipsius domini massiliensis episcopi felicem adventum novum*. Arrivé devant la porte de La Major, on lui fit jurer d'observer les statuts et bonnes coutumes de son église. Cette année et la suivante, on le trouve assez fréquemment dans notre ville. Le 15 août 1399, il officia pontificalement dans sa cathédrale, en présence du roi Louis II revenu de Naples, de son frère et de sa mère. Après la messe, on brisa les sceaux de la châsse dans laquelle était la tête de saint Lazare, pour montrer cette relique insigne à la reine Marie et à ses deux fils.

Le roi étant allé ensuite à Arles, il s'y rendit lui-même le 5 septembre, pour lui faire son hommage, qui avait été différé jusqu'alors. Peu de jours après, il était de retour à Marseille, et dans une réunion plénière de son chapitre, il requit le prévôt de lui jurer fidélité et obéissance. Ensuite, il admonesta les dignités et les chanoines sur l'état déplorable où ils laissaient les maisons qui leur étaient affectées à raison de leurs bénéfices, et leur ordonna d'y commencer dans la quinzaine les réparations nécessaires pour en empêcher la ruine.

En l'année 1400, nous avons de lui un accord avec les juifs d'Arles, qui lui devaient, comme évêque de Marseille, le cens annuel d'une lamproie. Il est à remarquer que, s'étant aperçu que le médecin Abraham Bondavin, de Marseille, ne portait pas sur ses habits de dessus une roue de couleur rouge, comme les autres juifs marseillais, il voulut qu'il en fût pris acte. Le 6 avril, il conféra l'église de Saint-Lazare hors les murs, qui était l'église de la léproserie. A la fin de l'an, il était à Arles, où il figure comme témoin au testament du Sénéchal Georges de Marle. Le 1er décembre, il y assista à l'entrée de la reine Yolande, femme de Louis II ; et la princesse étant allée à l'église vénérer les reliques, il la reçut en habits pontificaux.

L'archevêché d'Arles n'avait point de titulaire depuis la mort de Jean de Rochechouart, et Benoit XIII le fit régir en son nom, durant six ans, par divers prélats. En 1402, il confia ce soin à Guillaume Letort, qui pendant cette année et la suivante eut à gouverner deux diocèses. Il ne cessa point en effet d'être évêque de Marseille, et dans les actes qu'il avait à faire pour l'archevêché, il ne prenait que les titres de vicaire-général et adminis- trateur de l'église d'Arles. Ses doubles fonctions l'empêchant de résider habi- tuellement dans cette dernière ville, il y établit un official avec d'amples pouvoirs, et le déclara spécialement juge d'appel dans toutes les causes qui seraient portées, en seconde instance, devant la cour métropolitaine.

Guillaume se trouvait à Tarascon, le 12 septembre 1403, lorsque fut prononcée la saisie du temporel de Guillaume Fabri, évêque de Riez; c'est la dernière fois que nous voyons sa présence mentionnée dans un acte authentique. «Dom Denys de Sainte-Marthe, a dit Mgr de Belsunce, marque sa mort au 15 novembre de la même année, sans en donner la preuve.» Cette preuve, nous sommes à même de la fournir à ceux qui la désirent; elle se trouve dans ce témoignage du Nécrologe de notre église, déjà tant de fois cité : *XVII kalendas decembris, obiit R. P. Guillelmus Letort, massiliensis episcopus, anno domini M.CCCC.III.*

Voici le texte de la lettre adressée en 1396 à Benoit XIII par la reine Marie, pour faire donner à Guillaume Letort l'archevêché d'Aix. La date en est déter- minée par la mort de l'archevêque Jean d'Agout, arrivée à la fin de 1395, et la promotion de Thomas de Puppio, qui est du 22 décembre 1396. Les diverses lettres que la reine atteste avoir écrites antérieurement à celle-ci, nous reportent au moins au milieu de cette dernière année.

Sanctissimo et Beatissimo in Christo patri et domino, domino nostro Bene- dicto, universalis ecclesie pape XIII. — Sanctissime in Christo pater ac clementissime domine, post devotam recommendationem et pedum oscula beatorum Sanctitatis vestre. Sciat vestra Sanctitas qualiter oretenus, et post- quam fui...., per meas sepius repetitas litteras, Sanctitati eidem devotius supplicavi, ut ipsa Sanctitas vestra venerabili viro Guillelmo Letort, legum doctori, magistro in disciplina nati mei regis Sicilie, qui in servitiis sancte ecclesie Dei, atque mei et dicti Regis nati mei, plurimum insudavit, de ecclesia archiepiscopali civitatis Aquensis providere, de sua benigna clementia, dig- naretur, et adhuc supplicare non desino; sperans quod pulsanti aperietur, et supplicatio mea Sanctitati vestre ad exauditionis gratiam admittetur. Quam conservet altissimus ad regimen sancte sue ecclesie feliciter et longius. — Sanctitatis vestre humilis et devota filia. — Regina Jerusalem et Sicilie. (Ruffi. Hist. Mss. des Évêques de Marseille.)

BENOIT II

1397 — 1418

En même temps que Guillaume Letort, nommé par le pape siégeant à Avignon et reconnu en France, gouvernait l'église de Marseille, un autre évêque, promu par le pape qui résidait à Rome, était sacré sous le même titre, et prenait, lui aussi, le nom de notre église. Ceci est un fait nouveau dans notre histoire ecclésiastique, et nous ne croyons pas qu'il ait été enregistré par quelqu'un. Quoiqu'il ne soit pas probable que ce personnage ait pu prendre possession de son siége, et qu'il ne semble même pas qu'il soit venu à Marseille, nous ne pouvons nous dispenser de raconter ici ce que nous avons découvert sur son compte, sous peine de laisser notre travail incomplet, en passant sous silence ce curieux épisode.

Malgré le silence à peu près absolu de tous les historiens, nous n'avons jamais pu nous persuader que, durant le grand schisme d'Occident, les papes qui se sont succédé à Rome, depuis Urbain VI, n'aient pas tenté de nommer des évêques aux églises de Provence, bien que celles-ci ne les reconnussent pas et fussent de l'obédience d'Avignon. Après des recherches longues et difficiles, d'abord demeurées sans résultat, parce que les documents sont très rares, et que les provisions de ces évêques paraissent ne plus exister, nous avons pu réunir un assez bon nombre de faits concernant l'histoire de plusieurs de nos églises, durant cette période si troublée.

13

Comme il était facile de le prévoir, il y eut alors, parallèlement aux évêques nommés à Avignon, des sujets pourvus à Rome des mêmes siéges; bien qu'on les ait omis sur les listes officielles, ils n'en ont pas moins porté les mêmes titres que ceux qui y figurent, et il nous semble qu'il faut en tenir compte. Pour ce qui regarde Marseille, l'existence d'un évêque nommé Benoit, siégeant concurremment à Guillaume Letort, est certaine. Nous n'avons pas ses provisions, mais nous avons une bulle de Boniface IX qui le nomme à l'abbaye de Saint-Clément de Tivoli, et dans laquelle sont consignés les faits qui suivent.

Benoit était évêque de Marseille le 9 mars 1397. Boniface, qui récemment lui avait donné cet évêché, ne pouvait guère se faire illusion sur l'accueil qui attendait ici sa créature. « Il est probable, lui dit-il dans sa bulle, que vous ne pourrez pas avoir la possession des biens de votre mense épiscopale, à cause de la puissance des schismatiques dans les domaines desquels votre église se trouve placée. C'est pourquoi, jusqu'à ce que vous ayez pu prendre possession de l'église de Marseille, ou que vous ayez été transféré à une autre église cathédrale, nous vous confions le monastère de Saint-Clément de Tivoli, dont les revenus vous aideront à soutenir votre rang. »

Ces paroles, que nous venons de traduire littéralement du texte latin, outre qu'elles ne laissent aucun doute sur la question principale de la nomination de Benoit à l'évêché de Marseille, vont aussi nous faire connaître la date à laquelle il y fut nommé, et le nom du pape qui le choisit. On aura remarqué que Boniface ne dit pas que Benoit n'avait pas pu se mettre en possession de son évêché, ni que les schismatiques dominant à Marseille n'avaient pas voulu le recevoir ; il parle de l'avenir, et augure qu'il n'est pas vraisemblable qu'il puisse prendre possession, *possessionem... non es verisimiliter adepturus*. De là, deux conséquences forcées: l'une, que la nomination du nouvel évêque avait eu lieu à une époque peu éloignée, et qu'il n'avait fait encore aucune tentative pour se rapprocher de son église ; l'autre, que Benoit devait sa promotion à Boniface IX, qui, le 9 mars 1397, était dans la huitième année de son pontificat. Personne, assurément, ne voudra remonter à huit ans en arrière, pour attribuer au pape précédent le choix de cet évêque.

Si maintenant on veut se souvenir que Guillaume Letort fut fait évêque de Marseille le 25 octobre 1396, il sera difficile de ne pas être frappé de la coïncidence, et de ne pas regarder l'élection de Benoit comme une protestation contre la nomination faite par le pape d'Avignon. Tant que vécut Aymar de la Voute, ni Urbain VI, ni Boniface IX, ne paraissent avoir rien fait pour le déposséder. Mais lorsque Avignon voulut lui nommer un successeur, Rome se hâta de lui opposer un compétiteur.

Que devint par la suite l'évêque Benoit? Nous avons trouvé une bulle d'Innocent VII, du 1er décembre 1404, donnant une commission peu importante, à un évêque de Marseille fixé à Rome ; c'est évidemment lui, et nous sommes assurés par là qu'il vivait encore. D'ailleurs, à défaut de pièces manuscrites, des livres imprimés, auxquels on n'a pas pensé de recourir, vont nous donner sur le reste de sa vie d'abondants renseignements que tout le monde aurait pu recueillir avant nous. Nous les réunissons ici pour compléter son histoire.

Le 6 décembre 1405, nous apprend l'*Italia sacra* (tom. 1. col. 775), Benoit, évêque de Marseille, était à Viterbe et bénissait, dans l'église de Saint-Blaise, Gabriel Jacobi, moine de Saint-Sauveur *de Monte Amiato*, nommé à l'abbaye de Saint-Michel *de Quarto*, de l'ordre de Citeaux, dans le diocèse de Sienne. Les lettres-patentes qu'il lui donna à la suite de cette cérémonie, étaient encore, du temps d'Ughelli, dans l'archive du premier de ces monastères, où l'historien les vit scellées du sceau de ses armes. C'est à cette circonstance que nous devons de pouvoir reproduire celles-ci.

A l'époque du concile de Pise, nous croyons pouvoir affirmer que Benoit demeura attaché au parti de Grégoire XII. S'il avait fait acte d'adhésion au concile, où se trouvait Paul de Sade, notre évêque, on n'aurait pas manqué de lui donner un autre évêché, comme on le fit pour tous les siéges qui avaient deux titulaires. En le voyant conserver son titre d'évêque de Marseille après ce concile, on peut être sûr qu'il n'y avait pas adhéré, de sorte qu'on ne s'y occupa point de lui. Il le garda encore une dizaine d'années. Mais quand l'élection de Martin V eut définitivement rendu la paix à l'Église et ramené l'union, l'ancien évêque de Marseille fut pourvu de l'évêché de Fondi. Sa nomination fut faite le 14 février 1418, comme, après Ughelli, l'assure Cappelletti (*Le chiese d'Italia*, tom. 21, page 349), c'est-à-dire qu'elle suivit de près l'élection de Martin V à la papauté par le concile de Constance.

Benoit resta quatre ans à Fondi, et quitta cet évêché pour celui de Véroli, où il fut transféré, dit encore Ughelli, le 19 septembre 1422. Ce fut son dernier siége, et il y mourut en 1427.

Nous donnons les armoiries de cet évêque d'après l'*Italia sacra* (tom. 1. col. 287 *). La figure nous présente un champ *d'argent à trois chevrons renversés d'azur, au chef de… chargé d'une fleur de lys de…* La description contenue dans le texte d'Ughelli — *tres fascias ex obliquo campum secantes,* — nous avait fait croire d'abord à trois bandes; mais le dessin donne des chevrons, et rien ne nous autorise à admettre ici une erreur de gravure. Nous espérons que ces armes pourront faire découvrir à quelle famille appartenait le prélat qui les a portées, et aideront à lui rendre son nom patronymique.

LII

PAUL DE SADE

1404—1433

Les revenus de l'évêché de Marseille, laissé vacant par le décès de Guillaume Letort, ayant été attribués à la chambre apostolique, elle en jouit durant toute l'année qui suivit ce décès, et le clavaire préposé à leur perception en tenait compte au camerlingue du pape, qui était alors François de Conzié, archevêque de Narbonne. Cette manière de percevoir l'annate était, croyons-nous, sans préjudice de l'annate elle-même, qui se trouvait ainsi doublée ou triplée. Il nous semble que nous pouvons à bon droit tirer cette conclusion, en voyant Paul de Sade, dans le mois qui suivit sa promotion, emprunter une somme importante, dans le but évident de solder les redevances ordinaires, puisque l'acte était passé à la chambre même qui les recevait, *in camera consilii camere apostolice palatii apostolici Niciensis.*

Paul de Sade était issu d'une ancienne famille avignonnaise dont tous nos nobiliaires ont parlé. Robert de Brianson et Artefeuil le disent fils de Hugues de Sade et de Verdaine Trentelivres, et lui donnent trois frères, Hugues, Baudet et Jean. Le testament du prélat nous fait connaître de nombreux membres de sa famille, la plupart inconnus des généalogistes. D'abord, Jean, le seul survivant de ses frères, avec sa femme Hélène, et leur fils Jean, déjà mort. Ensuite, Henri de Sade, son neveu préféré, dont la femme se nommait Marguerite, et les enfants, Jacques, chevalier de Saint-Jean, Baudet, Pierre et Marthe; son neveu, Elzéar de Sade et sa femme Dauphine ; ses nièces, Jacqueline, religieuse de Saint-Laurent, qui était venue le soigner dans sa dernière maladie, Catherine avec ses filles, None et Hélène ; ses petits-neveux, Antoine, Elie et Girard ; ses petites-nièces, Laure et Catherine, religieuses du couvent de Saint-Laurent, Marie, religieuse à l'abbaye de Sainte-Catherine d'Avignon. Quant au nom patronymique de notre évêque, il est écrit dans nos pièces *de Sadone, de Sazo,* et aussi *de Sauze.*

Ce fut le 17 décembre 1404, étant à Grasse, que Benoit XIII se détermina à mettre un terme au veuvage de l'église de Marseille. Les bulles qu'il donna à l'élu, le désignent comme clerc d'Avignon, n'ayant reçu que les ordres mineurs, et docteur en droit. Mais il n'est pas sûr que l'expédition de ces bulles ait pu suivre de près la nomination ; car, à cette époque, la cour de Benoit XIII était continuellement en route, et passa rapidement de Grasse à Nice, puis à Gênes. De Nice, cependant, le camerlingue du pape ordonna, le 5 février 1405, de livrer au nouvel évêque les fruits restants de sa mense, pour lui servir de provision jusqu'à la prochaine récolte. Ce dut être bien insuffisant pour les besoins du moment, comme l'indique un emprunt fait au mois de mai, pour lequel son secrétaire donna en gage une partie de sa vaisselle d'argent.

Bien qu'il eût pris possession de son évêché, où un grand-vicaire le représentait, Paul de Sade ne fut pas sacré avant la fin de mai 1405. Le 24 de ce mois, il fit prier son chapitre de lui envoyer en prêt un ornement pontifical blanc complet *pro recipiendo munus consecrationis a sancta sede apostolica.* Ceci nous donne à peu près la date de son sacre, et le reste de l'année, on le trouve résidant à la cour romaine. C'est ce qu'assurait le 30 novembre son vicaire-général, en affermant le territoire du château de Ners, à l'exception des terres et des bois occupés par les ermites qui habitaient dans cette solitude. Cet acte curieux stipule, en outre, qu'on devra donner à l'évêque la tête des sangliers qu'on tuera dans la forêt, et un quartier de chaque cerf et chevreuil qui y sera pris. Ces faits nous semblent bons à relever.

Il fit son hommage à Tarascon, le 7 mai 1406, entre les mains du roi Louis II. En 1409, il se rendit au concile de Pise, qui semblait devoir mettre fin au schisme, et après lequel, on eut trois papes au lieu de deux ; il officia à la huitième session, tenue le 10 mai. Mgr de Belsunce affirme à tort qu'il n'assista pas au concile de Constance, qui élut Martin V et eut l'honneur de terminer la grande désunion des églises. Nous pouvons assurer que lorsque le clergé de Provence désigna en 1417 les prélats qui devaient le représenter à Constance, l'évêque de Marseille fut nommé le premier, et après lui, les évêques de Digne, de Senez et de Toulon. Ajoutons que le testament de notre évêque parle de son voyage à Constance, et nous apprend que pour s'y rendre, il dut emprunter de la vaisselle d'argent à son neveu, parce qu'on lui avait volé la sienne, *dum veniebamus de civitate Aquensi ad hanc civitatem Massilie*, PRO ACCEDENDO CONSTANCIAM. Mais il sera prouvé que Mgr de Belsunce n'a pas vu ce testament, bien qu'il en ait parlé. Enfin, le 10 mai 1420, nous constatons sa présence aux États de la province qui furent assemblés à Aix.

Voici des faits moins connus et non moins intéressants. Le 14 novembre 1410, après la mort d'Artaud de Mélan, Paul de Sade fut élu ou postulé archevêque d'Arles, par le chapitre de cette métropole, presque à l'unanimité, car il eut 10 voix sur 12. Le décret d'élection le qualifie de *legum doctor famosus*, et atteste qu'il avait enseigné le droit à l'université d'Avignon. Mais le pape Jean XXIII donna l'archevêché au cardinal de Brogny, évêque d'Ostie et vice-chancelier. En 1420, il fut transféré, par Martin V, à l'évêché de Saint-Pons de Thomières, et Avignon Nicolaï fut nommé à sa place. Nous verrons dans la notice suivante comment ces nominations demeurèrent sans effet.

Sous son épiscopat, la reine Yolande fonda à Marseille la maison des dames de Sainte-Paule, de l'ordre de Saint-Jérome; et c'est à cette époque, que l'on veut aussi rapporter l'établissement du grand couvent des franciscains de l'Observance. En 1423, la ville fut prise par l'armée navale du roi d'Aragon. Ce fut une épouvantable calamité pour Marseille, car les ennemis ne se contentèrent pas de la mettre à sac durant trois jours ; après avoir tué et pillé à satiété, ils ne se retirèrent qu'après y avoir allumé un immense incendie qui consuma plusieurs milliers de maisons.

Paul de Sade fit son testament le 8 février 1433. Il voulut être enseveli au tombeau de ses prédécesseurs, sous les degrés par lesquels on monte à la tribune, et institua héritier le chapitre de son église. Il fit un codicille le 25 février suivant. Mgr de Belsunce a cité ces pièces d'après les archives de La Major, cellule 35 ; mais voici deux preuves pour une qu'il ne les a pas vues. D'abord, le testament parle du voyage du prélat au concile de Constance, nié par lui ; de plus, en mentionnant le codicille, il dit qu'*il n'en connaît point la teneur*. Or, le codicille et le testament étant écrits sur un seul et même parchemin, il est de toute évidence qu'il n'a vu ni l'un ni l'autre, et qu'il n'en a connu que les fragments contenus dans le manuscrit de Ruffi.

Cet évêque mourut le 28 février 1433 : *Pridie kalendas martii, obiit R. P. Paulus de Sauze, episcopus istius ecclesie*. Ses armes sont *de gueules à l'étoile de huit rais d'or*. Ainsi les voyait-on, au dire de Nostradamus, sur la porte de sa cathédrale, sans l'adjonction de l'aigle qui, par une concession de l'empereur Sigismond, surchargea plus tard l'étoile de sa maison.

LIII

AVIGNON NICOLAÏ

1420 — 1421

Comme Pierre Fabri, Avignon Nicolaï ne prit pas possession de l'évêché de Marseille. Comme lui, il y fut légitimement appelé, institué canoniquement; il eut ses bulles, et il existe des lettres du pape lui donnant le titre d'évêque de cette ville. Quel fut le motif qui empêcha sa nomination de sortir son plein et entier effet? Nous l'ignorons complètement. Mais, quoi qu'il en soit, ce prélat n'eût-il été qu'un seul jour notre évêque, sa personnalité est trop considérable pour qu'il puisse nous être permis de l'omettre. Il y a là d'ailleurs une série de faits intéressants, la plupart inconnus, qui ne peuvent déplaire aux amis de l'histoire vraie. On en chercherait vainement la trace chez nos historiens les plus récents, les plus féconds, les plus illustres.

On a défiguré partout le nom de ce prélat, qui, sans contestation possible, se nommait Avignon. C'était un dominicain de la province de Provence, et avant de parler de ses prélatures, il est juste que nous commencions par indiquer les emplois qu'il remplit dans son ordre. Il était professeur de lettres et de sciences — *magister naturarum* — au couvent de Marseille en 1386 et 1387. Il enseignait le livre des sentences à Montpellier en 1390, et nous le retrouvons en 1397, dans ce même couvent, lecteur principal et docteur en théologie. Du 1" janvier 1399 au 9 juin 1401, il fut prieur du couvent royal des dominicaines de Nazareth, d'Aix ; à cette dernière date, il devenait provincial de sa province, charge qu'il exerça pendant sept ans entiers, bien que certains écrivains le fassent arriver au provincialat à deux reprises différentes.

Ces faits bien constatés, — et chacun nous est garanti par un acte, — nous permettent de vider dès maintenant une question importante. Tous les historiens qui ont parlé de lui, font parvenir Avignon Nicolaï à l'épiscopat et le font nommer évêque de Senez vers 1385, c'est-à-dire vingt et quelques années avant l'époque où sa promotion eut lieu. A cette date, il n'avait peut-être pas plus de vingt ans, il était tout au plus professeur de classes élémentaires, et au moment où on le fait passer d'un évêché à l'autre, il faisait son cours d'enseignement dans les chaires de son ordre. Nous allons bientôt le suivre dans sa carrière épiscopale ; mais n'oublions pas que tout ce qu'on en a dit jusqu'ici est inexact, et n'en croyons rien.

Provincial des Dominicains de Provence en 1401, il continua à l'être jusqu'en 1408, et nous avons presque pour chaque année des pièces qui l'assurent. Au commencement d'octobre 1406, il tint le chapitre de sa province à Marseille, après lequel, il fut absorbé par le rôle politique qu'il joua au service de Benoit XIII. Déjà, dans le courant de l'été, les cardinaux d'Avignon l'avaient envoyé auprès de celui-ci, alors à Finale, pour l'engager à revenir en Provence. Dès que la nouvelle de la mort du pape Innocent VII, arrivée le 6 novembre 1406, fut connue de Benoit, il engagea d'actives négociations, d'abord avec les cardinaux romains pour empêcher une nouvelle élection, puis avec Grégoire XII, pour régler les conditions d'une entrevue qui pût rendre la paix à l'Église. Avignon Nicolaï fut dans tout ceci un de ses principaux agents, et il alla successivement à Florence, à Rome, à Sienne, à Lucques, etc. Mais ces négociations laborieuses, qui durèrent toute l'année 1407 et la moitié de 1408, ne purent aboutir, et Benoit qui s'était avancé jusqu'à Porto-Venere, quitta l'Italie le 16 juin, après avoir convoqué un concile pour le jour de la Toussaint, dans la ville de Perpignan.

Six jours après, le pape était à Villefranche, et récompensait Nicolaï en le nommant évêque de Senez. Ses bulles, datées de cette petite localité, sont du 22 juin 1408, et portent qu'il était alors prêtre, maître en théologie, et provincial des Dominicains. Ceux qui ont mis sa nomination à une date antérieure, c'est-à-dire tous, sont dans l'erreur. Ce prélat assista au concile de Perpignan. Il n'alla pas à Pise, et par suite Alexandre V donna son évêché à Jean de Seillons, le 9 août 1409 ; mais pour l'obédience à laquelle il appartenait, il fut évêque de Senez jusqu'au 13 novembre 1415, où Benoit XIII le transféra à l'évêché d'Huesca, sa patrie. Après le concile de Constance, il reconnut Martin V, qui lui confirma son titre, puis le fit évêque de Marseille.

La nomination d'Avignon Nicolaï 'à l'évêché de Marseille, bien qu'ignorée de tous, est très certaine. Nous avons relevé à Rome, sur le plus ancien registre de la congrégation consistoriale, au 30 octobre 1420, la translation de Paul de Sade à l'évêché de Saint-Pons de Thomières, et au 6 novembre la promotion de Nicolaï à la place de Paul de Sade. Dans les registres de la Chambre Apostolique, nous avons constaté, au 8 novembre, le paiement d'une partie des sommes dues par ce dernier pour l'évêché de Saint-Pons, et au 23 décembre, un versement identique fait au nom de Nicolaï pour Marseille. Dans les *schedœ* du cardinal Garampi, on a l'indication du registre de Martin V où sont les provisions de Nicolaï pour son nouvel évêché. Il est vrai que nous n'avons pas réussi à retrouver ce registre ; mais voici une bulle qui remplace avantageusement la première, et qui ne permet pas de douter du fait dont nous accumulons ici les preuves.

Martinus etc. Venerabilibus fratribus archiepiscopo Florentino et episcopo Bononiensi, Salutem etc. Cum nuper ecclesie massiliensi, tunc vacanti, de persona venerabilis fratris nostri Avinionis, episcopi massiliensis, duxerimus providendum,preficiendo ipsum eidem ecclesie in episcopum et pastorem; nos cupientes ejusdem Avinionis episcopi, in civitate nostra Bononiensi, parcere laboribus et expensis, ne propter hoc cogatur, veniendo ad romanam curiam, personaliter laborare ; fraternitati vestre, auctoritate presentium, committimus et mandamus quatenus vos, vel alter vestrum, ab eodem episcopo, nostro et romane ecclesie nomine, fidelitatis debite solitum recipiatis juramentum, juxta formam quam sub bulla nostra mittimus interclusam. Formam autem juramenti quod dictus Avinio episcopus prestabit, de verbo ad verbum, per ejus patentes litteras, suo sigillo signatas, per proprium nuntium quantocius destinare curetis. Datum Rome apud Sanctum Petrum, quarto idus decembris, anno quarto. (Arch. Lateran. Martin. V. 1421. an. 4. lib. 48. fol. 23).

Avignon Nicolaï était donc en novembre et en décembre 1420, évêque élu de Marseille. Pour un motif inconnu, sa nomination n'eut pas de suite, et le 14 mars 1421, il fut pourvu de l'évêché de Saint-Pons, destiné d'abord à Paul de Sade. Mais cette nomination n'était que provisoire, et pour attendre la vacance d'un siège plus important. En effet, le 3 juillet 1422 il devint archevêque d'Aix, où il mourut, après avoir siégé 21 ans, le 15 juin 1443.

Ce prélat portait : *d'argent à l'olivier de sinople, au chef d'azur chargé de trois étoiles d'or.* Nous trouvons l'indication de ces armoiries dans un manuscrit de la bibliothèque de Marseille (Mss. de Haitze, tom. 1), et dans un autre de la bibliothèque d'Aix (Rec. de Saint-Vincens, tom. 3).

LIV

ANDRÉ BOUTARIC

1433

L'évêque dont nous allons raconter l'histoire n'a pas trouvé grâce devant les doctes auteurs du *Gallia Christiana;* mal renseignés sur la question, ils n'ont pas admis son épiscopat, et ne l'ont mentionné incidemment que pour demander de quel droit il pouvait se dire évêque de Marseille. A notre tour, nous demanderons sous quel prétexte on pourrait lui refuser un titre qu'il a reçu et porté légitimement? Ici, la discussion est inutile; nous n'avons qu'à citer les documents qui le concernent et à leur laisser la parole, après toutefois que nous aurons exposé chronologiquement, selon notre usage, les faits qui nous font connaître ses parents et sa personne.

André Boutaric appartenait à une famille noble de la ville d'Aix. Son père, Antoine Boutaric, licencié en droit, fut fait successivement, par la reine Marie, en 1387, maître-rational à la cour des comptes, procureur et avocat du fisc. Il avait épousé Béatrix de Roquevaire, fille d'Audibert de Roquevaire, dont il eut deux fils, André et Arnoux, et deux filles, Marguerite et Catherine, celle-ci religieuse dominicaine à Nazareth, l'autre, mariée à Elzéar Arpille.

André fut jurisconsulte comme son père, et ayant étudié le droit à l'université d'Avignon, il y obtint le grade de licencié *in decretis*. Mais il se fit ecclésiastique de bonne heure, et fut, pendant une quarantaine d'années, chanoine de l'église d'Aix. Il fut aussi vicaire-général de l'archevêque et eut de plus un bénéfice à la cathédrale de Digne, dont il était précenteur en 1414. Il paraît encore avoir eu un canonicat à Apt et à Marseille. En 1417, quand le clergé de Provence envoya ses représentants au concile de Constance, il fut un des quatre élus pour le second ordre. En 1424, sa réputation et sa science lui valurent une double promotion : le 20 juillet, le roi Louis III, comte de Provence, le nomma maître-rational à la cour des comptes d'Aix, où nous avons vu que son père l'avait précédé, et le 5 novembre, une bulle du pape Martin V lui conféra le titre et les insignes de docteur en droit canon. Lors de la mort de Paul de Sade, il se trouvait être collecteur des droits de la chambre apostolique en Provence, et comme tel, il transigea avec le chapitre de Marseille, héritier du prélat, pour tout ce qu'il pouvait avoir à prétendre sur ledit héritage, et il lui délivra, moyennant 150 florins d'or de la chambre, une quittance définitive. Cet acte de bon accord lui valut la succession de l'évêque défunt. Les chanoines de Marseille se réunirent presque aussitôt et l'élurent unanimement pour leur évêque.

Tout semblait désigner André Boutaric à l'épiscopat, et ce n'est pas la première fois qu'il était élu. Au dire de Remerville, l'historien du diocèse d'Apt, Constantin de Pergola et son chapitre l'avaient choisi en 1430 pour prendre la succession de ce prélat, dont la mort inopinée fit seule échouer le projet. Ceci s'accorde très mal avec la nomination d'Étienne d'Épernay à l'évêché d'Apt, du vivant et du consentement de Constantin. Ce qui est plus sûr, c'est que le chapitre de Digne le choisit pour évêque en 1432. Enfin, nous venons de dire comment il fut élu à Marseille.

Cette élection, au lieu de lui être utile, pouvait nuire à André Boutaric, parce que Eugène IV n'admettait pas les élections des chapitres. Mais l'élu avait trop de crédit à la cour romaine pour être repoussé. Le pape se contenta de déclarer de nulle valeur l'acte capitulaire, et, pour éviter une plus longue vacance, il donna à André, diacre et docteur en droit, l'évêché de Marseille. Nous avons ses bulles sous les yeux, elles sont du 30 mars 1433. En présence d'un tel titre, qui d'ailleurs n'est pas le seul, il n'y a pas moyen de contester au prélat son rang et sa qualité d'évêque.

L'épiscopat de Boutaric ne fut que de quelques mois ; il mourut au plus tard au mois d'août 1433, et le 2 septembre il avait un successeur. Mais sa brièveté n'est pas une raison pour le supprimer, du moment qu'on en a la preuve certaine, comme nous l'avons dit, dans ses bulles de provision. Il en est aussi fait une mention expresse dans les bulles de Barthélemy Rocalli, qui le remplaça. Il en est parlé dans l'acte de l'élection de Cardette Vivaud, abbesse de Saint-Sauveur, du 7 octobre 1433 : *sede episcopali vacante ob mortem domini Andree, promoti et electi in episcopum ecclesie Massiliensis.* Enfin, dans un bref curieux du

29 juin 1434, par lequel Eugène IV réclame ce que Boutaric avait légué à la chambre apostolique, il le nomme en toutes lettres : *Bone memorie Andream Botarici, quondam episcopum Massiliensem.* En voilà beaucoup plus qu'il n'en faut pour avoir une certitude absolue.

Nous transcrivons ici la convention matrimoniale du frère de Boutaric, qui est écrite en vieux provençal ; intéressante par sa langue et par sa date, cette pièce nous fait aussi connaître tous les membres de la famille du prélat, son père et sa mère, son frère et sa sœur.

Sia manifesta causa a totz aquels que aquesta cedula veyran, que huey que hom conta MIL.CCCC.II., *a* XIIII *del mes de juin, nos Antoni Botaric, licenciat en leys, etc., et Raymon Filhol, ciutadans d'Aycx, nos em acordatz de far matri- moni, meianssant la gracia de Dieu, antre Arnolset Botaric et Philippona Filhola, en la forma que s'en sec. Premierament, yeu dich Antoni prometi de penre et de far penre, senssa nenguna exception, al dich Arnols, mon filh, la dicha Philippona, per paraulas de present, passat la festa de Totz Santz que vendra, a la requesta de vos Raymon ; quar adoncx et l'un et l'autre seran de etat complida. Et daray al dich Arnolscet totas las causas contengudas en una cedula scricha de la man del dich Arnols, et hun capitol que hy a de ma man ; s. l'ostals et la mitat del froyre, apres la fin de mi et de ma molher Biatris, et romanent, tantost apres ma fin. Et en ayso faray consentir Biatris, et* ANDRIEU *et Margaridona, mos enfans. Amb aytal pati, que si aquels an qui lo dich Arnols auria a partir lo froyre, li autavan mays donar* II* liuras, que ho puescan far, de volontat del dich Arnols ; ho, si lo dich Arnols amava mays las* II* liuras que la mittat del froyre, que puesca elegir. Et en aquel cas, donessa termes competens a paguar las* II* liuras. Et otra aquo, faray, si ren ay denembrat, tot quant diran mon compayre mossen Peyre Girman, prebost de Rietz et ufficial d'Aix, et Guilhem Picart, d'Aix, los qualx son agutz presens en tot. Et enaysins ho ay promes et jurat, en las mans del dich mossen l'ufficial, et prometti. Et obligui mi et bens a totas cortz, hon que sian, ecclesiasticals et seculars, a vos dich Raymon, present et stipulant. Et per fermesa d'ayso, aquesta cedula ay scrich de ma man propria, en presencia dels sobrenomatz, et sagellada de mon sagel, l'an el jorn sobredich ; laqual, ambe l'autra cedula en que es scrich so que doni, resta en las mans de vos dich Raymon.* (Arch. des B.-du-R. S. Sauveur d'Aix).

Les armoiries des Boutaric sont pour tout le monde : *de gueules à l'ancre à quatre pointes d'or* ; excepté pour la *France Pontificale*, qui en a trouvé d'autres tout-à-fait différentes, mais tout-à-fait fausses. Que le lecteur avisé sache y prendre garde.

LV

BARTHÉLEMY ROCALLI

1433 — 1445

Le nom que l'on donne communément à cet évêque n'est pas le sien. La première chose qu'il nous faut faire en commençant cet article, est de rectifier, preuves en mains, ce nom que nos devanciers ont altéré, et de le lui rendre tel qu'il l'a porté pendant sa vie.

Tous ceux qui ont eu à parler de lui, aussi bien les auteurs de l'ordre des Carmes, auquel il appartenait, que les écrivains ecclésiastiques et ceux qui ont fait de l'histoire littéraire, tous se sont accordés pour le nommer *Raccoli*. Or, il suffit de faire attention aux *Rocs* qui font partie de son écusson, pour comprendre que ce nom a dû être faussé, puisqu'on n'y retrouve pas la syllabe qui a fourni un des meubles de ses armoiries. Nous avons donc cherché parmi les documents contemporains, les actes toujours très rares où pouvait être écrit son nom de famille, et voici à quoi nos recherches ont abouti. *Raccoli* ne se trouve nulle part; c'est décidément un nom d'invention moderne. Nous n'avons rencontré dans les pièces parcourues que *Rocalli, de Rocalli, Rocalhi, Rocau* et *Roquerii*, le premier mot trois fois, les autres une fois seulement. Nous écrirons donc *Rocalli*, comme on le faisait de son temps, sans toutefois être sûr que ce n'est pas là une forme latinisée.

Rocalli était toulousain. On le dit fils d'un comte de Rocacoli, dont nous n'avons pas trouvé de traces; et nous avouerons que ce nom et ce titre nous inspirent une très médiocre confiance. Les titres de *comte* n'étaient pas communs au quatorzième siècle, et ceux qui les portaient n'étaient pas des inconnus. Etant entré dans l'ordre des religieux Carmes, il s'y distingua par ses talents, devint provincial de Toulouse, et fut fait Général de son ordre en 1430, au chapitre de Nantes. Le 2 septembre 1433, Eugène IV le fit évêque de Marseille. Il est presque sûr que cette nomination suivit de très près la première nouvelle reçue à Rome de la mort de Boutaric, — qui par suite pourrait être fixée au milieu d'août, — puisque les bulles ne disent rien d'une élection faite par le chapitre, tandis que les bulles de Boutaric lui-même citent, pour le déclarer nul, un acte identique qui avait précédé.

En effet, après la vacance du siége, les chanoines de Marseille avaient postulé pour leur évêque Louis de Glandevès, alors évêque de Vence ; celui-ci s'étant adressé au concile de Bâle pour faire déclarer canonique sa postulation, avait été confirmé par son métropolitain, le cardinal Louis Alleman, archevêque d'Arles, et mis en possession de l'évêché, le 25 février 1434, par l'archidiacre Guillaume de Littéra. Il y avait là toute une série d'actes schismatiques, qui empêchèrent pendant quelque temps Rocalli de se rendre à Marseille. Mais il ne manquait pas d'y avoir de nombreux partisans, qui préféraient l'élu du pape à l'élu du concile ; et celui-ci s'étant avisé d'excommunier ceux qui lui résistaient, Barthélemy envoya le 17 juillet 1434, du palais apostolique d'Avignon où il résidait, des lettres qui déclaraient nulles et invalides les censures prononcées par l'*Intrus de Vence*, et ordonnaient de promulguer les bulles pontificales qui lui avaient conféré l'évêché de Marseille. Il ne prend dans ces lettres que le titre d'évêque élu et confirmé, ce qui indique, d'une manière assez claire, qu'il n'était pas encore sacré.

Néanmoins, le parti de Louis de Glandevès, soutenu à Marseille par l'administration communale, à Aix par le pouvoir central et par toutes les grandes familles provençales alliées à la sienne ; à Bâle par le cardinal Alleman et par tous les ennemis d'Eugène IV, mit obstacle pendant près de deux ans à l'arrivée du nouveau prélat. Au commencement de 1435, l'évêque d'Aire, que le pape avait chargé de le mettre en possession, voyant l'inutilité de tous ses efforts et de sa longue attente, prononça sur toutes les églises de Marseille un interdit général, qui fut observé partout, sauf à Saint-Sauveur et aux Accoules. On cessa tous les offices, on suspendit l'administration des sacrements et les sépultures en terre sainte, au grand mécontentement du peuple. En vain le conseil de la reine fut-il d'avis que l'interdit ne devait pas être gardé. On envoya des députés à Avignon auprès du cardinal de Foix, légat du pape, et de l'évêque d'Aire, qui refusèrent de lever l'interdit, tant que l'évêché ne serait pas mis entre les mains d'une tierce personne non suspecte ; à quoi Elion de Glandevès ne voulut aucunement prêter les mains, pour ne point préjudicier, disait-il, aux droits de son fils.

Alors, le peuple étant convaincu que ces calamités n'auraient une fin que par la réception du pasteur légitime, il y eut un soulèvement général ; on se porta à la maison du Viguier pour y prendre des armes, à l'évêché d'où l'on chassa les gens de Glandevès ; on brisa les portes des Accoules et de Saint-Sauveur, pour y faire un mauvais parti aux prêtres qui avaient violé l'interdit ; on menaça les maisons des principaux partisans de l'intrus. D'autres armèrent une barque et allèrent chercher à Avignon Barthélemy Rocalli, qu'ils amenèrent à Marseille, et ils le mirent en possession de la cathédrale et de l'évêché. C'était au mois de juillet ou d'août 1435.

La reine Isabelle donna, en septembre, des lettres d'abolition pour tous les excès qui avaient pu être commis à cette occasion. A partir de là, Rocalli eut la paisible possession de son église ; il n'y eut point d'autre administration ecclésiastique à Marseille que la sienne ou celle de ses grands-vicaires. Les collations des bénéfices étaient faites par lui ou en son nom. Le roi René lui rendit en 1439 les terres de son évêché, sur lesquelles la cour avait mis la main, et il en fit l'hommage à Aix, le 17 juillet 1440. Deux ans après, il obtint du même prince la confirmation de toutes les donations, franchises, immunités et priviléges, accordés à l'église de Marseille et à ses domaines par ses prédécesseurs, les comtes de Provence et rois de Sicile.

Barthélemy Rocalli fit, le 8 septembre 1444, la reconnaissance des reliques de sa cathédrale, les mêmes qu'avait visitées Raimond I en 1122. Il vivait encore l'année suivante, et nous avons de lui un acte daté du 27 avril 1445. Il mourut dans le courant du mois de mai.

Nous connaissons ses armoiries, dont ne pouvons pourtant indiquer les couleurs. C'est un écu *écartelé, au 1er et 4e quartier de... au roc d'échiquier de..., au 2e et 3e de... au croissant de...* Le joli sceau qui porte ces armes et nous en garantit l'exactitude, se trouve aux archives des Bouches-du-Rhône (Fonds de la Major). C'est un sceau pendant à une bande de parchemin, cire rouge entre deux papiers. Il se trouve au bas d'une charte datée du 15 novembre 1443.

LVI

LOUIS DE GLANDEVÈS

1433

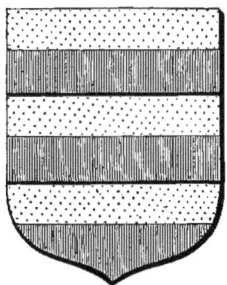

L'inscription du nom de Louis de Glandevès sur la liste de nos évêques, ne préjuge en rien la légitimité de ses titres, ni son droit à y figurer. En fait, il a occupé quelque temps le siége de Marseille, et il l'a si vivement disputé à Rocalli, que notre récit serait incomplet si nous ne réunissions ici les nombreux détails qui le concernent personnellement. Quant à la légitimité de son épiscopat, c'est une autre question. Nous nous expliquerons bientôt là-dessus sans réticences, et nous craignons qu'elle ne sorte fort amoindrie de l'examen auquel nous soumettrons les faits qui s'y rapportent. Nous pouvons dire d'avance que le système le plus favorable, celui qui le fait succéder à Rocalli, après la mort de celui-ci, et du consentement du pape, n'est pas soutenable, car il est certain qu'il est mort cinq ans avant son compétiteur.

Louis, fils d'Elion de Glandevès, seigneur de Faucon du Caire, descendait d'une très noble et très ancienne famille de Provence. Il entra dans l'Église où il fut pourvu de bonne heure de prébendes de choix, et arriva rapidement aux honneurs. Il était chanoine de Sisteron, lorsque le 28 novembre 1421, à la mort du prévôt de Grasse Jean Caroli, Martin V lui donna la prévôté, bien qu'il fût à peine alors dans sa vingtième année. Il ne tarda pas à monter à une dignité plus élevée. On a dit qu'il fut d'abord évêque de Glandève, et qu'il échangea cet évêché pour celui de Vence. C'est une erreur évidente que son nom seul a occasionnée, et il faut renoncer à une assertion inconsidérée, dont tout dénote la fausseté. En effet, le jour où Louis de Glandevès fut fait évêque de Vence, en remplacement de Paul de Carrio, celui-ci était nommé à Glandève, pour succéder à Jean de Boniface qui venait de mourir ; il n'échangeait donc pas avec Louis. D'ailleurs, les bulles de ce dernier disent explicitement qu'il était alors prévôt de Grasse, et non point évêque. Non-seulement il n'était pas évêque en ce moment, mais pour qu'il pût avoir l'évêché de Vence, il fallut que le pape le dispensât de trois ans d'âge, comme le rapportent les actes consistoriaux. Louis ne fut donc pas évêque de Glandève, et Vence fut son premier siége.

C'est encore Martin V qui, le 27 mai 1427, l'appela à l'évêché de Vence. Il n'y avait point eu d'élection, et le pape le pourvut de lui-même, en vertu de la réserve générale qui atteignait les évêchés vacants en cour de Rome, par la translation de leurs titulaires. Or, Louis de Glandevès, évêque de Vence, aurait préféré l'être de Marseille. C'est pourquoi, après la mort d'André Boutaric, c'est-à-dire vers la fin d'août 1433, l'influence de sa famille et surtout de son père, qui déploya la plus grande ardeur pour lui procurer cet évêché, le fit élire ou plutôt postuler par le chapitre. Tout le monde sait par cœur ces deux choses : 1° Qu'un évêque ne pouvait pas être élu à un autre évêché, mais seulement demandé à son supérieur, qui est le pape ; 2° Que le droit mettait une grande différence entre l'élection et la postulation, la première conférant des droits que la seconde ne donnait pas. Il était inouï que l'élection régulièrement faite fût cassée, tandis que souvent la postulation n'était pas admise. Ainsi, même en dehors des réserves faites à cette époque par le Saint-Siége, la postulation du chapitre de Marseille pouvait être rejetée. Dans les circonstances où elle eut lieu, elle devait l'être presque nécessairement, parce que le pape Eugène IV, alors régnant, s'était réservé de pourvoir directement à l'évêché.

L'évêque de Vence et son père avaient oublié tout cela. Il y eut même une chose qui dut leur causer un grand ennui. Avant qu'ils eussent pu agir et faire agir auprès du pape, celui-ci avait nommé Barthélemy Rocalli évêque de Marseille ; et il est presque sûr qu'il ignorait alors ce qu'avait fait le chapitre marseillais, car, dans le cas contraire, il aurait mentionné dans ses bulles l'acte capitulaire et l'aurait déclaré nul. Aussi, désespérant de se faire accepter par le souverain pontife, on se tourna du côté du concile de Bâle, qui était en lutte avec lui, et Louis de Glandevès fut évêque de Marseille par l'autorité des pères de Bâle, comme si ceux-ci avaient le pouvoir de faire des évêques. Il est vrai qu'on fit déclarer son élection canonique par l'archevêque d'Arles, sans réfléchir qu'un métropolitain, même à l'époque des élections, n'avait jamais eu le droit de transférer un évêque d'un siége à un autre.

15

Cependant, comme le pape menaçait de procéder contre Louis de Glandevès, son père Elion se rendit à Florence, où résidait la cour pontificale, et lui adressa, le 26 octobre 1434, un acte d'appel qui est une pièce fort curieuse. On en appelle, d'habitude, d'une sentence rendue ; ici, on appelait à *futuris gravaminibus,* et tandis que l'appel va au supérieur, ici, il était adressé au pape lui-même et au concile. C'était donc une protestation. Mais rien d'étrange comme les motifs allégués. La question pourtant était des plus simples. L'évêque de Vence avait été postulé pour le siége de Marseille ; en tout état de cause, le pape avait, et avait seul, le droit d'admettre ou de rejeter la postulation et la translation ; *à fortiori* l'avait-il dans ce cas, où la postulation avait été faite après une réserve expresse, et postérieurement à la nomination d'un autre.

La protestation reprochait au pape de n'avoir pas attendu le terme fixé par le droit pour procéder aux élections ; mais cette objection était sans valeur pour le cas où les élections étaient suspendues. Le pape, disait-on, n'avait pas dérogé au décret du concile de Bâle qui abolissait les réserves ; mais ce décret du 13 juillet 1433 n'avait pas deux mois de date, et n'avait point reçu la sanction pontificale ; assurément, il n'était pas encore dans le corps du droit. On ajoutait que Barthélemy Rocalli était suspect au comte de Provence, que d'ailleurs il avait été transféré au siége de Toulon et n'avait plus de droits à Marseille. Nous croyons ce dernier fait controuvé, parce qu'il n'y en a pas de traces ; on voulait peut-être suggérer au Pape cette manière de mettre fin au conflit. Enfin, Louis de Glandevès, objectait-on, était depuis longtemps en possession de l'église de Marseille. Ceci était vrai pour le fait, mais non pour le droit ; et d'ailleurs, il ne s'agissait que de quelques mois de possession, il n'y avait pas même la possession annale.

Cette possession de fait, nous avons vu comment il la perdit en 1435, et il ne la recouvra plus jamais ; Rocalli ne fut plus troublé jusqu'à sa mort, en 1445. Mgr de Belsunce a supposé que Glandevès succéda légitimement à ce dernier, qu'il fut tranquille possesseur de l'évêché, et que le Pape ne s'y opposa pas ; mais ces affirmations sont des erreurs faciles à démontrer. Nous avons les provisions d'Antoine Salvagni, qui fut évêque de Vence après Louis de Glandevès, lesquelles disent explicitement qu'il succède *per obitum ipsius Ludovici.* Ces bulles sont du 14 mars 1440 ; elles établissent péremptoirement que, bien loin de lui avoir survécu, Louis est mort longtemps avant son adversaire, et n'a pas pu recueillir sa succession.

Les armoiries des Glandevès sont : *fascé d'or et de gueules, de six pièces.* Parfois on les trouve indiquées, d'or à trois fasces de gueules, ou encore, de gueules à trois fasces d'or. Ce sont des erreurs de dessin ou de gravure.

LVII

NICOLAS DE BRANCAS

1445—1466

Nous ne voulons pas commencer l'histoire de Nicolas de Brancas, sans écarter une difficulté qui viendrait plus tard embarrasser notre récit. Trois actes insignifiants, contenus dans un registre des archives de la Drôme (E. 2491), nous font connaître l'existence, aux 13 juillet et 8 août 1449, d'un certain Étienne Plovier, à qui l'on attribue le titre d'*episcopus macilhiensis*. Il n'est pas aisé de dire ce qu'a pu être ce personnage, absolument inconnu à Marseille. Il est de toute impossibilité que l'on ait donné, à cette date, un concurrent à l'évêque qui siégeait alors chez nous depuis quatre ans. Qui aurait osé disputer sa place au conseiller, à l'ami du roi René? Si donc il ne s'agit pas ici de quelque siége *in partibus*, une seule explication est admissible : c'est que Étienne est un évêque schismatique, nommé par le concile de Bâle ou par l'antipape Félix V, après la mort de Louis de Glandevès, et dont nous avons beaucoup moins à tenir compte que nous ne l'avons fait de celui-ci.

La famille de Brancas est d'origine napolitaine, et était déjà d'une antique noblesse quand elle vint s'établir en Provence. C'est Nicolas de Brancas, archevêque de Cosenza, qui ayant été fait cardinal par Clément VII et l'ayant suivi à Avignon, attira auprès de lui Bufile de Brancas, son frère, comte d'Agnane, lequel fut maréchal de l'Église et chambellan du jeune roi Louis II. Jean de Brancas, fils de Bufile, aurait épousé, d'après Brianson, Clémence d'Agout, de laquelle il eut quatre fils : Nicolas, évêque de Marseille, François, prévôt de la même église, Bufile et Baptiste. Les bulles du premier attestent qu'il était de noble lignée tant du côté paternel que du côté maternel, et il est certain que Jean était son père.

Nicolas était, avant son épiscopat, archidiacre de la cathédrale de Mende. Il fut nommé à l'évêché de Marseille le 18 juin 1445, et ses provisions, outre son titre d'archidiacre, nous font savoir qu'il était bachelier en droit canon et clerc minoré. Il prit possession de son église, et y établit Pons Guibert son vicaire-général. Mais nous ne l'y voyons lui-même que le 7 mai 1447, lors de l'entrée du Dauphin, qui fut ensuite le roi Louis XI, lequel, au retour de la Sainte-Baume, venait en pèlerinage aux reliques de saint Lazare et de saint Louis, *limina beatorum Lazari et Ludovici visitando*. L'évêque le reçut à la tête de son clergé, et après l'avoir accompagné aux Frères-Mineurs, le conduisit processionnellement à la cathédrale.

En 1448 eut lieu l'invention des corps des saintes Marie Jacobé et Marie Salomé, dans la ville qui porte leur nom. Nicolas de Brancas avait été désigné par le pape pour présider aux recherches et aux enquêtes qui furent faites à cette occasion. C'est lui qui entendit les témoins déposant sur la tradition du pays, qui surveilla les fouilles, qui examina les ossements découverts, qui prépara, en un mot, la grande cérémonie que le cardinal de Foix y célébra les 2 et 3 décembre, en présence du roi René et de tout l'épiscopat provençal.

Une terrible peste affligea Marseille l'an du jubilé et l'année suivante. Une pièce de ce temps-là nous raconte que les curés de la ville envoyaient chaque semaine à l'évêché les noms des morts, et qu'il y en eut plus de sept mille. Un jour où il y avait une éclipse de soleil, on compta jusqu'à 116 victimes. *In anno jubilei et alio sequenti, viguit maxima pestis,... et obierunt ultra septem millia... In una die obierunt centum et sexdecim persone, in qua fuit eclipsis.*

Quand il rendit l'archevêché d'Arles au cardinal Louis Alleman, le pape Nicolas V, qui n'ignorait pas l'antipathie que ce prélat avait contre l'évêque de Marseille, — *quique prefatum episcopum massiliensem odio et rancore prosequebatur* — déclara Nicolas de Brancas complètement affranchi de la

juridiction de son métropolitain, et uniquement soumis au Saint-Siége. Mais cette exemption dut prendre fin à la mort dudit archevêque ; et le cardinal de Foix lui ayant succédé sur ce siége illustre, elle fut révoquée expressément par une bulle du 9 mai 1451.

Nicolas de Brancas fut, dès le début de son épiscopat, conseiller d'état du roi René, ce qui l'obligea souvent à résider à la cour, et à la suivre en divers pays. Nous pourrions dresser son itinéraire, en relevant son nom au bas d'une centaine d'ordonnances de ce prince, où sa présence est mentionnée. Bien des fois aussi, René l'envoya en mission pour ses affaires, soit auprès du pape, soit ailleurs. Le 9 mai 1460, il le fit grand-président de la cour des comptes d'Aix.

Ayant accompagné le roi dans l'Anjou, à la fin de 1465, Nicolas se trouvait auprès de lui au mois d'avril suivant, lorsqu'il arriva au terme de sa vie. Il mourut, comme nous le lisons en l'acte d'élection de son successeur, dans la ville de Tours, le 21 avril 1466. Il était évêque de Marseille depuis vingt-un ans et se trouvait encore dans la force de l'âge, car non-seulement son père Jean et ses frères lui survécurent, mais nous trouvons le premier plein de vie plus de quatre ans après, le 16 juillet 1470.

Ce prélat portait : *d'azur à un pal d'argent chargé de trois châteaux de gueules, accosté de chaque côté de deux pattes de lion, mouvantes du bord de l'écu.* Nous avons son grand et son petit sceau ; le premier, sur cire rouge entre deux papiers, pendant à une double bande de parchemin, à la date du 5 avril 1453 ; le second, plaqué sur papier, pour authentiquer une ordonnance de son official, du 13 août 1454. (Arch. dép. Fonds du Chapitre et de l'Evêché.)

LVIII

JEAN ALARDEAU

1466 — 1496

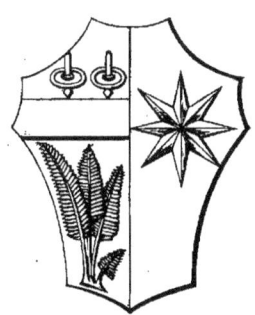

Fixons d'abord l'orthographe du nom de cet évêque, que les uns écrivent Alardeau et d'autres Alardel ; rien n'est plus facile que de s'assurer de l'exactitude de la première forme, et du peu de fondement de la seconde. Les registres *Leonis*, *Taurus* et *Pavo* (Arch. des B.-du-R. B. 14, 15, 16) sont remplis de diplômes du roi René, souscrits par son secrétaire ; la signature est toujours *Alardeau*, rarement *Alardeu*. Huit ou dix fois, on a voulu latiniser ce nom, et l'on a mis *Alardelli* et *Alardellum*. Mais il est évident que si Alardeau tourné en latin a donné Alardelli, cette forme latine retournée en français doit reprendre son orthographe primitive, et que *Alardel* n'a pas de raison d'être.

On assure que Alardeau était originaire d'Angers. Nous connaissons une pièce où lui-même se dit du diocèse de Bourges ; mais nous ne sommes pas à même de trancher cette difficulté. Il avait un frère appelé comme lui Jean Alardeau, lequel fut, en 1470, trésorier de Provence, et général des finances en 1479. Il était laïque et marié. On distingue l'un de l'autre, en ce que ce dernier est toujours nommé Jean Alardeau dit de Vaulx, et lui-même, dans ses actes, s'intitule Jean de Vaulx, seigneur de Brueil.

Alardeau fut élevé dès son enfance dans la maison du roi René, et le servit toute sa vie. Il fut d'abord son secrétaire, au moins depuis 1440, sinon avant. A cette date il le suivit à Naples, et depuis il l'accompagna dans ses fréquents voyages, écrivant et soussignant ses diplômes, dont nous avons un grand nombre portant sa signature. Il garda ce titre durant vingt-cinq ans, y joignit ensuite celui de conseiller du roi, fut fait maître-rational à la cour des comptes d'Aix, le 31 mars 1463, et devint, en 1466, général des finances de René.

Voici maintenant ce qui concerne sa carrière ecclésiastique et l'état de ses bénéfices. En 1460, il était chanoine d'Aix, nouvellement admis à la place de François de Brancas. En 1461, il reçut le riche prieuré de Palaison, dépendant de Saint-Victor, et il portait le titre de protonotaire apostolique. En 1462, il avait un canonicat à Fréjus. Il eut de plus l'archidiaconé d'Aix, dont il ne se démit qu'en 1492, et la prévôté de la cathédrale de Marseille, qu'il garda jusqu'à son sacre. Il fut élu évêque de Marseille par les chanoines, le 30 avril 1466; mais en acceptant cette élection, son procureur protesta que si le pape disposait autrement de l'évêché et qu'il ne put entrer en possession, il entendait conserver sa prévôté et ses autres bénéfices.

L'élection que le chapitre avait faite de sa personne ne préjudicia en rien à Jean Alardeau, à qui le pape Paul II donna ses bulles d'institution le 20 juin 1466. Il se trouvait alors dans l'Anjou avec le roi; et ne pouvant de sitôt venir à Marseille, il donna des pouvoirs de vicaire et d'official à Bérenger de la Roche, prêtre de sa maison, et l'envoya avec son frère, Jean de Vaulx, prendre possession de son évêché, et le gouverner, en attendant son arrivée. Les lettres qu'il lui remit sont du 29 août, et il n'était alors qu'élu et confirmé; tandis que dans son hommage, que le roi René reçut en personne le 3 juin 1467; il est dit simplement évêque de Marseille, ce qui indique qu'il avait été sacré dans l'intervalle, probablement vers la fin de l'année précédente. Il passa toute l'année 1467 hors de son diocèse, et ne s'y rendit qu'en 1468. Il vint alors célébrer les fêtes de Pâques dans sa cathédrale, où il fit son entrée le 13 avril, qui était le mercredi-saint, accompagné de Jean de Montegny, évêque élu de Glandève,

de Jean Cossa, comte de Troja, gouverneur de la Provence, et d'autres personnages distingués, qui étaient venus lui faire honneur.

Comme Jean Alardeau fut surtout un homme politique, son épiscopat de
trente ans fournit peu de faits à signaler. Le principal est l'échange avantageux
qu'il conclut avec le roi René des châteaux de Saint-Cannat, Alleins et Valbonette, pour la baronnie d'Aubagne, qui comprenait Saint-Marcel, Cassis,
Roquefort, Jullans, Cuges et le Castellet. Il en prit possession le 22 février 1474,
et ses successeurs en ont joui jusqu'à la Révolution. Après la mort de René et
le règne éphémère de Charles du Maine, il passa au service du roi Louis XI,
leur héritier, qui le fit gouverneur de Paris et de l'Ile-de-France. Nous le
revoyons en Provence en 1487 et 1489.

Sa vieillesse paraît avoir été maladive, et il fit à Aubagne, les 5 juin et 3
novembre 1490, deux testaments successifs, où il nomme héritiers, pour ses
biens de famille, sa sœur Guillemette, veuve de Guillaume Alary, de Celles en
France; pour le reste, sa nièce Madeleine, fille de noble Girardin Bochier, alors
fiancée à Pierre de Villages. Il se démit de son siége le 16 novembre 1496,
comme le disent les bulles de son successeur, et l'on ignore absolument la date
de sa mort. Il fut enseveli à Marseille, dans l'église de l'Observance.

Ses armoiries sont sculptées sur le monument de marbre de Saint-Lazare, à
la cathédrale, sans indication de couleurs. C'est un *parti, au 1er, une fasce de…
surmontée de deux vires (?), accompagnée en pointe de trois rameaux ou trois
palmes; au 2e, une étoile à huit rais*. Sur le sceau rond du prélat, on voit ces armes sans cette seconde partie. Nous avons de lui trois sceaux différents : le grand
sceau pontifical, le sceau rond de l'officialité, le petit sceau personnel ou cachet,
dont les dessins enrichissent ces pages.

LIX

OGIER D'ANGLURE

1496 — 1506

Ogier d'Anglure, qui termine notre quinzième siècle et ouvre le seizième, fut abbé de Saint-Victor de Marseille avant d'être évêque de la même ville, et quand il eut obtenu cet évêché, il ne cessa pas de conserver son abbaye, étant en même temps évêque et abbé jusqu'à sa mort. La réunion de ces deux dignités en une seule personne est un fait unique dans notre histoire; c'est même une chose très rare, car Ogier n'était pas un abbé commendataire, comme il y en a eu tant aux derniers siècles. Il était abbé régulier, et continua à l'être lorsqu'il fut parvenu à l'épiscopat.

Fils de Simon d'Anglure, qui était en 1459 grand-maître de la maison du duc de Bretagne, Ogier appartenait à la plus vieille noblesse de la Lorraine, selon Ruffi et Mgr de Belsunce; de la Champagne, dit M. Fisquet. Il était frère de Saladin d'Anglure, chambellan et conseiller du roi René, seigneur d'Étoges, Boursault et Fère-Champenoise, dont le fils René prenait, en 1489, les titres de vicomte de Blangy, seigneur de Haut-Pont, et de Boulbon en Provence. Il se fit bénédictin de bien bonne heure; le 31 août 1459, déjà profès et n'ayant que seize ans environ, il était prieur de Sainte-Croix de Nantes, dépendance de Marmoutier, et le pape l'autorisait à tenir aussi le prieuré de Macerac, ou, à la place de ces bénéfices, deux autres du même genre. Plus tard, il eut l'abbaye de Haut-Villers, au diocèse de Reims.

16

L'abbaye de Saint-Victor de Marseille avait été, après la mort de Pierre Dulac, donnée en commende au cardinal Philippe de Lévis. Celui-ci s'en démit bientôt, et le pape la conféra en titre, le 7 avril 1475, à Ogier d'Anglure, en réservant au cardinal une pension de 500 ducats, qui s'éteignit la même année. L'installation du nouvel abbé eut lieu le 8 juillet, en présence de Jean Alardeau, évêque de Marseille, et de Jean de Cuers, prévôt de sa cathédrale, qui voulurent donner au jeune prélat ce témoignage de leur sympathie. Les vingt-et-un ans que dura son abbatiat, s'écoulèrent dans la plus grande quiétude, sans qu'il soit possible d'en citer autre chose que des réceptions de religieux et des collations de bénéfices. L'abbé résidait fréquemment dans son château d'Auriol, d'où sont datés un bon nombre de ses actes. Nous l'y retrouverons dans plus d'une circonstance, et il y viendra mourir.

Vers la fin du siècle, le grand âge et les infirmités d'Alardeau faisant prévoir une vacance prochaine, il se passa un autre fait, unique aussi dans notre histoire, et qui n'a pas encore été signalé. Le pape Alexandre VI nomma, le 27 janvier 1495, un évêque de Marseille *in eventum vacationis;* et nous avons retrouvé l'obligation souscrite par celui-ci, le 15 mai suivant, de payer 700 florins d'or à la chambre apostolique, s'il entrait en possession de son église. Ce personnage se nommait Gratien; il eut ses bulles, que nous n'avons pas vues; partant, nous ignorons ses titres et ses qualités. Nous ne l'inscrivons pas dans la liste de nos évêques, parce que rien ne nous garantit qu'il n'est pas mort ou que ses provisions n'ont pas été révoquées avant la vacance du siége. Mais nous ne pouvions pas passer sous silence ce fait curieux du remplacement d'un évêque avant sa mort, dont nous ne connaissons pas d'autre exemple.

Ce fut en réalité Ogier d'Anglure qui eut l'évêché de Marseille après la démission d'Alardeau. Ses bulles sont du 16 novembre 1496. Il prit possession le mardi 27 décembre de ladite année, et ce fut le prévôt Jean de Cuers qui l'installa dans sa chaire épiscopale. Il fut sacré à Aix, dans l'église de Saint-Sauveur, le dimanche 26 février 1497; et, comme on était en carême, le chapitre de Marseille, en envoyant ses délégués à la cérémonie, lui fit porter le poisson nécessaire pour le repas qui la suivit. Nous regrettons qu'en nous faisant savoir le

lieu et le jour du sacre de cet évêque, on ait omis le nom des consécrateurs; on en est réduit à supposer que la fonction fut remplie par l'archevêque d'Aix, qui était alors Philippe Herbert.

L'épiscopat d'Anglure, qui dura dix ans, est aussi vide de faits que son abbatiat. Mgr de Belsunce ne cite qu'un règlement pour les distributions de la cathédrale, et la collation de l'archidiaconé à Hector d'Anglure, son neveu, en 1505. Ruffi y ajoute l'autorisation donnée, en 1499, aux pénitents de Sainte-Catherine, qui bâtirent leur église près de Saint-Laurent. Le *Gallia Christiana* n'a rien su du tout sur lui, *de quo sanè nihil nobis occurit;* ce qui n'était pas un motif pour douter qu'il ait été évêque. Il y eut une grande peste à Marseille en 1500, à partir du milieu d'août, et Ogier se retira à Auriol. Il s'y trouvait depuis quatre mois, lorsqu'on le cherchait à Marseille, le 4 janvier 1501, pour l'exécution d'une commission venue de Rome : *continuam ejus moram trahit in castro de Auriolo... jam sunt quatuor menses effluxi.* Il était peut-être infirme.

C'est aussi dans son château d'Auriol qu'il termina ses jours; et bien que tous fixent sa mort au 5 mai, il est hors de doute qu'il mourut le lundi 27 avril 1506, à 7 heures du matin, comme le rapporte une pièce du 29 avril. Il avait 63 ans. Ruffi dit, d'après des mémoires du temps, qu'il décéda après une année de langueur. Son corps fut transporté à Saint-Victor et y fut enseveli le mardi 28.

Ogier portait: *D'or, semé de grelots d'argent soutenus de croissants de gueules,* qui est d'Anglure; *écartelé, de gueules à trois pals de vair, au chef d'or, brisé d'une merlette de sable sur le canton dextre,* qui est de Châtillon. Outre son grand sceau pontifical, qui est ogival, nous avons de lui deux sceaux ronds, l'un armorié, l'autre avec l'évêque à mi-corps et ses armes par dessous. Tous les trois sont plaqués sur papier.

PIERRE BAUDONIS

1506

—

Le nom nouveau qui est en tête de cet article, annonce la solution d'un problème que l'on a connu avant nous, et que l'on n'avait jamais pu résoudre. C'était comme une énigme incompréhensible, dont l'interprétation s'est fait attendre pendant bien longtemps.

Depuis deux siècles et demi, Ughelli a fait figurer sur la liste des évêques de Terni, d'après les actes consistoriaux, un évêque nommé Pierre Bodoni, lequel aurait été auparavant évêque de Marseille. Les frères de Sainte-Marthe ont mentionné ce fait d'après l'*Italia Sacra;* et d'après ceux-ci, la dernière édition du *Gallia Christiana* l'a rapporté à son tour, en ajoutant qu'il n'en était pas question dans les diptyques de l'église de Marseille. Du reste, il n'y a aucune part un mot d'explication, soit pour garantir la certitude du fait, qui paraît extraordinaire, soit pour nous aider à le comprendre.

Il était permis de se demander s'il n'y aurait pas là une de ces erreurs si communes dans nos grands ouvrages d'érudition, si l'on ne serait pas en présence d'un nom mal lu, d'une attribution imprudente et mal fondée. La critique d'Ughelli est loin d'offrir toutes les garanties désirables ; et comme, en définitive, tout reposait sur un mot écrit par lui et dont la preuve n'était pas faite, il aurait bien pu arriver que le fait manquât de base. Aussi le *Gallia* s'est contenté de mentionner la chose en quatre lignes

Nous avons eu la chance de trouver les preuves absentes. Les documents que nous insérons dissiperont l'obscurité qui couvrait cet épisode de notre histoire, et ne laisseront aucun doute sur l'existence de Pierre Baudonis, et sur ses titres d'évêque de Marseille et de Terni, qu'il a eus successivement.

Dès que la nouvelle de la mort d'Ogier d'Anglure fut arrivée à Rome, le pape Jules II s'empressa de donner, *motu proprio*, un titulaire à l'évêché vacant. Il y nomma, le 14 mai 1506, Pierre Baudonis, docteur en droit canonique et référendaire du Saint-Siège. Pierre était provençal de naissance, comme ne manquait pas de le faire observer le Pape, qui se hâta de porter sa nomination à la connaissance du chapitre de Marseille et du sénéchal de Provence. Il défendait au chapitre de procéder à aucune élection, au préjudice de celui qu'il avait choisi ; il exhortait le sénéchal et le parlement à se montrer favorables au nouveau prélat, et à le seconder de tout leur pouvoir.

Les choses n'allèrent pas comme Jules II l'aurait souhaité. Non seulement l'élection qu'il interdisait au chapitre de Marseille de faire, avait déjà eu lieu, mais le roi de France avait pour ce siége un candidat dont il voulait absolument la promotion. Il y eut donc une résistance générale devant laquelle le Pape dut reculer. Il lui fallut revenir sur la nomination de Baudonis à Marseille, et pour laisser la place libre à celui que Louis XII lui présentait, il le transféra, le 28 juillet de la même année, à l'évêché de Terni, où il mourut en 1509. Voici les pièces qui constatent ces faits, et qui justifient les assertions de l'*Italia sacra*, dont on avait pu douter.

Bref de Jules II annonçant au chapitre de Marseille la nomination de Pierre Baudonis à l'évêché de cette ville.

Dilectis filiis preposito, canonicis et capitulo ecclesie Massiliensis. Dilecti filii, salutem et apostolicam benedictionem. Nuper, accepto quod ecclesia vestra pastoris (erat) solatio destituta, de persona ydonea providere, pro ministerio pontificalis officii, cupientes, convertimus animum ad dilectum filium Petrum Baudonis, decretorum doctorem et referendarium nostrum, domesticum, istius patrie oriundum, doctrina, prudentia, integritate, multisque aliis virtutibus preditum, quem motu nostro proprio, et de consilio venerabilium fratrum nostrorum sancte romane ecclesie cardinalium, eidem ecclesie vestre prefecimus in episcopum et pastorem. Quocirca vobis provisionem nostram hujusmodi, tenore presentium, insinuamus et notificamus, ac ad vestram notitiam deducimus ; vobisque injungimus et mandamus, quatenus eundem Petrum, pro nostra et apostolice sedis reverentia, ac debito provisionis nostre hujusmodi, prompto suscipiatis affectu, admittentes et recipientes eundem ut in similibus fieri est consuetum. Inhibentes nichilominus vobis, sub penis et censuris ecclesiasticis, ac privationis beneficiorum vestrorum, ne ad electionem aliquam procedatis ; et si ad aliquam forsan processeritis, electum a vobis non admittatis. Nos etenim electionem hujusmodi, si quam forsan feceritis, in prejudicium provisionis nostre attemptatum, irritum decernimus et inane. Datum Rome, XIIII maii, millesimo quingentesimo sexto, pontificatus nostri anno tertio. (Arch. Vat. Julii II Brevia, an. 1506, to. 3, fol. 160 v°.)

Bref adressé par Jules II au sénéchal et au parlement de Provence.

Dilectis filiis Senescallo patrie, ac presidenti et consiliariis curie parlamenti Provincie. Dilecti filii, salutem et apostolicam benedictionem. Etsi ex debito nobis desuper injuncti officii, ecclesiis quibuscunque pastoris solatio destitutis personas ydoneas instituere teneamur, cura tamen pervigili et singulari intuitu ecclesias istius patrie conspicimus, cum ad nos vacationes perferuntur illarum. Igitur, cum vacatio ecclesie Massiliensis ad aures nostras nuper pervenisset, motu nostro proprio, dilectum filium Petrum Baudonis, decretorum doctorem et referendarium nostrum domesticum, vestri sanguinis virum, (suis) exhigentibus meritis, eidem ecclesie prefecimus in episcopum et pastorem. Et quoniam provisionibus nostris assistere debetis, ut suum canonicum sortiantur effectum, devotionem vestram hortamur ut quotiens et quando, pro parte ejusdem Petri, fueritis requisiti, auxilio prompto sitis, et provisionem nostram hujusmodi suscipiatis commendatam, ejusque executionem, pro nostro et apostolice sedis honore, et debito provisionis ejusdem, adjuvetis; taliter quod experiamini devotionem vestram erga nos et apostolicam sedem fuisse continuo observatam. Et cum premissa compleveritis, non parvam solum vobis comparabitis laudem, quin ymo nos plurimum invitabitis ad complacendum vobis in hiis que a nobis duxeritis requirenda. Datum Rome, apud Sanctum Petrum, XIIII maii, millesimo quingentesimo sexto, pontificatus nostri anno tertio. (Ibid. fol. 161).

Bref de Jules II annonçant au chapitre de Terni la translation de Pierre Baudonis, évêque de Marseille, à l'évêché de Terni.

Dilectis filiis canonicis et capitulo ecclesie Interamnensis. Dilecti filii etc. Hodie, de consilio venerabilium fratrum nostrorum sancte romane ecclesie cardinalium, dilectum filium Petrum Baudonis, decretorum doctorem, referendarium nostrum domesticum, virum magna integritate, doctrina et probitate preditum, ex ecclesia Massiliensi, cui tunc preerat, ad ecclesiam vestram Interamnensem, per obitum bone memorie Francisci cardinalis Elnensis, episcopi vestri, vacantem transtulimus, curam et administrationem predicte ecclesie vestre eidem, in spiritualibus et temporalibus, plenarie committendo, prout in aliis nostris sub plumbo conficiendis litteris latius explicabitur. Quocirca devotionem vestram hortamur in domino, in virtute sancte obedientie expresse vobis mandantes, ut fructus, redditus et proventus ipsius ecclesie, ac spolia predefuncti episcopi, procuratori ejusdem Petri nuper per nos promoti integre consignare debeatis, eique omni oportuno favore adsitis in colligendis et recuperandis fructibus et spoliis antedictis. Datum Rome, xxviii julii, millesimo quingentesimo sexto, pontificatus nostri anno tertio.

Simile, prioribus et communi civitatis Interamnensis etc. (Ibid. fol. 393.)

LXI

ANTOINE DUFOUR

1506—1509

C'est la faveur du roi de France qui fit arriver Antoine Dufour à l'évêché de Marseille, et il ne fallait rien moins qu'une pareille influence, pour faire disparaître les obstacles qui semblaient lui en fermer le chemin. Déjà nous avons vu que le Pape avait nommé un titulaire à ce siége, et il fallut l'écarter pour laisser la porte ouverte à celui à qui le roi voulait que l'évêché fût donné. Mais il y avait une autre difficulté que la translation de Pierre Baudonis à Terni n'avait pas enlevée. Le 29 avril 1506, deux jours après la mort d'Anglure, les chanoines de Marseille réfugiés à Signe, pour fuir la peste, avaient procédé à l'élection d'un évêque, et élu à l'unanimité, — ils étaient trois — Jean de Cuers, leur prévôt. Le cas était embarrassant, car on tenait en France aux élections, et il n'aurait pas convenu au roi de faire casser par le Pape celle que le chapitre de Marseille avait faite. Voici comment on parvint à sortir de cette position difficile.

Le 14 juillet 1506, les chanoines se réunirent de nouveau à Signe, toujours à cause de la peste qui régnait à Marseille. Dans cette réunion, — et cette fois ils étaient six, — Jean de Cuers déclara avoir appris que la volonté du roi était de voir son confesseur, Antoine Dufour, nommé évêque de Marseille ; que par suite il renonçait, en faveur de celui-ci, à tous les droits qu'il pouvait tenir de l'élection faite antérieurement de sa personne pour ledit évêché. Après cette renonciation, il y eut un nouveau vote, et Dufour se trouva élu sans aucune opposition. Son procureur, Louis de Forbin, seigneur du Luc, premier conseiller au parlement, attendait à la porte le résultat de l'assemblée ; il accepta l'élection pour compte de l'élu, et promit de la lui faire ratifier.

Antoine Dufour, né à Orléans, s'était fait dominicain au couvent de cette ville ; il devint docteur en théologie de Paris, et se rendit célèbre par son savoir et son éloquence. Il fut prédicateur du roi, et plus tard, Louis XII le choisit pour son confesseur ; nous venons de voir comment il lui procura l'évêché de Marseille en 1506. Nous remarquerons, à ce propos, qu'il y a une grande inexactitude de dates dans tous ceux qui ont parlé de lui, même dans Échard. Tous le font nommer évêque en 1507, et cependant son élection est du 14 juillet 1506, et ses bulles sont du 21 août dela même année. Le 21 septembre suivant, il était à Blois, déjà sacré, et envoyait de là à Jean de Cuers des lettres de vicaire-général.

On s'est accordé à dire qu'il ne put pas venir à Marseille jusqu'au 21 septembre 1508. Ceci est une nouvelle erreur, et si tous l'ont partagée, c'est qu'ils ont tous puisé à une même source qui n'est pas pure, c'est-à-dire qu'ils ont accepté aveuglément les assertions d'un auteur sans critique. Nous avons une ordonnance d'Antoine Dufour, autorisant les habitants du Beausset à transporter leurs maisons dans la plaine, et à y bâtir une nouvelle église paroissiale ; cette pièce est du 19 mars 1507, et datée du Beausset même, où l'évêque se trouvait alors. Il était donc venu dans son diocèse peu après son sacre, et il en faisait la visite. Quelques mois après, il rejoignait Louis XII, et, d'après Ruffi, se trouvait présent à Savone, le 1er juillet, à l'entrevue que ce prince eut avec Ferdinand d'Aragon. Le 15 août 1507, il était à Lyon, et prêchait devant le roi, dans l'église des Dominicains, lors de la remise des insignes cardinalices à René de Prie, évêque de Bayeux.

Rien n'empêche qu'il ait visité de nouveau son église en septembre 1508, comme tout le monde le dit, bien que sans preuve. Ruffi rapporte, d'après des mémoires contemporains, qu'il officia solennellement dans sa cathédrale, le dimanche qui suivit son arrivée, et qu'il y prêcha. Le lendemain il prêcha aux Accoules. Nous craignons que ceci ne doive être rapporté à sa première visite de l'année 1507.

En 1509, Louis XII voulut avoir son confesseur avec lui, quand il entreprit son expédition d'Italie, contre Louis Sforza, et Dufour dut l'accompagner à Milan. Étant dans cette ville, à la suite du roi, il mourut prématurément, et fut enseveli, dit Échard d'après Piò, dans l'église des Dominicains de Lodi. La date de sa mort doit nécessairement être fixée aux derniers jours de juin 1509, ou aux trois premiers de juillet ; ceux qui veulent la reculer jusqu'au 12 de ce mois, sont en contradiction avec la lettre que nous allons citer à l'article suivant, d'après laquelle il est absolument impossible qu'il ait vécu au-delà des trois premiers jours. Au surplus, l'élection de son successeur, qui est du 11 juillet, marque bien que la date en question n'est pas soutenable.

Antoine Dufour a laissé des sermons, des traductions de la Bible, des ouvrages ascétiques. A la demande de la reine Anne, il traduisit aussi diverses lettres de saint Jérôme, qui furent imprimées à Paris, en caractères gothiques, après la mort de cette princesse.

LXII

CLAUDE DE SEYSSEL

1511–1517

Le 4 juillet 1509, le roi Louis XII, désirant assurer l'évêché de Marseille à son conseiller Claude de Seyssel, écrivait de Milan au chapitre de la cathédrale, pour lui recommander de l'élire, comme le prouve la lettre suivante, qu'il adressait en même temps au conseil de la ville, et que Ruffi nous a conservée dans son histoire, en en modifiant l'orthographe.

« Chers et bien amez, Etant a present vaqué l'evêché de vôtre ville et citté de Marseille, par le trepas de nôtre feu confesseur, nous avons ecrit a notre Saint Pere pour ledit evêché, en faveur de nôtre amé et feal conseiller et maître des requetes ordinaires de nôtre hôtel, messire Claude de Seissel, qui est un tres sortable personage, et tel dont ledit siege episcopal sera bien rempli, au contentement de vous et de tout le diocese. Et pour ce que desirons ledit messire Claude demeure paisible dudit evêché, sans aucun trouble, nous ecrivons présentement au chapitre de laditte eglise qu'ils le veuillent élire, ou a tout le moins remettre la matiere a nôtre Saint Pere, auquel en tout evenement, la totale disposition en apartient. Si vous prions, et neantmoins mandons tres expressement que veuilliés tenir la main en cette matiere, tellement qu'elle ressortisse a nôtre intention ; et vous nous fairés plaisir tres agreable, et aurés personage qui vous sera seant et tres profitable. Donné a Milan le 4me jour de juillet 1509. »

Issu d'une noble famille savoisienne, Claude de Seyssel avait étudié le droit à Pavie et reçu le titre de docteur *in utroque*. Il fut ensuite professeur de droit à Turin, d'où le cardinal d'Amboise l'attira en France. La protection de ce puissant ministre lui valut les faveurs de Louis XII, qui le fit son conseiller, et maître des requêtes de son hôtel. Claude était prêtre et protonotaire apostolique. Il ne faudrait pas croire que l'évêché de Marseille fut sa première prélature ; quoique personne n'en ait rien dit, il est certain que le Pape lui avait confié, plusieurs années auparavant, l'administration de l'église de Lodi, ainsi que l'attestait Jules II en lui donnant, le 19 novembre 1507, l'abbaye de Saint-Pons, près de Nice. Dans cette dernière pièce, on le trouve désigné comme prêtre du diocèse de Grenoble, tandis que ses bulles pour Marseille le disent prêtre de Lyon ; il nous semble qu'il y a, dans la première de ces indications, plus de vraisemblance que dans l'autre.

La lettre de recommandation que le roi avait envoyée au chapitre de Marseille produisit immédiatement tout son effet. Sept jours après sa date, les chanoines s'empressaient d'élire pour leur évêque le protégé de Louis XII, dont leur acte d'élection relève les innombrables vertus, les remarquables qualités, les talents et les mérites. Comme on prévoyait une longue vacance, on nomma en même temps le prévôt Jean de Cuers, pour gouverner le diocèse avec le titre de vicaire-général *sede vacante*. Ceci est digne de remarque, parce que nous avons là une preuve certaine que le décret du concile de Lyon, défendant aux évêques élus de s'ingérer dans le gouvernement de leurs diocèses, était alors pleinement observé. Malgré le retard des bulles de Seyssel, qui se firent attendre deux ans et demi, malgré les difficultés qui divisaient Louis XII et Jules II, à la veille même du fameux conciliabule de Pise, on n'eut pas la pensée de donner au nouvel élu l'administration de son église, qui fut confiée à un autre que lui. Plus tard, on changera de système, et pour légitimer des actes schismatiques, on prétendra qu'on a toujours fait ainsi. Nous avons ici la preuve du contraire.

Cependant, dans les premiers jours de l'année 1511, le bruit avait couru à Marseille que Claude de Seyssel venait de mourir, et l'on procéda, le 15 janvier, à l'élection d'un nouvel évêque, qui fut Hector d'Anglure, neveu d'Ogier, et archidiacre de la cathédrale. Mais le bruit répandu se trouva sans fondement, et Claude était plein de vie. Il parvint même, avant la fin de l'année, à obtenir l'expédition de ses bulles si longtemps suspendue, et à entrer en possession de son église. Voici la série des actes qui eurent lieu à cette occasion, avec leurs dates précises, dont aucune ne nous paraît avoir été connue.

Les bulles qu'il obtint de Jules II sont du 3 décembre 1511. Le roi reçut son serment de fidélité à Blois, le 13 février 1512 ; et, comme il ne voulut pas alors lui donner congé pour venir à Marseille, il écrivit le 5 mars à son parlement de Provence d'accueillir et de favoriser le procureur qui se présenterait pour lui. Le 4 dudit mois, le prélat donna une procure générale à Amblard de Gerbais, clerc de Genève et protonotaire, pour la prise de possession et l'administration de son évêché. Le 22 mars, les bulles furent entérinées au parlement, et le lendemain 23, Amblard fut installé dans le siège destiné à l'évêque, tenant en main, dit l'acte, la mitre et la crosse épiscopale, en signe de vraie possession.

En 1512, le roi envoya Claude de Seyssel à la diète tenue à Trèves, par l'empereur Maximilien. En 1513 il le fit son ambassadeur au concile général de Latran, où il paraît d'abord en octobre comme évêque élu, et le mois suivant comme évêque de Marseille, ce qui fixe la date et le lieu de son sacre. Il était encore à Rome, au concile, en 1514 ; mais l'année suivante il vint dans son diocèse, et nous croyons que c'est pour la première fois. Il fit son entrée solennelle le jour des Rameaux, 1er avril 1515, et après avoir été harangué et complimenté par le sacristain du chapitre, devant la porte de la cathédrale, il promit comme ses prédécesseurs, d'observer les statuts de son église. En mai et en juin, il afferma les domaines de son évêché. Le 7 août, il reçut à Aubagne l'hommage d'Antoine de Glandevès, pour la seigneurie de Cuges. Le 27 octobre il présida une procession générale, pour l'ouverture des grandes indulgences accordées à l'église des Augustins, en faveur de ceux qui contribueraient de leurs aumônes à la reconstruction de la basilique de Saint-Pierre de Rome. Au mois de janvier 1516, il assista à l'entrée de François 1er à Marseille.

Claude de Seyssel fut fait archevêque de Turin le 21 mai 1517, ayant permuté son évêché de Marseille pour cet archevêché, avec le cardinal Cibo. Il reçut de celui-ci, le 29 août, les plus amples facultés pour continuer à administrer son ancienne église au nom du nouveau titulaire. Mais, pressé d'arriver dans son diocèse, il ne les avait pas attendues, et il ne put que subdéléguer à un autre les pouvoirs qui lui étaient donnés ; ce qu'il fit par des lettres datées d'Annecy, le 8 septembre. Il siégea à Turin pendant trois ans, et y mourut le 1er juin 1520.

Ses armoiries sont : *Gironné d'or et d'azur, de huit pièces.* Son sceau est plaqué sur papier, et à la date du 20 mai 1514.

LXIII

INNOCENT CIBO

1517—1530

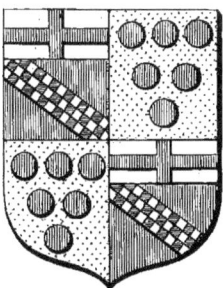

Avant les réformes opérées par le concile de Trente, il y avait dans la possession des bénéfices ecclésiastiques, même majeurs, de singuliers usages, dont on a assez de peine à se rendre compte de nos jours. Les commendes, les administrations, les expectatives, les résignations avec réserves et retour, les permutations, et autres procédés de ce genre, avaient introduit une multitude d'abus choquants, auxquels il est impossible de ne pas se heurter quand on parcourt l'histoire de ces siècles. Rien de plus commun alors que de voir un titulaire résigner à un parent une abbaye ou un évêché, dont il gardait tous les revenus, sauf une faible part, et même le titre. Quant aux permutations, elles étaient très fréquentes, et la pluralité des bénéfices, même incompatibles, réunis sur une seule tête, les rendait plus faciles. Mais elles se rencontraient plus fréquemment encore parmi les membres du sacré collège.

A cette époque, les cardinaux possédaient chacun, outre leurs abbayes, trois ou quatre évêchés, qu'ils échangeaient selon les circonstances, ou selon leurs convenances. C'est ainsi, pour ne parler que de nos pays, que le cardinal Nicolas de Fiesque avait, quand il mourut en 1524, les évêchés de Fréjus et de Toulon ; que le cardinal Augustin Trivulce tenait, peu après, Toulon et Grasse ; que le cardinal Innocent Cibo obtenait en 1517 l'évêché de Marseille. On a dit avant nous, de ce dernier, que personne ne fut jamais aussi bien partagé que lui, et n'eut autant de richesses, de titres, de bénéfices. Nous nous dispenserons d'en faire la liste. A l'archevêché de Gênes était venu se joindre l'archevêché de Turin, et celui-ci lui servit pour avoir Marseille, en permutant avec Claude de Seyssel. Mais comme l'évêché de notre ville ne valait pas, en revenus, l'archevêché qu'il abandonnait, l'abbaye de Saint-Pons fit l'appoint nécessaire, et Seyssel, qui en était pourvu, lui céda l'un et l'autre en même temps.

Innocent Cibo était, par son père François Cibo, petit-fils du pape Innocent VIII; par sa mère, Madeleine de Médicis, sœur de Léon X, il était neveu de ce dernier pape, et il le fut également de Clément VII. Léon X le fit, en 1515, cardinal diacre des saints Cosme et Damien, et il eut ensuite la diaconie de Sainte-Marie *in domnica* qu'avaient possédée successivement ses deux oncles. Il avait vingt-trois ans lors de son élévation au cardinalat; il en avait vingt-cinq, quand ses arrangements avec Seyssel le firent devenir évêque de Marseille, à sa place. Du reste, il ne prit jamais que le titre d'administrateur perpétuel, ou de commendataire, de notre église. Comme nous l'avons fait pour les autres évêques, nous fixerons avec un soin scrupuleux les dates de son passage sur le siége de Marseille.

Il fut pourvu de cet évêché au consistoire du 21 mai 1517. Nous ignorons s'il n'y eut pas d'expédition de bulles; mais il est sûr que son installation eut lieu en vertu d'un bref du 29 août de la même année, annexé le 22 septembre au parlement. Les pouvoirs qu'il envoya, à cette fin, à son prédécesseur, sont aussi datés du 29 août; et celui-ci ne les ayant pas reçus à temps, les transmit à Pierre Agarni, sacristain de la cathédrale, qui prit possession pour le cardinal Cibo le 23 septembre. Pierre gouverna ensuite longtemps l'évêché comme vicaire-général, sans préjudice d'un chanoine de Camérino, docteur dans les deux droits, que l'on voit venir en 1518, pour conclure avec la communauté d'Aubagne un accord au sujet des eaux et des fours, et recevoir l'hommage des syndics. En 1526, le cardinal envoya un clerc génois de sa maison, nommé Méliaduc Salvago, qu'il avait fait son grand-vicaire, et chargé de l'administration. Celui-ci passa, le 20 octobre 1526, une transaction avec la commune de Signe, pour la construction de deux moulins; le 28 janvier 1528, il unit et incorpora à l'abbaye de Saint-Sauveur les religieuses de Sainte-Paule dont le couvent avait été détruit.

Il est vraisemblable que la présence de ces étrangers, entre les mains desquels était toute l'autorité religieuse, ne satisfaisait pas les consuls de Marseille; car ils écrivirent au cardinal Cibo pour obtenir la réintégration de son ancien vicaire Pierre Agarni. La réponse qu'ils reçurent de lui portait qu'il voulait faire quelque chose de plus honorable pour leur cité, et qu'il chargeait son procureur de s'entendre avec quelque évêque de la province, pour lui confier l'administration de son église.

Nous ne pouvons passer sous silence le siége de Marseille par le connétable de Bourbon en 1524, qui amena, pour les nécessités de la défense, la destruction de toutes les églises situées dans les faubourgs. Alors disparurent les couvents des Frères-Mineurs et des Prêcheurs, les églises de Sainte-Catherine, de Saint-Pierre et de Notre-Dame de Bon-Voyage. Alors aussi fut détruit le palais épiscopal, qui étant placé contre les murailles, gênait les mouvements de ceux qui devaient les défendre. Il en fut de même de l'église de Saint-Cannat et du monastère de Sainte-Paule, placés tout près de là.

En 1526, le chapitre fit imprimer à Lyon, par Denys de Harsy, le Bréviaire de Marseille ; et bien que le cardinal-administrateur ne soit intervenu en rien dans cette affaire, il n'importe pas moins de signaler ce fait. Ce curieux volume, dont la rareté est bien connue, se vendait alors un écu au soleil. L'impression de notre liturgie fut complétée, quatre ans après, par celle du Missel Marseillais, qui sortit des mêmes presses en 1530.

Nous ne croyons pas devoir entrer dans le récit de la vie politique du cardinal Cibo, de ses légations, de sa présence aux divers conclaves, où il fut proposé pour la Papauté, de son courage lors de la prise de Rome par les Impériaux : cela nous éloignerait trop de Marseille. Il ne fut pas toujours en parfait accord avec le roi de France. Nous trouvons le séquestre mis sur le temporel de son évêché, le 8 août 1521, et il ne fut levé qu'après plus de trois ans, par ordre de la régente. En 1530, il fit nommer évêque de Marseille son frère Jean-Baptiste Cibo, et vécut encore de longues années, étant mort à Rome, le 13 avril 1550, à l'âge de cinquante-huit ans. Il fut enseveli dans le chœur de l'église de la Minerve, auprès des papes Léon X et Clément VII.

Il portait : *Écartelé, au 1er et 4e, de gueules, à la bande échiquetée d'argent et d'azur, de trois traits*, qui est Cibo, *au chef d'argent à la croix de gueules*, qui est Gênes ; *au 2e et 3e, d'or à six tourteaux de gueules, 3, 2, 1*, qui est Médicis. Son sceau, sur papier, est du 29 avril 1532.

LXIV

JEAN-BAPTISTE CIBO

1530 — 1550

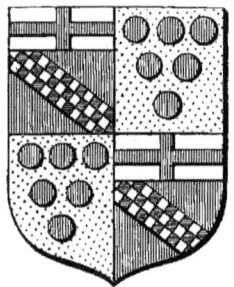

Jean-Baptiste Cibo eut l'évêché de Marseille par la remise que lui en fit son frère le cardinal Innocent. Si l'on veut savoir à quelles conditions cette cession eut lieu, nous avons les documents nécessaires pour les faire connaître.

En résignant son évêché à son frère, le cardinal Cibo se réserva le droit d'y rentrer, s'il venait à vaquer, de quelque manière que ce fût. De plus, il retint tout ce qui regardait la disposition des bénéfices du diocèse, collations, provisions, présentations, élections, institutions et autres, comme dit le texte que nous analysons. Enfin, il garda même le titre de commendataire perpétuel de l'évêché de Marseille, que nous lui voyons donner dans l'acte du 29 avril 1532, qui nous a fourni son sceau. Il avait un vicaire-général pour la collation des bénéfices, comme il en avait eu un à Turin, pour le même objet, quand il eut permuté avec Seyssel ; ce qui explique pourquoi on se servait encore de son sceau à Marseille, en 1532. Tout cela était approuvé par une bulle de Clément VII, du 19 janvier 1530, et par une autre bulle de Paul III, du 3 novembre 1534.

C'est le 19 janvier 1530 que Jean-Baptiste Cibo succéda à Innocent. Mgr de Belsunce et Ruffi, oubliant que l'an de l'incarnation est en retard d'une année pour les trois premiers mois, veulent qu'il ait été évêque au plus tard en 1529 ; mais les bulles sont de l'an VIIme de Clément VII, et datées de Bologne, ce qui ne permet pas d'hésiter. Le 24 janvier 1531, l'évêque élu arrenta les revenus de son évêché pendant trois ans, à Méliaduc Salvago, pour la somme de 2,200 écus d'or. Il n'eut pourtant les lettres de *placet* du roi de France que le 7 octobre de cette même année, et l'annexe du parlement que le 26 juin de la suivante. Le 17 mai 1532, étant à Plaisance, il donna procure à Annibal Collemutio, chanoine de Pesaro, et l'envoya prendre possession de son siége ; ce que celui-ci fit le 28 du mois de juin.

Jean-Baptiste Cibo n'avait que 26 ans, quand il devint évêque de Marseille, et il resta plusieurs années sans se faire sacrer. Une bulle de Paul III, du 22 avril 1536, l'autorisa à recevoir la consécration épiscopale des mains de l'évêque qu'il voudrait choisir ; nous croyons néanmoins que ce sacre fut encore différé. Il n'est pas possible de dire si le prélat était à Marseille, lorsque le pape y vint en 1533, pour marier sa nièce avec le second fils de François Ier ; on peut le supposer, mais son nom n'est pas prononcé dans le récit que nous avons de cet évènement.

Il alla à Paris en 1540, et fit son hommage au Roi le 29 octobre, pour la baronnie d'Aubagne et *autres biens féodaux* de son évêché. Le 21 juin 1541, il reçut lui-même à Avignon, l'hommage de Louis de Castillon, pour la terre du Castellet. Il était à la Garde le 27 septembre 1546, et y signa une transaction au sujet de la succession du curé d'Aubagne. Ruffi rapporte qu'il fut député en 1547, par le clergé de la province d'Arles, pour féliciter Henri II, lors de son avènement à la couronne, et lui prêter serment de fidélité.

La plus grande incertitude règne parmi nos écrivains, par rapport à la mort de ce prélat, que le *Gallia Christiana* fait siéger jusqu'en 1551, et dont Ruffi termine la vie en 1547 par ces mots : « Nous ne savons pas l'année qu'il mourut. » Jean-Baptiste Cibo dut mourir dans son château de Signe, le 15 mars 1550. Le 16, le chapitre de Marseille, certifié de son trépas, nomma vicaire, *sede vacante*, le chanoine Pierre de Paul. Le 17 celui-ci se rendait « au lieu de Signe, ou est « decedé ledict sieur evesque,... voullant pourvoyr a faire transduyre le corps « dudict feu sieur evesque solennellement en la ville de Marseille, pour icelluy « ensepvelyr en ladicte eglise cathedralle, et en la tombe de ses predecesseurs. » Mais ayant trouvé que l'évêque défunt était déjà enseveli dans l'église paroissiale de Saint-Pierre, et que son corps était « putrefaict », il jugea le transport impossible, et ordonna qu'on célébrât ses funérailles et sa neuvaine dans ladite église de Signe, sauf à aviser plus tard. Il n'est pas probable que les restes de Jean Baptiste Cibo aient été transférés à Marseille.

Les armoiries de cet évêque sont les mêmes que celles de son frère, que nous avons décrites à l'article précédent. Il n'y a pas de motif pour supposer une divergence ; mais nous ne les avons pas vues en nature.

LXV

CHRISTOPHE DE MONTE

1550-1556

Marseille ayant perdu en 1550 ses deux évêques, savoir, Jean-Baptiste Cibo le 15 mars, et le cardinal Innocent Cibo le 13 avril, deux nominations furent faites pour les remplacer. En vertu du concordat de François 1er, le roi Henri II nomma évêque de Marseille Jean de Ballaguier, abbé de Pérignac, de l'ordre de Cîteaux, au diocèse d'Agen. D'un autre côté, sous prétexte que le cardinal Cibo avait repris l'évêché après la mort de son frère, et que, mourant un mois après lui, archidiacre de l'église romaine, l'évêché avait vaqué en cour de Rome, le pape Jules III y avait pourvu directement en la personne de Christophe de Monte. Ceci amena un conflit qui dura quelques mois, et Christophe, qui avait été préconisé et avait reçu ses bulles le 27 juin, et qui avait même déjà nommé ses procureurs le 16 juillet, dut attendre qu'un accord fût intervenu entre le pape et le roi.

Dans l'intervalle, il fut fait, le 20 octobre 1550, patriarche de Jérusalem. Huit jours après, de nouvelles bulles du 27 octobre lui conférèrent une seconde fois l'évêché de Marseille ; tandis que, par d'autres lettres du même jour, Ballaguier, qui avait renoncé à ses droits entre les mains du pape, était aussi pourvu du même évêché, pour en prendre possession, sans autre formalité, dans le cas où son compétiteur mourrait avant lui ou se démettrait de son siége. Marseille eut donc encore une fois deux évêques, l'un qui possédait l'évêché, l'autre, qui en avait l'expectative, et qui, en attendant la future vacance, prenait le titre d'*electus Massiliensis*.

Christophe de Monte était d'Arezzo, fils de Ceccho Guidalotti et de Marguerite de Monte. Il était, par sa mère, neveu du cardinal Antoine de Monte, jurisconsulte célèbre, et aussi cousin germain, *frater patruelis*, du pape Jules III. Il avait deux frères, Pierre, grand-maître de Malte en 1568, et Fabien, qui continua la descendance. Jules III fit quitter à ses cousins leur nom de famille, pour prendre celui de leur mère, qui était le sien, et leur fit porter les armes de Monte.

Christophe fut d'abord évêque de Bethléem. Clément VII le transféra au siége de Cagli, dans la province d'Urbino, le 10 février 1534, d'où il passa, seize ans après, à l'évêché de Marseille. Il y fut installé le 19 février 1551. Ce fut un chanoine de Cagli, Jean Gollomerici, qui vint prendre possession pour lui ; mais il établit pour son vicaire-général et official, Jean Tournier, moine de Saint-Victor et prieur de Saint-Giniez, qui se trouvait à Rome lors de sa promotion. Il est à remarquer que dans les lettres qu'il lui donna, il se dit évêque de Marseille, non pas seulement par la grâce de Dieu et du Saint-Siége, mais aussi par la bienveillance du roi, *christianissimique et serenissimi domini Henrici, Francorum regis, benignitate episcopus Massiliensis*.

L'évêque de Marseille fut fait cardinal du titre de Sainte-Praxède, le 18 décembre 1551, et assista aux conclaves de Marcel II, de Paul IV et de Pie IV. Le 9 mars 1556, il se démit de son évêché, où nous ne croyons pas qu'il soit jamais venu, et il mourut le 24 septembre 1564, âgé de plus de 80 ans.

On lui a donné pour armoiries: *D'argent, au cheval effaré de sable.* Ce sont là les armes des Guidalotti ; mais on peut s'assurer, par l'examen de son sceau, qu'il portait celles des de Monte : *D'azur, à la bande d'or chargée de trois monts de gueules, chacun de trois coupeaux, accompagnée de deux couronnes de laurier, d'or.* Nous avons deux exemplaires du sceau qui suit, attachés à des lettres d'ordination de 1552. La gravure en est très défectueuse. La bande, qui traverse le champ, a été mise à contre-sens et est devenue une barre, et dans la seconde moitié de la légende, les lettres sont renversées.

LXVI

PIERRE RAGUENEAU

1556—1572

Ce fut le 9 mars 1556 que le pape Paul IV admit la démission du cardinal de Monte, lui assignant sur la mense épiscopale une pension de 1500 ducats. Le même jour, il annula les bulles de Jules III qui donnaient à Jean de Ballaguier le droit de retour à l'évêché de Marseille, et préconisa Pierre Ragueneau, qui avait eu la nomination du roi de France.

Pierre Ragueneau était « de la ville de Tours en Touraine, fils de nobles Frédéric Ragueneau et de Perrine Richarde » ; nous le tenons de lui-même. Il était leur fils aîné, et il avait un frère du nom de Jean, et une sœur nommée Marie. Mgr de Belsunce s'était procuré, et a publié dans son histoire, de curieux détails sur la famille des Ragueneau de Tours ; mais il s'est mépris en donnant pour père à notre évêque un Jean Ragueneau qui ne peut être qu'un collatéral. Il y a chez un notaire de notre ville deux actes qui ne laissent rien à désirer sur ce point, et qui auraient détrompé notre illustre historien, s'il les avait connus. Nous en insérerons un à la fin de cette notice, pour nous servir de garantie.

On n'a jamais sû ce qui avait attiré Pierre dans nos contrées ; nous avons découvert une pièce qui constate la présence dans notre pays, en 1521, « du noble homme mestre Jacques Regueneau, notaire et secrétaire du roy nostre sire, recepveur de Poyto, et par luy commis a l'estraordinaire et reparation de la marine de Prouvence. » Ce fait pourrait bien n'être pas sans relation avec le motif recherché. Toujours est-il qu'en 1547 Pierre Ragueneau était secrétaire du comte de Tende, grand-sénéchal et gouverneur de Provence, et qu'en 1550, le cardinal de Châtillon le faisait son grand-vicaire pour son abbaye de Sorèze. Ceci suffirait pour expliquer la fortune brillante que nous lui voyons faire en un petit nombre d'années.

En 1547, le prévôt de Pignans lui conféra le prieuré de Gonfaron, qu'il se fit confirmer par le vice-légat d'Avignon. En 1549, il eut le prieuré de la Celle, puis la Sacristie de la cathédrale de Marseille ; mais cette dignité lui fut disputée à Aix et à Toulouse, et il fallut en venir à une transaction. La même année, il se fit accorder un indult pour recevoir les ordres, *extra tempora,* où il voudrait ; et peu de mois après, un diplôme du vice-légat lui donnait les titres de protonotaire, comte palatin, sous-diacre, acolythe et chapelain pontifical. Ajoutons à cela les prieurés de Pierrevert et de Cogolin, la cure de Brignoles, la prévôté d'Aix (1551), et nous aurons ses états de service, avant le 9 mars 1556 où il eut l'évêché de Marseille. Nous disons à dessein 1556, et non 1555, comme on le dit partout, de même que partout son sacre est fixé à 1557 et devancé d'un an.

Il prit en personne possession de son évêché, le 2 mai 1556, en présence de toutes les autorités de la ville, et il fut sacré à Avignon, dans l'église des Conventuels de Saint-François, le dimanche 16 janvier 1558, par Pierre de Bisquières, évêque de Nicopolis, assisté de Paul Sadolet, évêque de Carpentras, et de Jean Joly, évêque de Saint-Paul-Trois-Châteaux. Un de ses premiers actes fut l'érection en collégiale de l'église de Notre-Dame des Accoules, la première de la ville après La Major. En 1564, il reçut dans sa cathédrale le roi Charles IX et sa mère, et les deux princes qui furent Henri III et Henri IV. Il écrivit en 1566 au pape saint Pie V une curieuse lettre, pour lui rendre compte de l'état de son église, où il n'y avait qu'un petit nombre d'hérétiques. Il fit, la même année, les informations canoniques de Bertrand Romani, nommé évêque de Fréjus, et en 1567, celles de Philippe Rodulfi, qui passait de l'abbaye de Saint-Victor à l'évêché d'Alby.

En 1572, et non en 1570, il résigna son évêché à son neveu. Après sa démission, il vécut encore cinq ans, fit son testament le 19 avril 1577 « dans la chambre dormitoire dudict sieur testateur, de la maison épiscopale dudict Marseille », et mourut le 4 mai suivant. Il y a en effet une légère erreur dans ce texte du Nécrologe : *IIII nonas maii, obiit R. P. dominus Petrus Ragueneau, Massiliensis episcopus. 1577.*

Le nom de cet évêque a été écrit de diverses façons. On trouve : *Raguaneu, Raguanel, Raganeus,* et *Regueneau ;* mais le plus souvent c'est *Ragueneau,* et c'est la vraie orthographe, comme le prouvent des signatures authentiques, et le sceau de son neveu. Voici la pièce qui contient sur sa famille des données nouvelles, qu'il est bon d'enregistrer.

Au nom de Dieu et de sa glorieuse mere soyt-il. Amen. Sachent toutz presens et advenir, que ce vingtiesme jour du moys de juing mil v° LXVII, presentement stabli ez presences de moy, notaire royal, et dez tesmoingz cy après nommés, reverend pere en Dieu le sieur *Pierre Raguaneu, evesque* de la presente ville et cité de Marseille, *filz coheritier de feue dame Perrine Richarde, sa dame et mere, relaixée de feu noble Federic Raguaneu, son feu sieur et pere,* lequel, de son bon gré et certeyne science,... a faict, passé et constitué, faict, passe et constitue son procureur et expecial mesagier, acteur, facteur et neguociateur, a sçavoir, *noble Jehan Raguaneu, son frere,* aussi filz coheritier de ladicte dame Perrine, de la cité de Tours, absent comme present et pour le tout. Auquel son dict frere et procureur dessus constitué ledict sieur evesque constituent a baillé et bayle plen pouvoyr, faculté et auctorité, des parties, forces et biens, conservens ledict sieur constituent, de la heredité de ladicte feue dame Perrine Richarde, sa mere, prendre et apendre la possession reale, actuelle et corporelle, et icelle entiere mantenir et garder. Et de toutz et chascuns lez fiefz nobles de ladicte heredité, mesmes dez *terres et senhories de Menx, la Grange Roge, et de Marray,* et de toutz aultres biens constitués tant *à Montrechart* que en aultres lieus, aux seigneurs dont les terres et places susdictes sont moventes, prester et faire les foys et homage, selon que auroit faict ladicte dame sa mere, et ses predecesseurs, et aultres recognoissences en telz cas requises. Ledict heretage, terres nobles, et toutz aultres biens de ladicte heredité, si sera besoin, avec ceulz que y porront avoyr quelque droict et interest, partager et accepter, et prendre les pars pertocantes audict sieur constituent, et la part que leur atochera leur ceder, quicter et desamparer... Faict a Marseille, a la salle basse de la maison de habitation dudict sieur evesque... (Extensoire R. du notaire Jacques Alphantis, fol. 209. Chez M° Estrangin.)

Ses armoiries sont : *D'azur, à trois melons d'or tigés de même, posés 2 et 1, leurs queues mouvantes du flanc senestre.* Mgr de Belsunce les dit de gueules. (tom. III. p. 182; note.) Son sceau, plaqué sur papier, est du 26 février 1559.

LXVII

FRÉDÉRIC RAGUENEAU

1572—1603

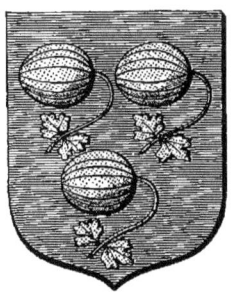

Originaire de Tours, comme son oncle Pierre, Frédéric, ou selon l'orthographe du temps, Fédéric Ragueneau naquit en 1540 ou en 1541. Il étudia la théologie à Paris, d'où il sortit bachelier ; puis il alla à Toulouse suivre les cours
de droit, et il y fut fait docteur *in utroque*, le 23 septembre 1569. Tout ce qu'il
fut, il le dut à son oncle, qui, avant l'âge de vingt-deux ans, lui procura un
canonicat dans la cathédrale de Marseille, avec la prébende de Septème et
Fabregoules, lui céda ses prieurés de Gonfaron et de Cogolin, et, quand il eut
trente-deux ans ou environ, se démit en sa faveur de son évêché. Frédéric
était entré dans les ordres en 1571, mais il n'était encore que diacre.

Sa promotion à l'épiscopat eut lieu en 1572, quoique Mgr de Belsunce l'ait fixée
à 1570 ; pour ce motif, nous allons indiquer avec la plus grande précision la
série des actes qui l'accompagnèrent, et qui portent tous la date par nous indi-
quée. Le 12 avril 1572, Etienne Déodel, évêque de Grasse, fit à Marseille les
informations canoniques sur la foi, les mœurs et les qualités de Frédéric, et inter-
rogea à ce sujet les personnes les plus marquantes de la ville, laïques et ecclésiastiques ; de plus, il reçut sa profession de foi. Le 14 avril, Pierre Ragueneau
donna procure pour résigner l'évêché de Marseille entre les mains du Pape, en
faveur de son neveu. Le 15, Frédéric nomma ses procureurs, pour consentir,
dans le cas où il serait pourvu de l'évêché, à l'établissement d'une pension

annuelle et viagère de deux mille écus pour son oncle. Le 30 juillet 1572, Grégoire XIII admit la démission de Pierre, qui était, disait-il, septuagénaire et valétudinaire, et préconisa Frédéric. Ainsi l'attestent les actes consistoriaux que nous avons copiés, et les bulles du nouvel évêque, que nous avons aussi. Il ne saurait donc y avoir aucun doute sur la date de l'avènement de celui-ci, qui ne peut être que 1572.

Les faits qui suivent en sont une nouvelle confirmation. Le 8 octobre 1572, le parlement annexait les bulles de Frédéric. Le 15, celui-ci chargeait son oncle de percevoir, en son nom, les fruits de son évêché, et le précenteur Thomas Léonis, de prendre possession pour lui. A cette date, il était à Marseille ; mais il n'y était plus le 8 novembre, lorsque la prise de possession avait lieu, ni le 9, quand son oncle, en vertu des pouvoirs reçus de lui, députait comme vicaire et official, le chanoine Bérenger Alphantis. Il se trouvait à Avignon, le 26 novembre, pour d'importantes affaires, *pluribus aliis arduis negociis prepediti*, et peut-être aussi pour son sacre ; car on le voit avec la qualité d'*élu* jusqu'au 16 décembre, mais le 3 janvier il prend le titre d'évêque de Marseille, *Dei et apostolice sedis gratia episcopus Massiliensis*. Indubitablement, il s'était fait sacrer dans l'intervalle, c'est-à-dire vers Noël.

Il fut délégué, en avril 1573, par tout le clergé de Marseille et de *sa diocèse*, pour aller à la cour et assister à l'assemblée générale du clergé de France. Le roi réclamait des subsides considérables, pour lesquels le Pape autorisa l'aliénation d'une partie des biens ecclésiastiques. Pour faire face à sa part des impositions qui en furent le résultat, l'évêque aliéna, en 1575, une portion de sa juridiction comme baron d'Aubagne, et érigea le fief de la Reynarde. De nouveaux impôts extraordinaires l'obligeaient à faire de même, en 1577, pour sa terre de Cassis ; mais les habitants préférèrent payer la taxe de l'évêque, plutôt que de passer sous un seigneur laïque. Ils comprenaient à merveille la différence, et savaient qu'en agissant ainsi, ils sauvegardaient leurs intérêts. En 1578, il obtint un arrêt contre les protestants qui voulaient s'établir à Signe, et consentit à la fondation du couvent des Capucins de Marseille, dont la reine Catherine de Médicis posa la première pierre. L'établissement des Minimes de saint François-de-Paule suivit de près, lesquels, après un séjour de quelques années auprès de l'église de Notre-Dame du Rouet, se fixèrent définitivement à la plaine Saint-Michel, où la rue qui porte leur nom rappelle encore l'emplacement de leur couvent.

L'épiscopat de Frédéric de Ragueneau s'écoula dans les circonstances les plus difficiles ; guerres, famine, peste, luttes religieuses, dissensions intestines, rien n'y manqua. Les troubles étaient incessants à Marseille. Après la sédition de la Mothe-Dariès vint la Ligue, et la tyrannie de Casaulx ; et l'on ne saurait méconnaître que notre ville n'ait été un des principaux boulevards des Ligueurs. La position n'était pas tenable pour l'évêque, qui se montra toujours un royaliste déterminé. Plusieurs fois, il dut s'en éloigner ; il·alla passer en Toscane tout le temps de la domination de Casaulx, et ne rentra qu'après la chute de celui-ci. Nous l'y revoyons dès les premiers jours de 1597, comme aussi, lors de l'arrivée de Marie Médicis, qui vint débarquer à Marseille en 1599, pour aller épouser Henri IV.

Il y avait trente-et-un ans que Frédéric tenait le siége de notre cité, lorsqu'il fut victime d'un lâche assassinat, le 26 septembre 1603. Voici le récit que Ruffi a fait de ce déplorable évènement. « Quelques scélérats s'étant masqués, le guettèrent, lorsqu'il se promenait dans la salle de sa maison de Signe, avec le Viguier du lieu, et à la faveur de la portière, ils lui lachèrent dans le ventre un coup de pistolet, dont il mourut trois heures après. » On apporta son corps à Marseille, le 1ᵉʳ octobre, et il fut enseveli au tombeau des évêques ses prédécesseurs.

Le parlement de Provence procéda contre les auteurs du crime, à la requête de Jacques de Gourry, sieur du Plessis en Touraine, mari de damoiselle Anne de Ragueneau, qui était la sœur et l'héritière testamentaire du défunt. Il y eut arrêt contre Claude Bausset, François Amalric et Hercules Venel, dont deux furent condamnés à la roue, et l'autre aux galères pour la vie. La communauté, outre de fortes amendes, eut à faire une fondation de prières pour l'évêque, dans la mort duquel plusieurs des siens avaient dû tremper ; ce qui les avait fait impliquer dans le procès.

Comme son oncle, Frédéric Ragueneau avait pour armoiries : *D'azur, à trois melons d'or, posés 2 et 1*. On a conservé, dans son écusson, la forme gracieuse que l'artiste a donnée, dans son sceau, aux fruits qui en occupent le champ, en les tigeant d'une manière plus élégante. C'est la seule différence qu'il y ait entre les armes des deux prélats. Ce sceau est pendant, par des bandes de parchemin, à un acte du 10 juillet 1577, papier sur cire. Le nom de l'évêque y est écrit lisiblement avec l'orthographe qui se retrouve dans ses signatures, et que nous avons employée partout.

JACQUES TURRICELLA

1605 — 1618

Au mois d'octobre 1603, le bruit courut en Provence que le roi avait pourvu de l'évêché de Marseille Guillaume du Vair, premier président du parlement d'Aix. Les États de la province, qui tenaient alors leurs séances, s'émurent à cette nouvelle, et mirent en délibération de supplier le roi, pour le bien du pays, de maintenir l'illustre magistrat à la tête de l'administration de la justice.

Nous n'avons aucune pièce officielle qui atteste cette nomination, mais elle est généralement admise par les historiens de ce célèbre personnage, et ce serait pour ne pas quitter les « œuvres de la justice », que du Vair aurait refusé d'être évêque de Marseille. Il faut bien supposer que ce fait n'est pas sans fondement, puisque les États du pays s'en occupèrent. Un autre motif nous porte à l'accepter : c'est que c'est le seul moyen d'expliquer l'intervalle de plus d'un an qui s'écoula entre la mort de Frédéric Ragueneau et la préconisation de son successeur. En admettant la nomination de Guillaume du Vair, ses hésitations et son refus, on a la raison de cette longue vacance, qui, sans elle, demeure incompréhensible. Il est à regretter que notre église ait perdu cette occasion d'avoir à sa tête ce grand homme, qui devint un peu plus tard Garde des sceaux et évêque de Lisieux.

Au lieu de du Vair, nous eûmes un évêque italien. Frère Jacques Turricella était le confesseur de la reine Marie, femme d'Henri IV. C'était un religieux de

19

l'ordre des Frères-Mineurs de l'Observance, qu'elle avait vraisemblablement amené avec elle en venant de Toscane en France, docteur en théologie et prédicateur du Roi. Ce que nos historiens n'ont pas sû, c'est qu'avant de le nommer à Marseille, Henri IV lui avait donné l'évêché d'Angoulême. Nous avons des lettres du 10 décembre 1603, par lesquelles le roi, voulant lui conserver intacts les biens et les revenus de cette église vacante, ordonna qu'en attendant ses bulles, on fit soigneusement l'inventaire de l'évêché et de ses appartenances, et qu'on mît le tout sous séquestre. Ceci semble confirmer la nomination à Marseille de Guillaume du Vair, laquelle est presque de la même époque. Turricella n'a pu y être nommé qu'après le désistement du premier, puisqu'on le proposait pour un autre siége.

Ses bulles lui furent accordées par Clément VIII, le 23 janvier 1605, *decimo kalendas februarii, anno* XIII; et le 20 mars suivant, il fit son serment de fidélité dans l'église des Capucins de Paris, où le roi assistait à la messe. Au mois de mai, il vint à Marseille, et fit son entrée en procession, de la porte de la ville à la cathédrale. Trois mois après, il consacra l'église des religieuses de Sainte-Claire, et dans l'acte qui le constate, il se dit Florentin, conseiller et aumônier du roi. Il transigea avec les Chartreux de Montrieu, sur toutes les questions d'intérêt que son prédécesseur avait eues avec eux pour la terre d'Orves. Il fonda à Aubagne un couvent de son ordre des Franciscains de l'Observance. Il consentit à l'établissement à Marseille des Augustins réformés ou Petits-Pères, qui, après un court séjour à l'église du Rouet, bâtirent leur couvent et leur église de Saint-Nicolas de Tolentin au quartier de Saint-Bausile, actuellement le haut des Allées de Meilhan. Enfin il restaura et réforma l'abbaye de Saint-Sauveur. On s'aperçoit aisément qu'ayant été religieux, il avait pour les ordres réguliers une affection spéciale.

Après la mort déplorable d'Henri IV, il fit faire trois jours de prières pour le repos de son âme, et officia chaque jour pontificalement. En 1612, il ordonna d'autres prières publiques contre les dauphins et autres bêtes marines, qui infestaient nos mers et détruisaient le poisson, au grand détriment des pêcheurs

marseillais. Il consacra, en 1615, l'église paroissiale d'Aubagne, sous le titre de Saint-Sauveur, et en 1617, celle des Minimes de Marseille, dédiée à Saint-Raphaël. Toujours dévoué aux instituts religieux, il autorisa la fondation des Ursulines, des Jésuites et des Oratoriens à Marseille, et celle des Capucins dans la ville de la Ciotat.

La fin de ce prélat fut des plus malheureuses; il mourut le 19 janvier 1618, du poison que lui donna un de ses serviteurs, pour le voler. On ne trouverait nulle part aucun détail sur ce crime, ses auteurs et ses suites ; cependant, nous pouvons en fournir d'assez explicites. Le 21 février 1618, le parlement d'Aix condamna à la roue, comme convaincus de vol et vénéfice, Pierre Barthélemy et Nicolas de Guin. Le premier fut exécuté, et déclara, soumis à la question: «Avoir lui-même empoisonné ledit feu sieur évêque son maître, et à ces fins, acheté de l'arsenic à la boutique d'un marchand, le long du quai et havre dudit Marseille, et d'en avoir donné par trois fois audit feu sieur évêque. » Il confessa encore avoir remis à Nicolas de Guin l'argent dérobé, c'est-à-dire deux cents septante ou trois cents écus, en ayant joué une partie. On procéda aussi contre Antoine Marin, Marguerite Barthélemiève, veuve de François Guin, Marguerite Marine, femme de Nicolas Guin, Blaise Prinet, vicaire d'Aubagne, et messire Pierre Motet, soupçonnés de complicité, et il y eut contre eux un arrêt de plus ample informé. D'après tout ceci, le complot dont Turricella fut la victime, dut être tramé à Aubagne.

Le nom de cet évêque a été écrit souvent d'une façon bizarre, et l'on trouve, çà et là : *Tourichella, Toricella, Turrissella, Torrichelly*, et qui plus est, *de Richella*. On cherchait à franciser un nom italien.

Il avait pour armes : *D'azur, à une tour crénelée d'argent, à deux colombes affrontées, du même, perchées sur les créneaux extrêmes, et au-dessus d'elles, une étoile d'or*. Ce sont les armoiries de la famille de La Tour.

ARTHUR D'ÉPINAY

1619—1621

Artus d'Espinay de Saint-Luc appartenait, dit Mᵉʳ de Belsunce, à une des plus anciennes et des plus nobles maisons de Bretagne. Il n'y a, en effet, qu'à jeter les yeux sur son blason pour voir les grandes alliances qui ont concouru à former ses armoiries. François d'Espinay, son père, était chevalier des ordres du Roi, lieutenant-général de la province de Bretagne et grand-maître de l'artillerie de France ; sa mère, Jeanne de Cossé, était fille du maréchal Charles de Brissac. Lui-même, dès l'enregistrement de ses bulles, nous est donné comme conseiller du roi en son conseil d'État, et commandeur de l'ordre du Saint-Esprit.

Avant son épiscopat, il avait trois abbayes en commende : Redon, Rillé et Chastrier, qu'il ne cessa pas de posséder quand il fut devenu évêque ; et nous savons par ses bulles d'institution qu'il était clerc du diocèse de Saintes, sous-diacre, et docteur dans les deux droits. Il y a unanimité, parmi nos auteurs, pour dire que ces bulles sont du 28 janvier 1618 ; mais ici la fausseté du calcul est un peu trop évidente, car ces mêmes écrivains viennent de nous apprendre que Turricella mourut le 19 janvier 1618. Ce serait donc en l'espace de neuf jours que se seraient faites la nomination et la préconisation de son successeur, chose qui, à notre époque, avec les télégraphes et les chemins de fer, ne serait certainement pas possible. La vérité est que les bulles sont de 1619 et de la

XIVme année du pontificat de Paul V, commencé le 29 mai 1605. Ceci est une nouvelle preuve que jamais on n'a pris la peine de contrôler une date, ni de réduire en style moderne les indications chronologiques qui sont marquées d'après l'ancien style, et qui ont besoin d'être rectifiées.

Il y a dans le *Gallia Christiana* deux erreurs notables, que Mgr de Belsunce a relevées, en ce que cet ouvrage affirme qu'Arthur mourut en 1618, et qu'il ne fut jamais sacré : *paulo post, nondum consecratus fato eripitur, 1618.* Il n'est pas permis de douter qu'il ait reçu la consécration épiscopale, puisque tous les actes qui en parlent, et ceux qu'il a souscrits, le désignent comme un évêque sacré. On connaît trois pièces venant de lui ; il les a signées, *Artus, evesque de Marseille*; et l'une d'elles, au moins, porte en tête la formule solennelle, *par la grâce de Dieu et du Saint-Siége apostolique, évêque de Marseille*, que jamais aucun évêque n'a employée avant son sacre. Des lettres à lui écrites par la congrégation des évêques et réguliers, ont pour adresse : *venerabili fratri domino episcopo Massiliensi* ; ce qui revient au même. Enfin, lors de son installation par procureur, l'acte officiel se sert également, en parlant de sa personne, des titres et des formules réservés aux évêques après leur sacre, et non avant : *procuratorio nomine illustrissimi et reverendissimi domini Artusii d'Espinay a Sancto Lucâ, Dei et apostolicæ sedis gratiâ, episcopi Massiliensis.* Il serait donc déraisonnable d'hésiter à reconnaître ce fait, quoiqu'on ne puisse pas dire où, quand, et par les mains de qui le caractère épiscopal lui fut conféré.

Quant à sa mort fixée à 1618, c'est encore plus insoutenable. Comment Arthur serait-il mort en 1618, puisque nous avons démontré qu'il n'eut ses bulles qu'en 1619 ? Au surplus, le choix de cette date n'est pas seulement absurde, il indique encore l'ignorance complète des actes que l'on doit à Arthur d'Épinay, et qu'il nous reste à faire connaître.

Le palais des évêques de Marseille, attenant aux murailles de la ville, avait été détruit lors de l'invasion de 1524, et depuis cette époque, ceux qui s'étaient succédé sur ce siége n'avaient point eu de demeure fixe. Le nouveau prélat profita de son séjour à Paris et de son crédit à la Cour, pour obtenir du roi la cession d'un emplacement voisin de la cathédrale, nommé la Fonderie et appartenant au domaine, où l'on pourrait bâtir un autre palais. C'est là en effet qu'a été reconstruite l'habitation des évêques de Marseille, et que se trouve l'évêché actuel.

Le 1er mai 1620, il écrivit de Paris aux consuls de Marseille, pour approuver l'établissement des Pères Récollets, qui devaient quitter le Rouet pour venir en ville. Il profitait de cette occasion pour leur dire qu'il espérait pouvoir bientôt se rendre dans son diocèse où son devoir l'appelait; mais des affaires que les États de Bretagne lui avaient confiées le retiendraient encore quelque temps auprès du Roi. La question des Récollets ayant éprouvé quelques difficultés de la part des Observantins, l'évêque reçut une lettre de Rome, du 20 novembre 1620, et il donna aussitôt à ces religieux une autorisation expresse de faire leur fondation en ville. Cette pièce est datée de Paris, le 22 janvier 1621. C'est alors que les Récollets vinrent s'établir dans le quartier qui a gardé leur nom, et y bâtirent leur charmante église. On a encore de ce prélat de semblables lettres en faveur des Carmélites, que l'on voulait introduire à Marseille; elles sont du 10 mars 1621, et datées aussi de Paris.

Cependant, il ne semble pas que d'Épinay eût pris possession de son église, qui continuait à être gouvernée par un vicaire capitulaire. Un acte cité par Mgr de Belsunce nous fait savoir qu'il avait envoyé, dès le 28 juin 1620, sa procuration à un chanoine de Marseille, nommé François Borrillon, pour se faire installer en son lieu et place, et que celui-ci se présenta au chapitre, pour accomplir cette cerémonie, le 28 juin 1621. Il y a quelque chose d'étrange de voir exécuter un mandat de cette importance, à un an de date, jour pour jour, comme aussi il est insolite qu'un évêque institué et sacré ne soit pas encore en possession de son évêché deux ans et demi après la date de ses bulles. L'absence des documents nécessaires ne permet pas de contrôler ces faits, quoiqu'ils nous paraissent peu vraisemblables.

Au moment où l'on espérait enfin le voir arriver dans son diocèse, « où l'on avait conçu les plus magnifiques espérances de son épiscopat », on apprit tout à coup qu'Arthur venait de mourir; et ce fut son frère Timoléon d'Épinay de Saint-Luc, qui vint recueillir son héritage. On ne sait pas la date précise de sa mort, qui arriva en 1621, non point avant le 17 novembre, comme on l'a dit, mais avant le 22 août, jour où fut nommé son successeur.

Voici la description de ses armoiries, passablement compliquées : *Écartelé, au 1er et 4me, d'argent au chevron d'azur, chargé de onze besants d'or*, qui est d'Espinay; *au 2me quartier, contrécartelé, au 1er, de gueules à la fasce d'or, au chef échiqueté d'argent et d'azur, de trois traits*, qui est de Sains; *au 2me, d'hermines, à la croix de gueules chargée de cinq quintefeuilles d'or*, qui est de Flavy; *au 3me, de gueules, semé de trèfles d'or, à deux bards adossés, du même*, qui est de Nesle; *au 4me, d'argent à la croix de gueules, chargée de cinq coquilles d'or*, qui est de Hangest; *au 3me grand quartier, de gueules à trois fasces d'or*, qui est de Gronches-Ribou, *parti de sable à trois fasces d'or danchées par le bas*, qui est de Cossé. (Promptuaire armorial et général. Paris, 1658, in-folio, page 23 et 27.)

LXX

NICOLAS COEFFETEAU

1621—1623

Le nom de Nicolas Coeffeteau est sans contredit une illustration pour l'église de Marseille, et ce serait être bien mal inspiré de ne pas en enrichir le catalogue de nos prélats, quoiqu'il n'ait été qu'évêque nommé. Nous ne nierons pas que l'illustration serait plus grande, si nous l'avions possédé effectivement, s'il avait siégé chez nous de longues années et attaché le titre épiscopal de la ville de Marseille aux nombreux ouvrages qu'il a composés. On n'en devra pas moins reconnaître que si nous n'en avons eu que le nom, ce nom est assez illustre pour qu'on y tienne et qu'on s'en honore.

Grâce à Échard, qui lui a consacré un excellent article, nous possédons sur lui des détails biographiques complets. Né à Saint-Calais, dans le Maine, en 1574, il était fils aîné de Nicolas Coeffeteau et de Marie Legeay. A l'âge de quatorze ans, il se fit recevoir au couvent des dominicains du Mans, d'où on l'envoya bientôt à Paris, au couvent de Saint-Jacques, où l'on réunissait les jeunes novices qui promettaient le plus pour l'avenir. En peu d'années, il devint un des plus brillants sujets de l'ordre, par ses talents comme professeur, comme orateur par sa merveilleuse éloquence, qui le fit appeler dans les premières chaires du royaume. A 28 ans, il était prédicateur du Roi ; avant 30 ans, prieur de Saint-Jacques de Paris ; à 32, vicaire-général de la Congrégation gallicane. De bonne heure, il publia de nombreux ouvrages, surtout contre les hérétiques, qui à cette époque attaquaient avec un grand acharnement la croyance de l'Église; et il les combattit avec une grande solidité d'argumentation.

Le 2 juin 1617, il fut fait évêque de Dardanie, et chargé d'administrer le diocèse de Metz, durant la jeunesse d'Henri duc de Verneuil, titulaire de cette église. Il remplit ces fonctions pendant quatre ans, après lesquels, le roi le nomma à l'évêché de Marseille, le 22 août 1621. Il n'est pas en notre pouvoir d'expliquer, — et personne ne l'a essayé, — comment il a pu se faire que pendant les deux années qui s'écoulèrent de cette date à sa mort, Coeffeteau n'ait pas reçu ses bulles. Il était très bien vu à la cour de Rome et à la cour de France, et ce retard est incompréhensible. Or, il est certain qu'il est mort avant d'avoir ses bulles, et qu'il ne prit jamais que le titre d'évêque nommé. Le consentement qu'il donna, le 12 septembre 1622, pour l'établissement des Carmélites à Marseille, est ainsi formulé : « Nous, Nicolas Coeffeteau, conseiller du roi en ses conseils d'État et privé, et nommé par Sa Majesté à l'évêché de Marseille »; et il contient du reste cette réserve : « Consentons en tant que nous pouvons, et en attendant que nous soyons en pleine possession dudit évêché. »

Le 18 janvier 1623, il constitua des procureurs pour demander au Pape de lui accorder, à raison de ses infirmités, un coadjuteur en la personne de François de Loménie. Dans cet acte, il est titré encore *évêque de Dardanie, nommé à l'évêché de Marseille*. Il demeurait alors à Paris, près la porte Saint-Michel, et c'est là qu'il mourut le 21 avril de la même année, âgé de moins de cinquante ans. Il fut enseveli dans l'église du couvent de Saint-Jacques, à la chapelle de Saint-Thomas. Il avait un frère prêtre, qui se nommait Guillaume.

Théologien de premier ordre et habile controversiste, Coeffeteau avait une grande doctrine, une profonde érudition et une dialectique serrée. Il jouissait d'une immense réputation. Henri IV le chargea de répondre au livre de Jacques, roi d'Angleterre, et Grégoire XV voulut qu'il réfutât les erreurs de Marc-Antoine de Dominis. Il fut un des pères de la langue française. Sans doute, il y a loin de sa phrase à celle de Racine et de Massillon; mais il a eu le tort de venir longtemps avant eux. Si l'on trouve encore tant de locutions vieillies, tant de tournures latines, dans Bossuet et dans Lafontaine, que pouvait-on faire dans le premier quart du XVIIme siècle? Le style de Coeffeteau était très estimé, de son temps.

Ses armoiries, copiées sur un de ses portraits, sont : *D'azur, à la croix d'argent, accompagnée en chef de deux molettes d'éperon, du même.* Mais le graveur a fait des molettes à cinq pointes, ce qui donne lieu de craindre qu'il n'ait voulu, en réalité, marquer des étoiles.

LXXI

FRANÇOIS DE LOMÉNIE

1624-1639

Destiné d'abord à devenir le coadjuteur de Coeffeteau et choisi par lui dans son ordre, François de Loménie se trouva, par suite du retard mis à l'expédition des bulles, institué directement évêque de Marseille. Quand son nom fut présenté en 1623 pour la coadjutorie, il était religieux de l'ordre des Frères-Prêcheurs, docteur en théologie de la faculté de Paris, et abbé de Josaphat, de l'ordre de Saint-Benoît. Ce dernier titre a jeté M⁸ʳ de Belsunce dans une grande perplexité, d'où il a cru sortir en disant que Loménie « avait passé de l'ordre de Saint-Dominique dans celui de Saint-Benoît ». Mais cette assertion n'a pas de fondement. Le prélat qui possédait l'abbaye de Josaphat, n'était pas plus bénédictin que son illustre successeur ne le fut en obtenant les abbayes des Chambons et de Saint-Arnoul de Metz, qu'il garda toute sa vie. Il y a beaucoup d'exemples de religieux ayant eu des abbayes bénédictines.

François de Loménie, fils de Pierre de Loménie, était né à Limoges, et c'est au couvent de Limoges qu'il embrassa l'institut de Saint-Dominique. Il fut docteur de Paris, et séjourna de longues années au couvent de Saint-Jacques, où l'on retrouvait ses traces au siècle dernier, comme étudiant, comme bachelier, licencié, professeur et maître des novices; plus tard il devint docteur, et il fut prédicateur ordinaire du Roi. Le Roi lui donna, le 22 avril 1622, l'abbaye de Notre-Dame-de-Josaphat, près de Chartres; c'était comme un héritage de famille, car elle appartenait depuis 1606 à Antoine de Loménie. Il fut proposé, le 18 janvier 1623, pour la coadjutorie de Marseille ; la vérité de ce fait, vainement nié à deux reprises par M⁰ʳ de Belsunce, est attestée par un acte exprès de Coeffeteau lui-même, qui était et qui est conservé aux archives de l'évêché, où il a échappé aux recherches de l'historien. La mort de l'évêque nommé, arrivée le 21 avril suivant, lui valut le brevet de l'évêché de Marseille, qu'il eut dès le lendemain 22 avril, au témoignage d'Échard. Ce qui n'est pas douteux, c'est que quinze jours après il adressait aux consuls de cette ville une lettre dont voici la teneur :

« Messieurs, Dieu et le Roy m'ayant appellé au service de vostre diocese, j'ay creu estre de mon debvoir, en attendant la benédiction de nostre Saint Pere, de vous en donner advis, affin que par la vous puissiez juger du desir que j'ay d'avoir part a vostre bienveillance, et de rendre a ung chacun tous les debvoirs de ma charge ; quoy que veritablement elle soit trop pesante pour ma foiblesse. Mais j'espere tout de la divine bonté, que m'en ayant honnoré, elle me fera la grace de m'en acquiter a sa gloire, a mon salut, et au proffict spirituel de tous. Vos prieres et vos veux peuvent beaucoup ; partant, je vous les demande, et vous suplie que sy celluy qui vous rendra la presente, qui est l'un de mes parans, a besoing de vos faveurs et conseilz, vous ne les luy desniez. Et en recognoissance de ces bienfaictz, je m'oblige, des asteure, a prier Dieu pour voz santez et prosperitez, et d'estre le reste de mes jours, Messieurs, vostre tres humble et obeyssant serviteur. — De Lomenie. — A Paris, ce 8 may 1623. »

Le nouvel évêque de Marseille n'eut ses bulles que le 13 mai 1624, et il fut sacré à Paris, dans l'église des Frères-Prêcheurs, par François de Harlay, archevêque de Rouen, assisté des évêques de Bayonne et de Couserans. Il prêta serment le 11 septembre 1624, dont le cardinal de la Rochefoucault, grand-aumônier de France, lui délivra le certificat ; et le lendemain il eut des lettres-patentes du Roi, pour sa mise en possession. Le 26 novembre, il fit annexer ses bulles au parlement, et ce même jour, on trouve un acte qui nous apprend qu'il avait nommé pour grand-vicaire Louis de Gantès, chanoine de la cathédrale. Ruffi dit qu'il fit son entrée à Marseille le 10 mai 1626, et la description qu'il en fait ne permet pas de rejeter son témoignage, surtout quand on sait que Loménie assista, pour sa province, à l'assemblée du clergé de France de 1625, qui dura jusqu'à la fin de février de l'année d'après.

Il y eut sous son épiscopat de nombreuses fondations religieuses dans son diocèse. Il approuva l'établissement des dames de la Visitation. Les Jésuites bâtirent leur église de Sainte-Croix. Les Capucines s'établirent au quai de Rive-Neuve, les Carmes déchaussés à Sainte-Catherine, les Chartreux au quartier de la Madeleine, les Prêtres du Saint-Sacrement à Saint-Homobon. Il autorisa les Ursulines d'Aubagne et de La Ciotat, les Minimes de cette dernière ville, les Carmes de la Cadière, et reçut à Marseille les Bernardines, les Augustines et les Dominicaines. De longues dissensions éclatèrent dans l'abbaye de Saint-Sauveur, entre l'abbesse et les religieuses, et il s'efforça d'y remettre l'ordre et la régularité ; mais il ne vit pas la fin des troubles.

C'est de son temps que fut publié le premier Propre de l'église de Marseille, que rendait nécessaire l'adoption du Bréviaire romain à la place du vieux bréviaire Marseillais. Il fut imprimé à Aix, n'y ayant point alors d'imprimeurs dans notre ville ; il parut en 1633, et reparut en 1634 avec les rubriques en français, pour la commodité des séculiers. On y trouve l'office de saint Lazare tout au long, et les fêtes que l'on avait coutume de célébrer dans le diocèse. Il livra aussi à l'impression les statuts et ordonnances qu'il avait publiés dans son synode tenu le 21 avril 1627. C'est le premier recueil imprimé, à nous connu, des ordonnances synodales de Marseille.

François de Loménie termina sa vie, loin de Marseille, le 27 février 1639. Il s'était rendu dans son pays, et se trouvait chez son beau-frère, à la Faye, château voisin de Loménie, dans la paroisse de Flavignac, quand il mourut inopinément, à un âge peu avancé, car il n'avait que cinquante-cinq ans. On porta son corps à Limoges, où il fut enseveli au tombeau de sa famille, dans l'église cathédrale de Saint-Étienne. On mit sur sa sépulture une inscription des plus élogieuses, mais beaucoup trop longue pour être rapportée. On la trouvera dans le *Gallia Christiana* et dans l'*Antiquité de l'église de Marseille*. Elle nous fournit la date précise de sa mort, et indique son âge.

Ses armes étaient : *D'or, à l'arbre de sinople posé sur un tourteau de sable ; au chef d'azur, chargé de trois losanges d'argent*. Nous avons retrouvé son sceau, pendant à une pièce du 1ᵉʳ novembre 1629, et son cachet sur cire rouge fermant une lettre autographe.

LXXII

EUSTACHE GAULT

1639—1640

Les deux frères Gault, qui furent, l'un après l'autre, appelés au siége de Marseille, l'ont occupé si peu de temps, que leurs actes administratifs n'ont laissé presque aucune trace dans les fastes de notre église, où le premier ne vint jamais, où le second n'arriva que pour y mourir quatre mois après. Mais il n'en est pas de même de leurs personnes ; et leur mémoire, qui a été en bénédiction chez nos pères, est demeurée telle jusqu'à nos jours auprès de leurs descendants. C'est avec plaisir que nous allons retracer leur histoire et raviver leur souvenir, ce que les récits de leurs biographes nous rendent très facile, ne nous laissant que la peine de les résumer.

Tours fut la patrie des frères Gault, qui y naquirent de Jacques Gault et de Marguerite Poitevin. Jacques était lui-même fils de Jean Gault, sieur de Boisdenier, et de Renée Le Breton. L'aîné de ses fils, Eustache, naquit le 14 août 1591, et avait quatre ans de plus que son frère Jean-Baptiste. Ils étudièrent ensemble les lettres à Lyon, la philosophie à La Flèche, la théologie à Paris ; et ils allèrent terminer leur cours d'études à Rome, où ils passèrent dix-huit mois. Ils y prirent sans doute leurs grades, car les bulles de Jean-Baptiste nous disent qu'il était licencié *in decretis*. Revenus à Tours auprès de leur mère veuve, ils prirent la résolution d'entrer ensemble à l'Oratoire, et la pieuse et forte femme les conduisit elle-même à Paris, à M. de Bérulle.

L'Oratoire de France était alors dans toute la ferveur de sa fondation récente, et possédait encore intact l'esprit de foi et de sainteté que son illustre fondateur lui avait inculqué. Nos deux frères y puisèrent l'éminente vertu qui les a toujours distingués, et qui a tant honoré l'Institut naissant. Eustache fut bientôt fait supérieur de la maison de Troyes, puis envoyé à Madrid pour y établir la congrégation. A son retour d'Espagne, il fut mis à la tête des Oratoriens de Tours, et garda longtemps cette supériorité, malgré le désir qu'il eut souvent de s'en faire décharger.

Henri d'Escoubleau de Sourdis, archevêque de Bordeaux, voulant se servir de lui pour le bien de son diocèse, le fit son vicaire-général et lui confia son séminaire. Mais ses travaux et ses prédications lui occasionnèrent une maladie dont il ne semblait pas devoir se relever ; et il manda son frère, pour mourir, disait-il, entre ses bras. Il guérit cependant, et on put le ramener à Tours, pour respirer l'air natal. Il retourna ensuite à Bordeaux, où désormais son frère était fixé comme curé de Sainte-Eulalie ; et c'est là que vint le surprendre, au mois de mars 1639, son brevet de nomination à l'évêché de Marseille. Il eut de la peine à se résoudre à accepter cette dignité ; son frère l'y détermina, surtout en lui promettant de le suivre comme grand-vicaire.

Il alla à Paris remercier le Roi, et, après un court séjour à Tours, il revint à Bordeaux, où l'archevêque l'avait chargé, en attendant l'arrivée de ses bulles, de faire la visite de son diocèse. Mais bientôt le mal de poumons qu'il avait eu cinq ans auparavant, le saisit de nouveau, et le mena au tombeau après six mois de souffrances. Vers la fin, les médecins furent d'avis que l'air de Bazas lui serait plus favorable. Il y fut reçu chez l'évêque qui le combla de soins, et après un autre mois de douleurs, il y mourut dans les sentiments de la plus ardente piété, le 13 mars 1640, à trois heures du soir, ayant annoncé à son frère qu'il serait évêque après lui, et qu'il ne tarderait pas à le rejoindre.

Il avait reçu ses bulles quelques jours auparavant, et on lui fit les funérailles d'un évêque. Son corps fut enseveli dans la cathédrale de Bazas, mais son cœur fut apporté à Marseille par son frère, et mis, après la mort de celui-ci, dans le tombeau des évêques.

Les armes des Gault sont : *D'azur à un épervier d'argent, grilleté et posé sur une branche d'arbre, du même, posée en bande*. D'après d'autres, elles seraient : de gueules, au papagault ou vannier d'argent. Marchetti dit l'épervier *becqué et grilleté d'or*, et met la branche en fasce.

Il y a une différence dans les armoiries que nous donnons aux deux frères Gault, parcequ'il est certain que le second ajouta une rose de gueules, en pointe, ses parents l'ayant obligé à y introduire une brisure.

LXXIII

JEAN-BAPTISTE GAULT

1642-1643

Aussitôt après la mort d'Eustache Gault, l'archevêque de Bordeaux demanda que l'évêché de Marseille fût donné à son frère, ce qu'il obtint sans peine du cardinal de Richelieu et du Roi. Jean-Baptiste était, nous l'avons dit, plus jeune qu'Eustache de quatre ans et au-delà, étant né le 29 décembre 1595. Il fut fait prêtre à Troyes, où il avait accompagné son frère, et il le suivit aussi à Madrid, et à peu près partout, s'attachant à lui comme l'ombre qui suit le corps, ainsi qu'on le disait en parlant d'eux. Il fut pourtant supérieur de la maison de Langres, et revenu le premier d'Espagne, il alla faire la fondation de Dijon. On lui donna ensuite la direction des Oratoriens du Mans et de Montauban ; et il consacra bien des années, outre les devoirs de ses charges, à remplir avec un grand zèle toutes les fonctions du ministère, et à faire de nombreuses missions, surtout dans les diocèses du Mans, de Montauban et de Tours.

L'archevêque de Bordeaux, désireux d'attacher les deux frères à son église, donna à Jean-Baptiste la paroisse de Sainte-Eulalie, de Bordeaux ; et il se montra alors le modèle des curés, comme il avait été le modèle des religieux. En 1639 eut lieu l'élévation à l'épiscopat de son frère, et en 1640, la mort de celui-ci, dont la conséquence fut sa nomination au siége de Marseille. Il en reçut le brevet, dit-on, sur la fin du mois d'avril 1640 ; quant à ses bulles, elles éprouvèrent un très long retard de plus de deux ans, et n'arrivèrent, dit Mgr de

Belsunce, que le jour de Saint-Bonaventure, en 1642. Ceci a besoin d'une légère rectification : on a pris la date des bulles pour le jour de leur arrivée, et elles sont en réalité du 14 juillet de ladite année. Le 20 septembre suivant, il fit son serment de fidélité entre les mains du Roi.

Il était depuis longtemps en possession du temporel de l'évêché, comme on le voit par la lettre suivante, adressée par lui au Père Cauvin, de l'Oratoire, son procureur. « Mon reverend Pere, la grace de Nostre Seigneur soit avec vous pour jamais. Ce mot est pour vous suplier de donner a monsieur Anthoine Coutron, fils de monsieur le viguier d'Aubagne, la somme de 800 livres, laquelle somme il m'a mis en main a son despart de Paris. Vous les lui donnerez, ou lui baillerez mandement sur monsieur Martelly, sur la somme qu'il me doibt de sa ferme. Et de laditte somme de 800 livres, je vous en tiendrai compte. Ce mot n'estant a autres fins, je prie Nostre Seigneur qu'il vous conserve en sa saincte grace, demeurant vostre bien humble et obligé serviteur. — Jean-Baptiste Gault, prestre de l'Oratoire, nommé a l'evesché de Marseille. — De Paris, ce 26 mai 1641. »

Il fut sacré à Paris, dans l'église de Saint-Magloire, le 5 octobre 1642, par Victor le Boutillier, archevêque de Tours, et les évêques de Vannes et de Boulogne. Aussitôt après son sacre, il se disposa à partir pour son diocèse, sans vouloir se détourner pour revoir sa patrie, et ses parents qui le sollicitaient vivement de venir à Tours. Néanmoins, un évènement imprévu retarda beaucoup son arrivée ; car, ayant tenu à visiter en passant l'archevêque de Bordeaux, son protecteur, qui se trouvait en ce moment à l'Isle, en Provence, une crue extraordinaire de la Durance le retint un mois entier dans cette petite ville, en lui fermant tous les chemins.

Il arriva *incognito* à Marseille, le samedi 9 janvier 1643, et partit le lendemain de grand matin pour Aubagne. Le samedi suivant, il revint dans sa ville épiscopale, ayant refusé toute réception solennelle, et alla droit à son église cathédrale se prosterner longuement devant le Saint-Sacrement et devant les reliques de saint Lazare. Le lendemain 17 janvier, qui était le second dimanche après l'Épiphanie, il voulut parler à son peuple, à l'imitation des grands évêques ; et prenant occasion des noces de Cana racontées dans l'évangile du jour, il s'étendit, avec l'émotion la plus vive, sur l'union qu'il venait de contracter avec son église, pour laquelle il entendait vivre et mourir. Il parla avec tant de feu, « que lorsqu'il descendit de la chaire, tout le peuple qui avait demeuré comme collé et pendu à cette sainte bouche, se leva ; les uns, pour le voir et l'accompagner des yeux, ne le pouvant autrement, à cause de la trop grande presse ; les autres, pour lui baiser la robe et se jeter à ses pieds. »

Malgré l'ébranlement de sa santé, il se mit aussitôt à visiter les lieux de dévotion, les couvents de religieuses, les hôpitaux, les maisons de charité de la ville, laissant partout, avec les marques de la plus insigne piété, les aumônes les plus abondantes. Il s'appliqua à connaître les besoins spirituels de ses ouailles, les abus et les désordres qui régnaient dans son diocèse, pour les combattre avec ardeur et y opposer les remèdes les plus efficaces. Il étudia les nécessités temporelles des pauvres et des malheureux, et vint généreusement à leur aide avec une inépuisable libéralité.

Mais rien ne l'attira comme les pauvres forçats des galères, dont il comprit bien vite les misères effroyables, auxquelles il résolut d'apporter tous les soulagements qui seraient en son pouvoir. Ce fut l'œuvre principale de son épiscopat de quatre mois, et nul doute que l'ardeur qu'il y mit n'ait abrégé ses jours. Dès qu'il se fut convaincu de l'abandon absolu au milieu duquel ils vivaient et ils mouraient, il résolut de commencer par eux, comme en ayant le plus de besoin, les œuvres de salut qu'il méditait pour son diocèse. Ses premiers soins furent de travailler à la construction de l'hôpital des forçats, où ils pussent être recueillis et soignés dans leurs maladies. Il en écrivit et en fit parler à la duchesse d'Aiguillon, qui coopéra largement à la pieuse entreprise ; et on mit résolument la main à l'œuvre.

D'autre part, ayant réuni un bon nombre de prêtres, il se mit à leur tête, et ouvrit une mission générale sur toutes les galères, exhortant, instruisant, consolant, confessant, réconciliant ces cœurs ulcérés et endurcis qui n'avaient jamais entendu une parole de consolation. Le plus beau succès vint couronner les efforts de l'admirable prélat, qui écrivait un mois et demi après : « Il ne se peut dire quel fruit cette mission a fait, contre toute espérance. » La plus grande partie de ces fruits était due à son action personnelle ; car, pendant tout le temps, il s'y prodigua, il s'y épuisa, il y consuma sa vie.

On était à la fin de la mission, lorsque le saint évêque étant allé confirmer ses pauvres galériens, dont on craignait le départ, y gagna une maladie de laquelle il mourut douze jours après, le 23 mai 1643.

On ne saurait contester à Jean-Baptiste Gault d'avoir été un des plus saints prélats de l'église de France dans ces derniers siècles. Le procès de sa canonisation, commencé immédiatement après sa mort, et pour lequel il y eut des lettres du Roi et de l'assemblée du Clergé, a été repris, et est en ce moment pendant en cour de Rome.

LXXIV

ÉTIENNE DE PUGET

1644-1668

Il y a eu, en Provence, plusieurs familles nobles du nom de Puget, lesquelles tiraient leur nom de leurs fiefs, Puget-Théniers, dans les Alpes-Maritimes, et Puget de Cuers, actuellement Puget-ville, non loin de Toulon. Un rameau de la première s'étant établi dans le Languedoc, au XVme siècle, s'y allia avec la fille unique et héritière du seigneur de Castillon, au diocèse de Toulouse, et ses descendants durent porter les armes de la famille maternelle, qui étaient *d'or à l'arbre de sinople*. Ce sont les armes que nous allons retrouver aux premier et quatrième quartiers du prélat qui fait l'objet de cette notice.

Au seizième siècle, ce rameau, devenu un grand arbre, s'était divisé en cinq branches, dont une s'était transplantée dans les Pays-Bas, une autre dans l'Ile-de-France, une troisième à Pommeuse, dans la Brie. C'est à cette dernière qu'appartenait Étienne de Puget, et on assure même qu'il en aurait été le dernier rejeton. (R. de Brianson). De son côté, Guesnay, que nous citons comme contemporain, nous dit que son père se nommait Étienne, comme lui, et que sa mère était fille du sieur de Prévost. Ils eurent, ajoute-t-il, une nombreuse famille, composée de huit fils et de onze filles, toutes mariées dans de bonnes maisons de robe ou de finances. Ceci nous paraît s'accorder mal avec ce qui vient d'être dit, d'après le généalogiste provençal, que cette branche des Puget avait fini en la personne de notre évêque.

21

Étienne de Puget était l'aîné de sa famille. Avant d'embrasser l'état ecclésiastique, il avait épousé la fille de M. de Hallé, maître aux comptes à Paris, dont il eut une seule enfant ; et c'est la mort de sa femme qui le détermina à entrer dans l'Église et à prendre les ordres. On lui donna, quelque temps après, la succession de Coeffeteau, pour les fonctions que celui-ci avait remplies à Metz, et il succéda même à son titre épiscopal. Mais il est évident que ceci ne put avoir lieu qu'après le décès de l'évêque nommé de Marseille, qui garda jusqu'à la mort son titre primitif. Il fut donc fait, vers 1624, évêque de Dardanie, et il fut sacré sous ce nom, à Paris, dans l'église de Picpus du faubourg Saint-Antoine, par François de Harlay, archevêque de Rouen, assisté des évêques d'Alby et de Couserans. Il remplit alors les fonctions de suffragant à Metz, et ensuite auprès de l'archevêque de Reims.

En 1643, quand il fut nommé par la reine régente, pour remplacer à Marseille Jean-Baptiste Gault, il avait vingt ans d'épiscopat. Ses bulles pour son nouveau siége ne lui furent expédiées que le 18 avril 1644, et Ruffi dit qu'après avoir prêté serment de fidélité, il vint à Marseille le 17 décembre. Il semble, en effet, que rien ne l'en empêchait. Il avait fait annexer ses provisions au parlement dès le 26 novembre, et certainement il était en possession le mois suivant, ayant pris pour ses vicaires-généraux l'archidiacre Honoré Jourdan et le théologal Emmanuel Pachier. Mais sa venue en personne, à cette date, est sujette à des difficultés, malgré l'affirmation de notre historien.

On fixe assez généralement sa première arrivée à la fin d'octobre 1646, et cette opinion est confirmée par le passage suivant, faisant partie de notes successivement recueillies sur l'entrée de divers prélats marseillais. « Le 26 d'octobre 1646, messire Étienne de Puget arriva pour la première fois à Marseille, sur le soir, sans avoir voulu aucune entrée. Les consuls furent le saluer à la maison de l'Archidiaconé. Le chapitre lui avait députe, depuis le 22 d'octobre, M. le prevôt, M. l'archidiacre et M. le chanoine d'Armand, qui furent jusques à la ville de Salon, et l'accompagnèrent jusqu'à Marseille, en passant par Aix. En descendant de carrosse, il alla dans l'église cathédrale saluer le Saint-Sacrement, et puis se rendit à ladite maison de l'archidiaconé, n'y ayant point alors de palais épiscopal bâti. » Ceci ressemble fort au témoignage d'un témoin oculaire.

Quoi qu'il en soit de cette date contestée, il n'est pas douteux qu'il assista, à Paris, à l'assemblée du clergé de 1645-1646, de laquelle il obtint une lettre collective adressée au Pape, pour solliciter la canonisation de Jean-Baptiste Gault. Il perdit sa mère durant la tenue de ladite assemblée, qui l'envoya complimenter. De retour dans son diocèse, il fit des ordonnances pour la discipline, et les publia dans son synode du 8 mai 1647. Il admit à Marseille de nouvelles familles religieuses, les Présentines, les sœurs du Saint-Sacrement, les Lyonnaises ou Tertiaires de Saint-François, le second monastère de la Visitation, les Feuillants, les Carmes de Mazargues. Les prêtres de la Mission, qui étaient depuis six ans à l'hôpital des galères, s'établirent à la Mission-de-France, et les Pères de la Merci, qui avaient occupé en 1419 l'ancienne maison des Béguines, revinrent dans notre ville.

Étienne de Puget posa, le 26 décembre 1653, la première pierre de la chapelle du Saint-Sépulcre, dans l'église des Récollets. Le 14 mai 1656, il sacra dans sa cathédrale Toussaint de Forbin-Janson, évêque de Digne, qui devait être, douze ans après, évêque de Marseille, devenant ainsi, chose rare, le successeur de son consécrateur. En 1662, il publia un nouveau propre des offices du diocèse, dont il y eut deux éditions.

C'est à ce prélat qu'est due la construction du nouvel évêché, sur le terrain obtenu du Roi par Arthur d'Épinay. Jean-Baptiste Gault avait habité la Prévôté et y était mort ; il demeurait lui-même à l'Archidiaconé. Il voulut que ses successeurs eussent une maison à eux ; et pour se procurer les fonds nécessaires, il céda à la ville la juridiction de Saint-Marcel, qui jusqu'alors ne faisait pas partie du terroir de Marseille, étant de la baronnie d'Aubagne. Il aliéna également la terre de Néoules, au diocèse de Toulon, et conclut quelques transactions qui produisirent diverses sommes d'argent. Mais, bien qu'il ait beaucoup avancé la bâtisse du palais, il n'eut pas la satisfaction d'en voir la fin, étant mort le 11 janvier 1668.

Ses armoiries étaient : *Écartelé, au 1ᵉʳ et au 4ᵐᵉ, d'or, à un arbre de sinople, sortant d'une motte de terre d'argent, au chef d'azur chargé de trois étoiles d'or*, qui est de Castillon ; *au 2ᵐᵉ et au 3ᵐᵉ, d'argent, à la vache de gueules, portant une étoile d'or entre les deux cornes*, qui est de Puget ; *sur le tout d'azur, à la croix potencée d'or, cantonnée de quatre croisettes de même*, qui est du chapitre cathédral de Marseille.

On a de lui deux sceaux plaqués différents, l'un de forme irrégulière, du 10 mai 1661, l'autre, ovale et mieux dessiné, du 7 août 1665. Dans celui-ci, toutes les étoiles ont six pointes.

LXXV

TOUSSAINT DE FORBIN

1668-1679

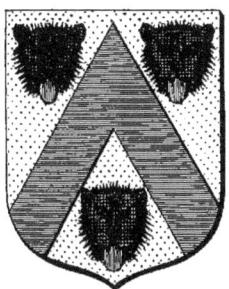

La maison de Forbin est essentiellement marseillaise. Quoi qu'il en soit de son origine, c'est à Marseille qu'on en trouve les premières traces; c'est là qu'elle s'enrichit par le commerce; c'est de là qu'elle partit, pour s'illustrer dans les armes, dans la magistrature, dans l'église, dans les plus hauts emplois de l'État, pour acquérir, en un mot, tous les genres d'illustration, et devenir une des plus nobles familles de France. Guillaume, son premier auteur connu, eut trois fils : Jean, Bertrand et Dragon. Jean eut trois fils aussi, qui firent trois branches : Jean II, de qui descendent les Forbin-la-Barben; Jacques, de qui sortirent les Forbin-Gardane, Palamède, souche des Forbin-de-Solliès. Toutes les autres branches proviennent de celle de la Barben, de qui sont issus les Forbin-Janson, les Forbin-la-Fare, les Forbin-d'Oppède, les Forbin-Sainte-Croix, les Forbin-la-Marte, les Forbin-la-Roque, les Forbin-Turriez, les Forbin-des-Issarts.

Avant sa séparation en branches, la maison de Forbin fournit un évêque à l'église, en la personne de Pierre de Forbin, évêque de Grasse en 1450. Plus tard, le même honneur a été donné à chacune des branches principales, qui ont produit successivement Auguste de Forbin de Solliès, évêque de Toulon en 1628, Louis de Forbin d'Oppède, évêque dudit Toulon en 1664, et Toussaint de Forbin de Janson, évêque de Marseille en 1668.

Toussaint de Forbin de Janson était fils de Gaspard de Forbin de Janson et de Claire de Libertat. Il naquit vers 1625, à Mane, dans le diocèse de Sisteron, non loin de Forcalquier. Sa famille le destina, dès sa première jeunesse, à devenir chevalier de Malte, et il paraît y avoir été reçu ; mais il préféra rester dans l'état ecclésiastique séculier, et il y fit la plus belle carrière qu'on puisse concevoir, ayant obtenu toutes les dignités les plus élevées. Il n'entra dans les ordres qu'après le 24 juin 1653, date de la dispense que lui donna le vice-légat, pour les recevoir en quatre semaines, *extra tempora*. Il était, à ce moment, clerc du diocèse de Sisteron et prieur de Villeneuve ; mais il y avait litige sur la possession de ce bénéfice.

Raphaël de Bologne, évêque de Digne, le demanda pour son coadjuteur, et le 5 juillet 1655, il eut ses bulles pour ladite coadjutorie, avec le titre d'évêque de Philadelphie. Néanmoins, il fut sacré le 14 mai 1656, sous le titre d'évêque de Digne ; son prédécesseur, cassé par l'âge, s'étant démis de son siége. La cérémonie fut faite dans l'église cathédrale de Marseille, par Étienne de Puget, évêque de cette ville, avec l'assistance d'Hyacinthe Serroni, évêque d'Orange, et de Jacques Adhémar de Monteil de Grignan, évêque de Saint-Paul-Trois-Châteaux. On peut juger de l'âge qu'avait le nouvel évêque, en sachant qu'il ne mourut que cinquante-sept ans plus tard.

En 1668, il fut transféré de Digne à Marseille, en remplacement d'Étienne de Puget. Ses bulles sont datées du 9 juillet de ladite année ; elles furent annexées au Parlement le 12 octobre suivant. Sa première occupation fut de faire terminer la construction du palais épiscopal, que son prédécesseur avait beaucoup avancée, et dont l'achèvement s'imposait comme une nécessité, si l'on ne voulait pas perdre tout l'argent déjà dépensé. Il y appliqua les sommes qui lui furent offertes à son avènement, selon l'usage, par les diverses communautés relevant de lui, et qu'il refusait d'accepter à d'autres fins. Il en acheva ainsi entièrement la bâtisse, et ses successeurs n'eurent plus à s'occuper que de sa décoration et de son embellissement.

L'épiscopat de Toussaint de Janson ne dépassa guère dix ans, et il offre peu d'actes à relever, parce qu'il fut absent plus d'une fois de son diocèse. Il termina par une transaction des affaires d'intérêt avec la communauté d'Aubagne. Il réprima les prétentions de François de Candole, qui se disait seigneur de la Penne, vù que la Penne n'avait jamais eu d'autres seigneurs que les évêques, barons d'Aubagne.

Sous le rapport spirituel, il fit imprimer, à l'usage des confesseurs, les Avis de saint Charles ; il institua hors de la ville des vicaires-forains ; il établit le premier les conférences ecclésiastiques. On lui doit aussi l'établissement du

Séminaire, qu'il confia aux prêtres de la Mission de saint Vincent-de-Paul. Enfin, il composa un recueil d'ordonnances, qui furent publiées au synode du 19 avril 1673, et livrées à l'impression.

Ce prélat était un habile diplomate, et Louis XIV se servit de lui pour ses affaires, à diverses reprises, en Toscane, en Hollande et ailleurs. La plus célèbre de ses ambassades est celle qu'il eut en 1674, à la Diète de Pologne, réunie pour élire un nouveau roi, après la mort du roi Michel. On lui attribue assez généralement l'élection de Jean Sobieski. « On dit, rapporte Mgr de Belsunce, que Forbin prononça dans la Diète une harangue latine qui lui fit grand honneur, et qui mérita les applaudissements de tous les électeurs. » Nous croyons que cette harangue, qui a été imprimée, et que nous avons sous les yeux, n'est qu'un discours préparé d'avance, et qu'elle ne fut pas prononcée. L'ambassadeur n'arriva à la Diète qu'après l'élection faite; et du reste, la harangue est toute en faveur du prince de Neubourg, et non de Sobieski; elle recommande chaudement le premier comme le candidat du roi de France. Il y a donc là un quiproquo, qui fait supposer qu'on n'a pas lu le discours.

Toussaint de Forbin-Janson quitta, en 1679, l'évêché de Marseille pour l'évêché-pairie de Beauvais, et reçut ensuite toutes les dignités et toutes les distinctions auxquelles il pouvait aspirer. En 1689, il fut fait commandeur de l'ordre du Saint-Esprit. Le 13 février 1690, Alexandre VIII le créa cardinal-prêtre du titre de Sainte-Agnès *extra mœnia*, qu'il échangea plus tard contre celui de Saint-Calliste. Il assista aux conclaves d'Innocent XII et de Clement XI, et résida plusieurs années auprès de celui-ci, comme chargé des affaires de France. Il fut fait Grand-Aumônier en 1706, et eut les abbayes de Corbie, de Marchiennes, etc., et une commanderie de l'ordre de Malte. Il mourut à Paris, dans un âge très avancé, le 24 mars 1713.

Les armoiries des Forbin sont : *D'or, à un chevron d'azur, accompagné de trois têtes de léopards, de sable, allumées et lampassées de gueules, deux en chef et une en pointe.* Nous avons de cet évêque un sceau plaqué sur papier, datant du 12 mars 1678. La pièce qui le porte ayant la signature autographe du prélat, et étant donnée à Marseille, nous acquérons par elle la certitude qu'il résidait à cette époque dans son diocèse.

LXXVI

JEAN-BAPTISTE D'ÉTAMPES

1682-1684

Marseille ne vit jamais arriver l'évêque qui lui fut donné en remplacement de Toussaint de Forbin-Janson. Il y eut d'abord un retard d'un an dans la désignation de la personne qui devait prendre cette succession ; ensuite il s'écoula près d'un an et demi dans l'attente des bulles ; et après les avoir reçues, le prélat nommé séjourna encore deux ans à Paris, sans pouvoir se rendre dans son diocèse. Il y avait, à cette époque, de graves dissentiments entre Rome et la cour de France, pour les tristes affaires de la Régale et la Déclaration de 1682.

Jean-Baptiste d'Estampes de Valençay était né à Neuvy, au diocèse d'Orléans, vers l'an 1638, car il avait 44 ans, quand il reçut ses provisions pour Marseille. Il était fils de Joseph d'Estampes, marquis d'Autry, et de Louise Legrand. Prêtre et docteur de Sorbonne, le roi l'avait nommé à l'évêché de Perpignan, en 1675 ou 1676, sans que nous puissions savoir si le pape l'institua pour ce siége. Au mois de septembre 1680, il fut nommé à Marseille, et le 7 octobre il écrivait à nos consuls la lettre suivante, en réponse à leurs compliments.

« A Paris, le 7ᵉ octobre 1680. — Messieurs, je ressens comme je le dois les tesmoignages obligeants de vostre joie et de vostre estime, sur l'honneur et la grace qu'il a plu à Sa Majesté de me faire, en me confiant un siege aussi important que celuy de Marseille. J'espere, Messieurs, que je trouverai dans la suitte quelques occasions de vous marquer ma reconnoissance, et de vous faire parestre avec combien de plaisir je m'enploirai pour le servise de la ville et pour le vostre particulier. Vous m'obligerez d'en estre fortement persuadés et que je suis, Messieurs, vostre tres humble et tres affectionné serviteur. — D'Estampes, evesque de Perpignan, nommé evesque de Marseille. »

Ce prélat obtint ses bulles du pape Innocent XI le 12 janvier 1682, et il fut sacré vers la fin du mois de février suivant, comme il l'écrivait aux mêmes consuls. — « A Paris, le 27ᵉ février 1682. — Messieurs, j'avois besoin, dans une ceremonie aussi sainte et aussi auguste que celle de mon sacre, des prieres de personnes de vostre pieté. Je vous remercie, Messieurs, de les avoir offertes au ciel avec tout le zele que vous me marqués, affin d'attirer sur moy toutes les lumieres et les graces qui me sont necessaires pour bien conduire un si nombreux diocese. Je souhaitterois fort que les affaires de l'Eglise et celles de Sa Majesté, qui nous tiennent icy occupés, fussent heureusement finies, affin que je pus au plus tost aller remplir, par mes fonctions et mon ministere, les souhaits et l'attante de tout le monde, et rendre a la ville de Marseille tous les servises qui me seront possibles. Je suis, Messieurs, vostre, etc. — D'Estampes, evesque de Marseille. »

Les affaires de l'Église et du Roi qui retenaient d'Étampes à Paris étaient la fameuse assemblée du clergé de France de 1682, à laquelle il eut l'*honneur* d'assister. Le 19 mars, il signait, le dernier des 34 prélats présents, la Déclaration et les quatre articles. Telles furent les prémisses de son épiscopat. Dans les premiers jours de juin, il fit prendre possession de son église; mais il n'y vint pas, ayant passé à Paris tout le reste de l'année 1682 et tout 1683. Il y mourut subitement le 6 janvier 1684, au moment, dit-on, où il se disposait à se mettre eu route pour son diocèse.

Ses armes sont : *D'azur, à deux girons d'or posés en chevron, au chef d'argent, chargé de trois couronnes ducales de gueules, mises en fasce.* On les voit encore sur la cheminée du grand salon carré de l'évêché. Elles se trouvaient aussi autrefois sur la grande porte et à l'escalier ; car c'est lui qui avait fait faire l'ornementation du palais construit par ses deux derniers prédécesseurs. Nous n'avons de lui qu'un sceau plaqué sur papier, à la date du 2 janvier 1683.

CHARLES DE VINTIMILLE

1692—1708

Pendant dix ans, à la suite de la Déclaration de 1682, le Pape refusa de donner l'institution canonique aux évêques nommés par Louis XIV, quand ils avaient fait partie de la fameuse assemblée, et le roi ne voulut pas que ceux qui n'y avaient point assisté acceptassent les bulles que le pape consentait à leur accorder. Il y eut donc successivement un grand nombre d'églises privées de leurs pasteurs, et voici comment on s'y prit pour pourvoir à leur gouvernement. En vertu du concordat, le roi nommait de nouveaux titulaires aux évêchés vacants : c'était son droit. On obligeait ensuite les chapitres à remettre l'administration des diocèses aux évêques nommés, sous le titre de vicaires capitulaires; et l'on se passait ainsi du Pape, si ce n'est pour les actes exigeant le caractère épiscopal.

Ceci, non seulement n'était pas dans le droit du pouvoir séculier, mais était absolument opposé au droit. Depuis quatre siècles, un concile général tenu en France, et dont les décrets avaient toujours été en vigueur en France, avait prohibé, sous peine de nullité, le procédé auquel on s'avisait de recourir ; et les sujets nommés aux évêchés n'avaient, avec leur titre illégal de vicaires capitulaires, pas plus de pouvoirs sur leurs futurs diocèses qu'ils n'en avaient en vertu de leur nomination même. Autant aurait valu qu'ils se missent en possession sans attendre leurs bulles. On a voulu attribuer à Bossuet l'invention de cette

22

manœuvre anti-canonique; disons, pour son honneur, que la preuve est encore à faire, ce qui veut dire qu'on ne la fera jamais.

Marseille eut, pendant huit ans, un évêque nommé et se disant vicaire capitulaire. Charles-Gaspard-Guillaume de Vintimille des comtes de Marseille du Luc, était fils de François de Vintimille, comte du Luc, seigneur de Gonfaron et du Revest, maréchal des camps et armées du roi, et d'Anne de Forbin-la-Marte. Il naquit dans le diocèse de Fréjus, et, si son acte mortuaire est exact, le 19 novembre 1655. Il étudia en Sorbonne et y prit sa licence. Le 5 mars 1680, son oncle Hubert de Vintimille lui résigna son prieuré de Flassans, que le pape lui confirma le 7 juin suivant. Il fut fait ensuite chanoine et sacristain de Toulon, dont Jean de Vintimille, aussi son oncle, était évêque. Le 7 août 1681, il eut l'Archidiaconé de la même cathédrale, en conflit avec Aymar de Pierrerue. En 1683, il permuta la sacristie de Toulon pour le prieuré de Saint-Romain-de-Châteauneuf, au diocèse de Poitiers. Il était prêtre, ayant obtenu de Rome un *extra tempora* pour les ordres, le 9 septembre 1681, dont il semble n'avoir usé qu'à la fin de l'année d'après.

Au mois de juin 1684, le roi le nomma à l'évêché de Marseille, et il n'obtint ses provisions qu'en 1692. Nous ne savons si au moment de sa nomination le système des administrations capitulaires n'était pas encore complètement élaboré, mais ce ne fut que le 14 décembre 1684 qu'il se fit donner les pouvoirs par le chapitre de la cathédrale, et se mit à gouverner le diocèse sans bulles. C'était doublement irrégulier, parce que le chapitre n'était pas libre de le nommer, et parce qu'il ne pouvait pas davantage révoquer le vicaire capitulaire qui était en fonctions depuis six mois. Charles de Vintimille administra donc l'évêché de Marseille durant plus de sept ans, sans être institué par le pape. Il prenait les titres de *Episcopus Massiliensium designatus, vicarius generalis et officialis, sede vacante;* mais il scellait ses actes du sceau capitulaire. Il avait des grands-vicaires que l'on appelait vicaires capitulaires *substitués*. Bien entendu qu'il avait la pleine jouissance des revenus de son église. Il faisait faire les ordinations par les évêques de Riez, de Senez, de Perpignan, de Saint-Paul-Trois-Châteaux, de Nice et d'Alet, dont les insinuations ecclésiastiques renferment de nombreuses lettres pour les ordres conférés par eux.

Cette douloureuse situation prit fin le 21 janvier 1692, jour où Innocent XII accorda ses bulles à l'évêque nommé de Marseille, dont le sacre eut lieu le 25 mars suivant, dans l'église cathédrale de La Major. Le prélat consécrateur fut Louis de Thomassin, évêque de Sisteron, et les assistants, Louis d'Aube de Roquemartine, et Louis-Joseph-Adhémar de Monteil de Grignan, évêques de Saint-Paul-Trois-Châteaux et de Carcassonne. Le lendemain, il fit prendre possession de l'évêché par François de Vintimille, chanoine de Marseille, et le samedi suivant, il fit une ordination dans l'église de Saint-Sauveur.

Il conclut, en 1693, une transaction avec l'abbé commendataire de Saint-Victor, pour l'exercice de la juridiction épiscopale dans le district de l'abbaye, qui, quoi qu'on en ait dit, en était expressément exempté par les bulles d'Urbain V, l'érigeant en territoire *Nullius*. Il procura l'établissement d'écoles de filles, confiées à la congrégation de l'Enfant-Jésus, et de l'hôpital des pauvres incurables. Il publia, en 1692, le propre des saints du diocèse, et en 1698, un recueil d'ordonnances synodales. Il érigea deux nouvelles paroisses, ou plutôt il en rétablit deux très anciennes, celle de Saint-Ferréol, en 1693, pour tout l'ancien district de Saint-Victor, et en 1707 celle de Château-Gombert, qui fut, comme elle l'avait été, déclarée indépendante d'Allauch. En 1702, il consacra l'église des Chartreux, et en 1707, celle des Capucins. Il assista à plusieurs assemblées du clergé de France, publia les bulles pontificales contre le Jansénisme et condamna le *Cas de conscience*, où l'on préconisait le silence respectueux dans des matières de foi.

Le 1er février 1708, Charles de Vintimille fut nommé par le roi à l'archevêché d'Aix, dont il prit possession le 11 août. En 1729, à la mort du cardinal de Noailles, il fut fait archevêque de Paris, et mourut dans cette ville le 13 mars 1746, à l'âge de plus de 90 ans. Il avait siégé 16 ans à Marseille, 21 ans à Aix, 17 à Paris, et comptait ainsi 54 années d'épiscopat, depuis son sacre. Il était duc de Saint-Cloud, pair de France, commandeur du Saint-Esprit, abbé de Saint-Denys de Reims et de Belle-Perche, dom d'Aubrac, etc.

Essentiellement bon, doux et affable, il fut regretté partout et de tous, si ce n'est des Jansénistes, qui réussirent néanmoins à lui faire adopter, Dieu sait comment, un nouveau Bréviaire et un Missel, faits par eux, en opposition avec toutes les traditions.

Il portait les armes de sa famille : *Ecartelé, aux 1er et 4me, de gueules au chef d'or*, qui est de Vintimille ; *aux 2me et 3me, de gueules au lion couronné, d'or*, qui est de Marseille. Son sceau est plaqué sur papier.

BERNARD DE POUDENX

1708—1709

La translation de Charles de Vintimille à l'archevêché d'Aix donna lieu, pour notre église, à une vacance qui fut de très courte durée. Dès le 22 février 1708, le roi désigna celui qui devait le remplacer, et le même consistoire du 30 avril, où fut préconisé le nouvel archevêque d'Aix, vit aussi la préconisation du nouvel évêque de Marseille.

Bernard de Poudenx de Castillon, à qui Ruffi et le *Gallia Christiana* donnent encore, nous ne savons pourquoi, le prénom de François, naquit dans le Bigorre. Il était fils du vicomte de Poudenx, ancien capitaine des gardes du duc d'Épernon, et de Jeanne de Baffoigne de Castillon. Il fut chanoine et archidiacre de l'église de Tarbes, dont son oncle, François de Poudenx était évêque, et il remplit également auprès de ce prélat, les fonctions de grand-vicaire. En 1705, il fut fait agent-général du clergé, par la province d'Auch, qui était en tour de nommer à cet emploi ; et il s'acquitta si bien des devoirs de sa charge, qu'il reçut, en 1707, l'abbaye de Bonnefond, au diocèse de Comminges, et fut nommé, le 22 février 1708, à l'évêché de Marseille.

Il eut ses bulles le 30 avril, et se fit sacrer à Paris le 26 août, dans l'église du noviciat des Jésuites, par le cardinal de Noailles, archevêque de Paris, assisté de Jacques de Matignon, ancien évêque de Condom et abbé de Saint-Victor de Marseille, et de l'évêque d'Orléans. Il prêta son serment de fidélité au roi le

4 octobre, à Marly, et chargea quelques jours après, le prévôt de son chapitre, qui était aussi vicaire capitulaire, de prendre possession pour lui. Voici sa commission. « Je prens la liberté, Monsieur, de vous adresser ma procuration, afin qu'il vous plaise prendre possession, en mon nom, de l'eveché de Marseille. Je ne changerai rien, comme je vous l'ai deja mandé, au spirituel, ni a la creation des vicaires generaux, official et promoteur, que je ne sois sur les lieux. Ainsi, les memes officiers exerceront, s'il leur plait, jusques a mon arrivée. Je compte d'etre a Marseille pendant tout le mois prochain. Je suis, Monsieur, votre tres humble et tres obeissant serviteur. — De Poudenx, évêque de Marseille. — A Paris, le 19 octobre 1708. » La cérémonie eut lieu le 31 octobre, après les vêpres.

Malgré son projet, l'évêque ne put arriver que le 22 décembre, et ne voulut pas d'entrée publique. Il officia pontificalement le jour de Noël. Le 2 janvier 1709, il constitua son administration, et le 13, il fit une ordination, la seule qu'il ait faite ; car, tandis que tout semblait lui promettre un long épiscopat, il fut enlevé en un jour.

L'hiver de 1709 fut extrêmement rude, et il fit des froids excessifs à partir du jour des Rois. Il en résulta une grande misère, qui donna occasion au nouveau prélat de gagner l'affection de son peuple, en manifestant l'étendue de sa charité. « Il répandit dans la ville de grandes aumônes, et son zèle le faisant pénétrer dans les maisons des pauvres, il y faisait porter du pain par ses domestiques. » Ainsi l'atteste son successeur immédiat, d'après le témoignage des nombreuses personnes qui l'avaient vu.

C'est en exerçant ainsi la charité que Bernard de Poudenx arriva au terme de sa vie, après un mois d'épiscopat effectif. « Le 19 janvier suivant, dit une note du temps, il mourut d'un *Choléra-morbus*, après 24 heures de maladie, à l'âge de 48 ans. » Mgr de Belsunce, plus explicite, dit que « après une légère atteinte de colique, il fut enlevé par une mort subite, pendant la nuit du 18 au 19 janvier 1709, sans que l'un de ses valets de chambre, qui était assis au chevet de son lit, s'en aperçût. Comme on croyait qu'il dormait, on n'en approcha que fort tard, et on l'y trouva mort. » Ceci rend évidente l'inexactitude du récit du *Gallia Christiana*, qui le fait mourir après une maladie assez longue, et une terrible complication de maux : *ingentes morborum sibi succedentium cruciatus pertulit*. Les renseignements qu'on lui avait fournis étaient infidèles, et on ne peut voir qu'un cas de *choléra* dans le mal dont fut victime un évêque de Marseille, au commencement du XVIIIme siècle.

Il portait pour armoiries : *D'or, à trois chiens courants, de gueules, posés l'un sur l'autre.* Son sceau n'a pas été retrouvé.

LXXIX

HENRI DE BELSUNCE

1710-1755

Le grand évêque dont nous venons d'inscrire le nom, a laissé une mémoire si vénérée, non seulement à Marseille, mais dans l'histoire de son pays et de l'église universelle, que son souvenir est impérissable. Nous n'entreprendrons pas de le louer, il est trop au-dessus de nos éloges. Ce n'est pas que nous ignorions que la gloire du généreux pasteur a trouvé, de nos jours encore, quelques adversaires. Ils sont de deux sortes : ceux que révolte l'intégrité de la foi du pontife qui ne voulut jamais pactiser avec l'erreur, et ceux qu'offusque l'héroïsme du dévouement de l'évêque qui n'hésita pas à offrir sa vie pour son troupeau. Cette foi et ce dévouement sont précisément ses titres d'honneur. Que nous importe de les voir calomnier par des gens incapables de les comprendre, et surtout de les imiter ? Le courage est courage, la charité est charité, l'héroïsme est héroïsme, quoi qu'on en puisse dire ou penser. Du reste, le peuple ne s'y trompe pas, et pour lui, Belsunce sera toujours le type de l'héroïsme chrétien et du dévouement sans mesure.

Henri-François-Xavier de Belsunce de Castelmoron naquit le 3 décembre 1671, au château de la Force, en Périgord. Il était le second fils d'Armand de Belsunce, marquis de Castelmoron, baron de Gavaudun, seigneur de Vieille-Ville et de Born, grand Sénéchal et gouverneur des provinces d'Agénois et de Condomois, et de Anne Nompar de Caumont de Lauzun, sœur du célèbre duc de Lauzun, et nièce du maréchal de Caumont-la-Force et de la maréchale de Turenne. Son frère aîné se nommait Armand ; il en eut deux autres, Antonin et Charles-Gabriel de Belsunce, et une sœur, Marie-Louise, qui fut abbesse du Ronceray. Il fit ses études à Paris, au collège de Louis-le-Grand, et entra chez les Jésuites ; mais l'altération de sa santé le força de quitter la Compagnie.

Il alla reprendre ses forces auprès des siens, à Castelmoron et à Born, et eut alors les relations les plus affectueuses avec sa vieille tante octogénaire, Mademoiselle Susanne-Henriette de Foix de Candalle, personne aussi distinguée par son illustre naissance que par sa vertu et son esprit. L'ayant perdue en 1706, il en fit imprimer la vie, l'année suivante, et ce fut son premier ouvrage. Les titres qu'il prit en publiant ce livre nous donnent occasion de dire qu'il était docteur en théologie de l'université de Cahors, et abbé de Notre-Dame des Chambons, au diocèse de Viviers. Il eut cette abbaye le 19 août 1706, mais longtemps avant il avait eu celle de la Réole, au diocèse de Lescar. Il fut aussi, pendant cinq ans, grand-vicaire de François Hébert, évêque d'Agen.

Le Roi le nomma à l'évêché de Marseille le 5 avril 1709, et le Pape le préconisa le 19 février 1710 ; il était alors dans sa trente-neuvième année. Dans l'intervalle, il assista à l'assemblée générale du clergé de France ; et le 30 mars 1710, le cardinal de Noailles le sacra à Paris, dans l'église de Saint-Louis, des Jésuites, avec l'assistance des évêques de Digne et de Troyes. Le 14 avril il fit son serment de fidélité, et le 16, il prit possession de son siége par procureur. On a dit qu'il se rendit dans son diocèse le 5 juin. Des notes précises, du temps, nous obligent d'affirmer qu'il n'arriva à Marseille que le 24 octobre, sans cérémonie ; le 26, jour de dimanche, il alla à la cathédrale, où l'on chanta le *Te Deum* et la grand-messe en musique. Ainsi commença l'épiscopat de cet illustre pontife, qui devait durer près d'un demi-siècle.

Cet épiscopat fut des mieux remplis, et nous ne pourrons en offrir qu'une faible idée. La visite régulière de ses paroisses, les fréquentes missions qu'il leur fit donner et auxquelles il prenait part lui-même, ses prédications, la tenue de ses synodes, la publication des statuts synodaux, les retraites annuelles, les conférences ecclésiastiques, sont autant de preuves de son zèle pastoral. Il composa divers ouvrages pour l'édification des fidèles, publia de nombreux mandements, pour défendre la foi contre les hérétiques, les faux catholiques, les incrédules, les francs-maçons ; défendit énergiquement les lois et la liberté de l'église. Il fonda à Marseille un collège qui porte son nom, et un autre à La Ciotat, établit les Capucins à Auriol, et à Marseille encore le Séminaire du Sacré-Cœur.

Mais ce qui a immortalisé le nom de Belsunce, c'est son admirable dévouement durant la terrible peste de 1720, qui enleva presque la moitié de la population. Avec une intrépidité sans égale, il n'hésita pas à parcourir journellement les rues et les places de la cité, remplies de monstrueux amas de cadavres pourrissants, et de malheureux mourants que la crainte de la contagion avait fait abandonner au milieu des morts. Il ne craignait pas de s'approcher d'eux pour les bénir et les consoler, leur apportant, autant qu'il dépendait de lui, les secours matériels avec les remèdes de l'âme. Il entendait leur confession et leur donnait les sacrements. Il pénétrait sans effroi dans les maisons et dans les rues les plus infectées, et son exemple était un puissant encouragement pour les personnes généreuses que la peur n'avait pas atteintes. Deux cent cinquante prêtres ou religieux tombèrent à ses côtés, payant leur charité de leur vie : lui seul semblait invulnérable, et le fléau le respecta. Pour apaiser la colère de Dieu, il avait eu recours au Sacré-Cœur de Jésus, à qui Marseille reconnaissante attribua sa délivrance.

Après la fin de la contagion, il y eut un cri d'admiration universel pour l'héroïsme du pontife. Le Pape lui envoya le *Pallium* avec les éloges les plus flatteurs, et Rome lui destinait une plus haute dignité. Le Roi le nomma à l'évêché-pairie de Laon, puis à l'archevêché de Bordeaux, qu'il refusa pour ne pas quitter ses ouailles. Il n'accepta que l'abbaye de Montmorel, et à la place de celle-ci, l'abbaye de Saint-Arnoul de Metz (3 octobre 1729), qui, en augmentant ses ressources, lui permettaient d'accroître ses aumônes. Mgr de Belsunce vécut jusqu'à l'âge de 84 ans, et termina sa vie le mercredi 4 juin 1755.

Il portait : *Ecartelé, au 1er, tranché d'or et d'azur, à la bande de gueules,* qui est de Lauzun ; *au 2me, d'azur, à trois léopards couronnés d'or,* qui est de La Force ; *au 3me, écartelé, d'or et de gueules,* qui est de Gontaut-Biron ; *au 4me, de gueules, à trois chevrons d'argent,* qui est de Luxe. *Sur le tout, écartelé, aux 1er et 4me, d'or, à deux vaches de gueules, accornées, colletées et clarinées d'azur,* qui est de Béarn ; *aux 2me et 3me, d'argent, à l'hydre de sinople, ayant la première tête coupée et pendante, avec le sang qui dégoutte, de gueules,* qui est de Belsunce.

LXXX

JEAN-BAPTISTE DE BELLOY

1755—1801

L'épiscopat du dernier évêque de Marseille au dix-huitième siècle, si long qu'il ait été, est loin de nous offrir des matériaux abondants pour remplir cette notice. Nous n'y trouvons ni actes importants à recueillir, ni faits nombreux à raconter. On était à une époque de destruction. On ne bâtissait pas d'églises, on allait les démolir; on n'établissait pas de maisons religieuses, on les supprimait, en attendant la suppression totale de la fin du siècle. Point de concile, point de synode, point de fête extraordinaire. C'était le calme plat qui précède la tempête. Hâtons-nous de réunir les renseignements personnels concernant le prélat qui vit éclater la révolution française, le seul peut-être qui ait pu y échapper sans s'expatrier.

Jean-Baptiste de Belloy, naquit au château de Morangles, département de l'Oise, le 9 octobre 1709. Il fit ses études à Paris, fut ordonné prêtre le 19 décembre 1733, et prit ses grades en Sorbonne. Il fut presque aussitôt appelé à remplir les fonctions de vicaire-général auprès d'Étienne-René Potier de Gesvres, évêque de Beauvais, depuis cardinal, qui avait distingué les rares qualités du jeune prêtre. On lui donna en commende, en 1749, l'abbaye de Saint-André de Villeneuve, au diocèse d'Avignon, mais de l'autre côté du Rhône, abbaye dont il se démit en 1766, pour recevoir à la place celle de Cormeilles, au diocèse de Lisieux.

23

A l'âge de 42 ans, c'est-à-dire en octobre 1751, le roi le nomma à l'évêché de Glandève, dans la Haute-Provence, pour lequel il fut préconisé en décembre. Son sacre eut lieu à Paris, le 30 janvier 1752, dans la chapelle du séminaire de Saint-Sulpice. Le prélat consécrateur était naturellement le susdit évêque de Beauvais, son protecteur, qu'assistaient Charles de Grimaldi, évêque de Rodez, et Henri-François de la Tour-du-Pin Montauban, évêque de Riez. Le 5 février, il fit son serment de fidélité, puis il partit pour prendre possession de son diocèse.

Nous le revoyons à Paris, lors de l'assemblée du clergé de 1755, où la province d'Embrun l'avait député, et où, au mois de juin, il eut sa nomination au siége de Marseille. Il recueillit donc la redoutable succession de notre immortel Belsunce, ce qui était en même temps un dangereux écueil, et un témoignage éclatant rendu à son esprit conciliateur. Ses bulles lui furent données le 4 août, et il arriva dans sa ville épiscopale le 1ᵉʳ octobre, sur les sept heures du soir.

Assurément, Jean-Baptiste de Belloy ne fit pas oublier Mᵍʳ de Belsunce, dont il n'avait ni les qualités, ni le zèle ardent. Éminemment pacifique, simple et paternel, il s'attacha à apaiser les divisions et à effacer les traces des luttes passées, en faisant sentir le moins possible son administration. On dirait qu'il n'a siégé que quelques jours, tandis que son épiscopat est un des plus longs connus. A la révolution française, il refusa le serment constitutionnel, et se retira à Chambly, tout près de Morangles, où il traversa, sans être inquiété, les mauvais jours de la Terreur.

Après le concordat, Napoléon le nomma archevêque de Paris ; et ayant reçu du cardinal Caprara l'institution canonique, il put prendre possession de son église le 12 avril 1802. Il fut fait cardinal le 17 janvier 1803, et reçut le chapeau, avec le titre de Saint-Jean devant la porte latine, dans un consistoire que Pie VII tint à Paris le 1ᵉʳ février 1805. Il vécut jusqu'au 10 juin 1808, et mourut âgé de près de 99 ans, étant de plus sénateur, comte de l'Empire et grand-aigle de la légion-d'honneur.

Ses armes sont : *De gueules à sept losanges d'or, posés 3, 3 et 1.*

FORTUNÉ DE MAZENOD

1823—1837

L'évêché de Marseille fut supprimé par le concordat de 1801, à la suite duquel sept diocèses anciens, Arles, Aix, Marseille, Toulon, Fréjus, Grasse, Vence, et des portions de plusieurs autres, se trouvèrent confiés aux soins d'un seul et même prélat, résidant à Aix. Et bien que le concordat conclu en 1817, entre le Saint-Siége et le gouvernement de la Restauration, eût de nouveau érigé Marseille en évêché, les difficultés que cette convention rencontra pour son exécution, furent cause qu'elle n'eut point d'évêque jusqu'en 1823. A cette date, les obstacles se trouvèrent levés, et le siége de saint Lazare reçut un titulaire en la personne de Charles-Fortuné de Mazenod.

Ce prélat était né à Aix, le 27 avril 1749, de Charles-Alexandre de Mazenod, et d'Ursule-Félicité-Élisabeth de Laugier. Son père, après avoir servi quelque temps dans l'armée, était entré dans la magistrature et devint président de la cour des comptes de Provence; de là, pour lui, la nécessité de quitter Marseille où ses ancêtres résidaient depuis deux siècles, et de se fixer à Aix, qui fut ainsi la patrie de notre évêque. Élevé d'abord par les Jésuites, parmi lesquels on nomme le P. Baudrand et le P. Reyre, le jeune Fortuné vint achever ses études littéraires à Marseille, et fit ses études théologiques à Aix d'abord, puis à Paris, à Saint-Sulpice. Il revint de la capitale avec le grade de licencié en théologie, de la maison de Sorbonne, après avoir reçu la prêtrise à Beauvais, des mains de François-Joseph de La Rochefoucauld, l'un des trois prélats qui furent massacrés aux Carmes, en 1792.

L'évêque de Glandève, Henri Hachette des Portes, l'honora aussitôt du titre de grand-vicaire, et son oncle, qui était en même temps chanoine d'Aix et archidiacre honoraire de Marseille, lui résigna sa prébende de Saint-Sauveur d'Aix, avec la dignité de Sacristain, la troisième du chapitre. Il fut aussi vicaire-général de l'archevêque, M. de Boisgelin, et chargé par lui du soin de plusieurs communautés religieuses ; chacune de ses fonctions le trouva toujours plein de zèle, d'exactitude, de ponctualité. Lors de la Révolution, il fut un des derniers à fuir devant l'orage. Il émigra en Suisse et en Italie, revint en France lors d'une éclaircie qui semblait annoncer le calme et qui fut suivie d'une nouvelle persécution, et repartit pour Livourne, Rome et Naples, puis se retira en Sicile, où il resta vingt ans.

Après le rétablissement de l'évêché de Marseille, en 1817, le roi nomma à ce siége M. Jacques-François Besson, curé de Saint-Nizier, à Lyon, et ancien grand-vicaire de Genève. Cette nomination n'eut pas de suite, l'exécution du concordat ayant été suspendue durant six ans. Pendant ce temps, il y eut de nombreuses démarches faites pour obtenir que l'ancien grand-vicaire d'Aix fût proposé pour Marseille ; on le fit même, dès le commencement, venir de Palerme, où il se trouvait encore. Mais il n'arriva à Marseille, à la fin de 1817, que pour apprendre les obstacles survenus, et le délai que tous les projets formés allaient subir. Toutefois, lorsque six ans après, on put reprendre sur de nouvelles bases les négociations pour l'exécution partielle du concordat, le maintien de l'évêché de Marseille fut résolu, et M. de Mazenod y fut nommé le 13 janvier 1823, sur le refus de M. Besson, qui fut ensuite évêque de Metz.

Il fut préconisé le 16 mai 1823, reçut ses bulles revenant du conseil d'état le 3 juillet, et fut sacré le 6, dans la chapelle de Notre-Dame de Lorette, à Issy, par Antoine de Latil, évêque de Chartres, et les évêques d'Hermopolis et de Belley. Le 14, il fit prendre possession de son diocèse, et le 10 août, il fit lui-même son entrée solennelle dans sa ville épiscopale. Il y fut reçu avec un grand appareil et un enthousiasme non moins grand. Il y avait si longtemps que Marseille n'avait point d'évêque, et celui qui lui arrivait était si digne de son affection et de son respect !

L'épiscopat de Charles-Fortuné de Mazenod fut une époque de reconstruction, car presque tout avait sombré dans la tempête. La cathédrale n'était plus qu'une église succursale ; il fallut lui restituer sa dignité et son rang, et lui rendre son chapitre et son clergé, pour que la célébration quotidienne de l'office divin y redevint possible. Il fallut rétablir le grand séminaire, pour former les prêtres qui manquaient ; il fut installé à la rue Rouge, puis à Saint-Just, pour revenir ensuite à son premier site, après un considérable agrandissement. On restaura le palais épiscopal entièrement dégradé. On releva et on développa le petit séminaire. On établit de nouvelles paroisses dans les quartiers qui en étaient privés. On bâtit de nombreuses maisons religieuses et des établissements de bienfaisance.

L'évêque était universellement aimé. Un fonds inépuisable de bonté et de mansuétude, une charité ardente, l'avaient rendu très populaire. Les passions politiques, que souleva la Révolution de 1830, occasionnèrent certaines vexations et quelques troubles passagers. Alors, comme aujourd'hui, les libéraux interdirent les processions, au nom de la liberté. Les cruelles épidémies de choléra qui décimèrent notre ville en 1834, en 1835, en 1837, vinrent les rétablir, et accrurent l'affection de tous envers le pasteur vénéré. Il fit faire des prières publiques, pour apaiser la colère de Dieu et rendre la confiance au peuple affligé. Au lieu même où Belsunce avait consacré son diocèse au Sacré-Cœur, il renouvela les supplications de son prédécesseur, et s'offrit en victime à la justice de Dieu pour sauver ses ouailles. L'écroulement subit de l'estrade sur laquelle avait lieu la cérémonie expiatoire faillit amener la mort du pontife. Mais il sortit sans blessures de ses débris amoncelés, et l'on vit alors quels étaient les sentiments des Marseillais envers leur évêque. On s'empara de la voiture qui devait le conduire dans son palais, et mille bras l'y ramenèrent en triomphe, en traversant toute la ville.

En 1837, le vénérable prélat, presque nonagénaire, fit agréer sa démission en faveur de son neveu, après laquelle il continua à résider avec son successeur, au palais épiscopal. Il y mourut le 21 février 1840, plein de jours et de mérites. Sa mort fut le sujet d'un deuil universel, et sa mémoire est en bénédiction.

Il portait les armes pleines de sa famille, telles que son trisaïeul Charles les fit enregistrer en 1654 : *D'azur, à trois molettes d'or, posées 2 et 1, au chef d'or, chargé de trois bandes de gueules.*

LXXXII

EUGÈNE DE MAZENOD

1837-1861

La famille de Mazenod, dont voici le second évêque, était Lyonnaise d'origine, et fut attirée à Marseille par le commerce. Dans le principe, son nom est presque toujours écrit *Mazanot* ou *Mazenot*. Le premier que nous trouvons établi dans notre ville est Étienne Mazanot, qui s'y maria avec Marguerite Montagne; c'est le 6ᵐᵉ aïeul de notre prélat, et il était mort en 1576. Son fils, Antoine Mazanot, épousa, le 24 février 1593, Isabeau Gardiole, dont il eut Charles Mazenot, qui fut consul de Marseille en 1651, et obtint de Louis XIV des lettres de noblesse, datées du mois de mai 1653. Quatre ans auparavant, Charles avait épousé Jeanne de Thomas, qui lui donna Charles-Joseph de Mazenod, sieur de Beaupré, marié en 1678 à Marie de Grimaldi, et trisaïeul du prélat susdit. Charles-Vincent de Mazenod, fils du précédent, eut pour femme Marie-Anne de Mourgues, et pour fils Charles-Alexandre de Mazenod, sieur de Saint-Laurent; et celui-ci, marié à Ursule-Félicité-Élisabeth de Laugier, est le père de Mᵍʳ Charles-Fortuné, et l'aïeul de Mᵍʳ Eugène de Mazenod.

Charles-Joseph-Eugène de Mazenod, le futur évêque de Marseille, fils de Charles-Antoine de Mazenod et de Marie-Rose-Eugénie de Joannis, vint au monde le 1ᵉʳ août 1782, à Aix, où son père et son grand-père étaient présidents à la cour des comptes. Dans sa première jeunesse, il dut s'expatrier avec les siens, au commencement de la révolution, et alla successivement résider avec eux à Nice, à Turin, à Venise, à Naples et à Palerme. Revenu en France en 1802, il entra, homme fait, au séminaire de Saint-Sulpice, et fut ordonné prêtre à Amiens, le 21 décembre 1811, par Claude-Jean-François Demandolx, évêque de cette ville et Marseillais de naissance.

De retour à Aix, après son sacerdoce, il consacra son ministère, avec toute l'ardeur de ses trente ans, aux œuvres de charité, s'occupant surtout de deux choses : enseigner la religion aux classes pauvres, en leur adressant des instructions en langue provençale, et diriger les jeunes gens dans la pratique de la piété. Un peu plus tard, il s'associa quelques prêtres, pour donner des missions dans les campagnes, et on le vit à leur tête, durant plusieurs années, évangéliser avec succès les paroisses du diocèse d'Aix. Cette association a été le germe de la congrégation des Oblats de Marie Immaculée, qui a eu l'approbation du Saint-Siège, et a pris des développements très considérables.

Cependant, en 1823, Charles-Fortuné de Mazenod fut fait évêque de Marseille, et son neveu le suivit comme vicaire-général. Nous pourrions dire que c'est à partir de ce moment que commence l'épiscopat de celui-ci, et qu'il a duré une quarantaine d'années. Il avait en effet tout pouvoir dans le diocèse ; rien ne s'y faisait sans qu'il l'eût approuvé. Comment aurait-il pu en être autrement ? Non seulement il était premier grand-vicaire d'un oncle sur lequel il avait l'influence la plus absolue, mais il avait à ses côtés, comme second grand-vicaire, son premier missionnaire. De plus, il était à la tête du chapitre cathédral, en qualité de prévôt. A ces titres et à ce pouvoir fut ajouté le caractère épiscopal.

On représenta au Pape qu'un évêque auxiliaire serait d'une grande utilité auprès d'un vieillard plus qu'octogénaire, et que sa présence serait précieuse au cas où se produirait une longue vacance. Il fut donc appelé à Rome, et sacré, le 14 octobre 1832, évêque d'Icosie *in partibus*, dans l'église de Saint-Silvestre du Quirinal, par le cardinal Odescalchi, vicaire du Pape, assisté des archevêques de Ravenne et de Chalcédoine, qui furent ensuite les cardinaux Falconieri et Frezza.

A peine sacré, le prélat se mit à exercer avec le plus grand zèle les fonctions de son ordre : ordinations, confirmations, consécrations d'églises et d'autels, bénédictions d'abbés, assistance aux consécrations épiscopales, il était infatigable. Mais sa nouvelle dignité, obtenue sans l'aveu du gouvernement, lui attira de graves embarras. On le priva de son traitement de vicaire-général et de ses droits électoraux, on le déclara déchu de sa qualité de français, on menaça de l'expulser comme étranger. Il fallut trois ans entiers pour sortir de ces difficultés ; mais le temps qui emporte tout, amena un revirement total, et le 1ᵉʳ avril 1837, il se vit nommer évêque de Marseille.

Il fut préconisé le 2 octobre 1837, et fit son entrée dans son église le 24 décembre, veille de la Noël. N'ayant pas besoin, comme un nouvel arrivant, d'étudier préalablement l'état du diocèse, il put aussitôt mettre la main à l'œuvre, et son administration fut féconde en heureux résultats, dont nous indiquerons les principaux. Six paroisses nouvelles furent créées en ville, pour satisfaire aux besoins de la population, qui avait doublé, et quinze dans le reste du diocèse. Un grand nombre d'églises furent bâties à neuf ou reconstruites, parmi lesquelles la cathédrale elle-même, et Notre-Dame de la Garde. Il obtint, pour lui et pour ses successeurs, la concession du *pallium* archiépiscopal, comme un honneur permanent attaché au siége. Il fit approuver à Rome un nouveau propre des Saints, mis en harmonie avec le bréviaire romain. Il publia un recueil de statuts synodaux. Il procura à son église d'insignes reliques de saint Sérénus et de saint Lazare, qu'il alla chercher à Blandérat et à Autun.

En 1842, il fit un voyage en Afrique, pour accompagner les reliques de saint Augustin, que l'on rapportait à Hippone. Il prit part, en 1850, au concile provincial d'Aix, et prononça le discours de clôture, où il soutenait que la convocation régulière des conciles n'était ni nécessaire, ni opportune. Il assista à Rome, en 1854, à la définition du dogme de l'Immaculée-Conception. En 1856, il transféra les reliques de Jean-Baptiste Gault à Saint-Martin; et fut présent à Paris, avec tous les évêques français, au baptême du prince impérial.

Quoiqu'il parût jouir d'une vigoureuse santé, il ressentit, dans les premiers jours de 1861, les atteintes d'un mal qui commença, dès l'abord, à donner des inquiétudes, et qui augmentant de gravité de jour en jour, le conduisit au tombeau le 21 mai 1861. Nature vive, ardente, très impressionable, il se distingua toujours par son rare amour pour la religion, sa piété, son zèle sacerdotal, son attachement et son obéissance au Saint-Siége.

Ce prélat avait modifié comme il suit les armes de sa famille : *D'argent, à une croix de calvaire, de sable, soutenue des lettres O. M. I. ; parti, d'azur à trois molettes d'or, au chef d'or, chargé de trois bandes de gueules.*

PATRICE CRUICE

1861-1865

Deux nominations successives furent faites en 1861 pour remplir le siége de Marseille, la première n'ayant pas abouti. Un décret impérial du 5 juin y nomma d'abord M. l'abbé Deguerry, curé de la Madeleine, à Paris, et précédemment archiprêtre de Notre-Dame, puis curé de Saint-Eustache. Mais on apprit bientôt que, redoutant à son âge le poids de l'épiscopat, et ne voulant pas quitter sa paroisse, il avait demandé qu'il ne fût pas donné suite à sa nomination ; et un nouveau décret du 18 juin désigna à sa place M. l'abbé Cruice, chanoine honoraire de Paris et supérieur de l'école des hautes études ecclésiastiques. On n'a pas oublié que M. Deguerry fut une des victimes qui tombèrent, en 1871, sous les coups des assassins de la Commune.

Patrice-François-Marie Cruice était né en 1815, en Irlande, dans le diocèse de Clonfert, province de Tuam. Son père était un officier irlandais, qui mourut au service de la France, lieutenant-colonel et chevalier de Saint-Louis ; sa mère, une demoiselle Dillon, de la même famille, assure-t-on, qui donna au siècle passé un archevêque de Narbonne. Il fut amené en France n'ayant encore que quelques mois, et c'est là qu'il fit toutes ses études théologiques et littéraires. Pénétré de l'utilité qu'il pourrait tirer de l'obtention des grades académiques, il se présenta aux examens, et conquit l'un après l'autre le doctorat en théologie et le doctorat ès-lettres.

24

Quand M⁶ʳ Affre, archevêque de Paris, voulut fonder, dans l'ancienne maison des Carmes de la rue de Vaugirard, une école de hautes études, qui pût être comme une pépinière de professeurs pour les petits-séminaires de France, il pensa à M. l'abbé Cruice, et, malgré sa jeunesse, il lui confia la direction de l'établissement. Le choix fut heureux, car, lors de sa nomination à l'épiscopat, l'école qu'il dirigeait avait déjà fourni plus de quatre-vingts licenciés ès-lettres et ès-sciences, et douze docteurs. De plus, il avait annexé à la maison des Carmes une école préparatoire, pour les jeunes gens qui se destinaient aux diverses carrières gouvernementales, d'où sortirent de nombreux sujets distingués pour l'École polytechnique, Saint-Cyr, etc., lesquels formèrent une pléiade de brillants officiers. Il composa en outre plusieurs ouvrages remarqués, et couronna la série de ses publications par l'édition des *Philosophumena*, qu'il donna en 1860, en grec et en latin, et qui lui fit beaucoup d'honneur.

Ces succès et ces œuvres firent connaître M. Cruice au ministre de l'instruction publique et des cultes, et, après lui avoir valu sa nomination au conseil supérieur de l'instruction publique et sa décoration de la légion d'honneur, le firent appeler à l'épiscopat. Nommé le 18 juin 1861, il fut préconisé au consistoire du 22 juillet, et le 25 août, il recevait la consécration épiscopale dans l'église des Carmes, des mains de M⁶ʳ Chalandon, archevêque d'Aix, son métropolitain, assisté de NN. SS. de Marguerie et Lyonnet, évêques d'Autun et de Valence. La réception du *pallium* suivit immédiatement son sacre, et deux jours après, M. Vitagliano, chanoine-archiprêtre, prenait possession pour lui. Rarement on a vu un changement d'évêque s'effectuer avec une telle rapidité.

L'entrée du nouveau prélat eut lieu le dimanche 1ᵉʳ septembre 1861, à quatre heures. Tous les corps religieux s'étaient rendus à la station du chemin de fer, pour le recevoir, et l'accompagnèrent jusqu'à Saint-Martin, par les principales voies de la ville, où la procession put librement se développer.

En arrivant, M⁶ʳ Cruice trouva les travaux de la nouvelle église de Notre-Dame de la Garde arrêtés, faute de fonds. Il restait beaucoup à faire pour achever le monument, le couvrir et l'orner. Il y avait de plus une forte dette qui grevait le passé, et à laquelle il fallait pourvoir avant de penser à poursuivre la construction. Ce fut sa première préoccupation. Le 8 novembre 1861, il adressa un pressant appel aux fidèles, et grâce à la générosité des catholiques marseillais, la position fut liquidée, et l'œuvre, presque aussitôt reprise, fut menée à son complet achèvement.

Le 8 juin 1862 eut lieu à Rome la canonisation des saints martyrs japonais, et l'évêque de Marseille y assista, avec un nombre considérable de prélats. Les développements extraordinaires que notre ville prenait de jour en jour, lui donnèrent la pensée d'élever des églises là où elles faisaient défaut ; pendant son court épiscopat, il créa sept nouvelles paroisses, en ville et dans la banlieue, parmi lesquelles, celle de Saint-Pierre et Saint-Paul, pour les quartiers de la Madeleine et de Longchamp. Comme il avait un goût particulier pour les grandes cérémonies et pour le déploiement des pompes de la religion, il fit célébrer de solennelles processions à Notre-Dame de la Garde, qui étaient d'éclatantes manifestations de la foi du peuple marseillais.

Mais aucune n'égala celle qui eut lieu le 5 juin 1864, après la consécration de Notre-Dame de la Garde, et pour terminer le jubilé que le pape avait accordé à cette occasion. Le 4 juin, le cardinal Villecourt consacra l'église qui venait d'être reconstruite, et le lendemain, la statue vénérée de la Sainte-Vierge fut reportée dans son sanctuaire avec une solennité et au milieu d'un concours comme on en voit rarement. Une cinquantaine de prélats, et parmi eux quatre cardinaux, huit archevêques, trente évêques, s'étaient réunis à Marseille, pour rehausser la cérémonie de leur présence, et la Bonne-Mère rentra dans sa nouvelle demeure, accompagnée d'un nombreux clergé accouru de tous les points de la France, et de foules compactes de pèlerins venus de tous les côtés. La ville entière était en mouvement.

Un seul homme manquait au cortège, celui qui avait organisé la grande fête. Atteint dans son intelligence et dans son corps d'une maladie cruelle, l'évêque put à peine se faire porter au sommet de la sainte colline ; mais dès lors, le mal ne fit que s'accroître. Après plus d'une année de souffrances, il envoya sa démission au Souverain-Pontife qui la reçut à Castel-Gandolfo, et le 16 octobre 1865, il ordonnait des prières pour le choix de son successeur.

Mgr Cruice quitta Marseille le 5 février 1866, et se retira à Neuilly. Le 17 septembre, on l'installa chanoine de Saint-Denys ; et le 12 octobre, il terminait sa vie dans le lieu de sa retraite, d'où son corps a été ramené à Marseille.

Ce prélat portait : *D'azur, à deux cottices d'or, accompagnées de six coquilles d'argent, trois de chaque côté.*

LXXXIV

CHARLES PLACE

1866-1878

Charles-Philippe Place naquit à Paris, le 14 février 1814, de Philippe Place et de Marie Lefebvre d'Hervilliers. Il fut élevé au collège Henri IV, suivit les cours de droit, fut reçu avocat, et se fit inscrire au tableau des avocats à la cour de Paris. Peu d'années après, il entra dans la maison d'éducation de M. l'abbé Poiloup, à Vaugirard, où il se trouva le collègue de Mgr Cruice, et y professa l'histoire durant sept ans.

En 1847, ayant atteint l'âge de 33 ans, il résolut d'entrer dans l'état ecclésiastique, et partit pour Rome, pour y faire ses études théologiques. Il y reçut le sacerdoce des mains du cardinal-vicaire, le 30 mars 1850, jour du samedi-saint, dans l'archibasilique de Saint-Jean de Latran. Dans l'intervalle, il avait été à Gaëte, attaché à la mission de M. de Corcelle.

Il sortit de Rome en 1850, pour se rendre à Orléans, où il fut fait supérieur du petit-séminaire de La Chapelle Saint-Mesmin, avec le titre de vicaire-général honoraire. Diverses circonstances lui firent abandonner cette position en 1856 ; il retourna à Paris, pour y être d'abord aumônier des religieuses Augustines de la congrégation de Notre-Dame, au faubourg du Roule, et pour prendre en 1861 la direction du petit-séminaire de Notre-Dame des Champs. Il ne resta que deux ans dans cette maison, et à Pâques de l'année 1863, il repartait pour Rome, en qualité d'auditeur de Rote pour la France.

La Rote romaine se compose de douze auditeurs, la plupart juristes consommés. Ils sont prélats de la maison du Pape, remplissent les fonctions de sous-diacres apostoliques, et le dernier nommé d'entr'eux porte la croix devant le Souverain-Pontife. Le nouvel auditeur français ne fit partie de leur collège que durant trois ans ; et c'est là que vint le trouver le décret impérial du 6 janvier 1866, qui le nommait évêque de Marseille. Pie IX le préconisa le 22 juin, et lui fit l'insigne honneur de le sacrer de ses propres mains, au Vatican, le 26 août de la même année.

Le 5 septembre, M. Meistre, curé de Saint-Michel, prit possession en son nom, et le dimanche 30 septembre, le prélat fut solennellement conduit en procession de la gare du chemin de fer à sa cathédrale, et installé. Le mois d'après, il rendait les derniers devoirs à son prédécesseur, dont la dépouille mortelle, arrivée de Paris, était par lui déposée au tombeau de nos anciens évêques.

Il créa quatre nouvelles paroisses : en ville, Saint-Philippe et Saint-Défendant, hors la ville, Sainte-Thérèse et Notre-Dame de l'Étoile. Il donna une vive impulsion à l'œuvre des Séminaires, qui avait été établie par son prédécesseur.

Parmi les actes de son épiscopat, nous devons mentionner encore : le procès ordinaire sur les vertus et les miracles de Jean-Baptiste Gault ; l'approbation du culte du bienheureux Urbain V, dont la première fête fut célébrée à Saint-Victor, le 19 décembre 1870, cinquième anniversaire séculaire de sa mort ; son assistance au concile général du Vatican, en 1869 et 1870 ; le synode tenu en 1876, où furent promulgués les décrets du concile et des statuts complémentaires pour le diocèse ; la protestation qu'il publia en 1878 contre l'arrêté municipal qui interdisait les processions.

Par décret présidentiel du 13 juin 1878, ce prélat a été appelé à l'archevêché de Rennes, pour lequel il fut préconisé le 15 juillet suivant. Ses armes sont : *Coupé, au 1ᵉʳ d'azur à la Vierge couronnée, d'argent ; parti, de gueules à l'agneau pascal, d'argent ; au 2ᵐᵉ, d'or, à une place de sable, maçonnée d'argent, ouverte et ajourée du champ.*

LXXXV

LOUIS ROBERT

1878

La ville d'Annonay, la plus importante du Haut-Vivarais, a eu l'honneur de donner à l'église deux illustres cardinaux, quatre archevêques et neuf évêques, en tout quinze prélats, dont voici la liste, d'après ses historiens. Le cardinal Pierre Bertrand, 1330-1349 ; le cardinal Pierre de Colombier, neveu du précédent, 1344-1361 ; Aymar de Roussillon, archevêque de Lyon, 1274 ; Humbert de Montchal, archevêque de Vienne, 1369 ; Barthélemy de Montchal, archevêque de Bourges, 1382 ; Charles de Montchal, archevêque de Toulouse, 1628 ; Amédée et Guillaume de Roussillon, évêques de Valence et de Die, 1275 et 1297 ; Guillaume Bertrand, évêque d'Evreux et de Noyon, 1342 ; Guillaume de Colombier, évêque d'Evreux, 1334, de Noyon, 1343, de Soissons, 1349 ; Jacques et Just de Serres, évêques du Puy, 1596 et 1621 ; André de Sauzéa, évêque de Bethléem, 1623 ; Louis de Chomel, évêque d'Orange, 1720 ; Jean-Joseph-Louis Robert, évêque de Constantine et d'Hippone, 1872, et de Marseille, 1878.

Monseigneur Robert est né à Annonay le 22 mars 1819 ; le même jour, il fut présenté au baptême, où il reçut les noms de Jean-Louis. Ordonné prêtre le 23 décembre 1843, par Mgr Guibert, évêque de Viviers, il fut vicaire à Serrières en 1844, puis à la cathédrale de Viviers, curé de Saint-Laurent de Viviers, en 1848, secrétaire particulier dudit prélat, du 15 mai 1854 jusqu'à sa translation à l'archevêché de Tours en 1857. Après la préconisation du nouvel archevêque, il fut l'un des deux vicaires capitulaires élus par le chapitre, et devint ensuite vicaire-général de Mgr Delcusy, qui remplaçait l'éminent prélat à Viviers.

Par décret présidentiel du 27 février 1872, il fut appelé à prendre la succession de Mgr de Las Cases, évêque de Constantine et d'Hippone, et fut préconisé le 6 mai 1872. La remise de ses bulles éprouva un retard de plusieurs mois, occasionné par une difficulté des plus inattendues. M. Thiers ayant remarqué que le Pape, parlant de la nomination des évêques par le gouvernement, employait la formule *nobis nominavit*, renvoya les bulles à Rome, pour faire retrancher le mot *nobis*, sous prétexte que la nomination était absolue et non relative. C'était s'apercevoir de la chose un peu tard, car le terme incriminé se trouve dans toutes les provisions des évêques nommés, non pas seulement depuis le concordat de 1801, mais depuis celui de François Ier. Nous avons sous les yeux les bulles de dix-neuf évêques de Marseille, à partir de 1550, parmi lesquelles, celles de nos cinq évêques du XIXme siècle ; toutes contiennent le mot où l'on croyait voir une attaque aux droits du pouvoir civil, et nous n'en connaissons pas une seule d'où ce mot soit exclu. Les bulles revinrent de Rome sans modification, mais après beaucoup de temps perdu.

Ce retard fut cause que Mgr Robert put être sacré seulement le 13 octobre 1872, dans l'église cathédrale d'Alger, par le métropolitain, actuellement S. E. le cardinal Lavigerie, assisté de NN. SS. Callot, évêque d'Oran, et Soubiranne, évêque de Sébaste, *in partibus*, auxiliaire d'Alger. C'était la première fois, depuis douze siècles, que l'église d'Afrique voyait, sur son propre territoire, sacrer un de ses pontifes par des évêques africains. Le nouvel évêque prit possession de son église en personne, le dimanche 20 octobre. En 1873 (4 mai-8 juin) il assista au concile d'Alger. Il alla deux fois à Rome, en 1875 et 1877, et la deuxième fois, il y rendit compte de son église. Il établit le service religieux dans les villages récemment fondés. Il consacra sa cathédrale et quelques autres églises. Plusieurs fois il visita son immense diocèse, de Bougie à La Calle, de Philippeville à Tébessa, à Biskra et à Bou-Saada.

Le 13 juin 1878, un décret du maréchal-président transférait Mgr Place à l'archevêché de Rennes, et nommait Mgr Robert à l'évêché de Marseille, pour lequel il fut préconisé à Rome, le 15 juillet suivant. Le mercredi 25 septembre, il recevait le *pallium* à Aix, dans l'église de Saint-Sauveur, des mains de son métropolitain, et le lendemain, il arrivait à Marseille, au grand séminaire.

L'entrée solennelle qu'il aurait dû faire, comme ses deux derniers prédécesseurs, fut empêchée par une singulière interprétation donnée au décret du 24 messidor an XII, qui règle les honneurs à rendre aux nouveaux évêques, lors de leur première arrivée. L'intention de l'autorité civile n'allait à rien moins qu'à faire accompagner le prélat, en habit de ville, par un détachement de cavalerie, directement à l'évêché, sans même lui permettre de s'arrêter à la cathédrale. Mgr Robert échappa à cette humiliation, en se rendant, sans informer aucune autorité, à la cathédrale provisoire de Saint-Martin, où il fut installé par le chapitre, en présence de tout son clergé et d'un nombreux concours de fidèles. C'était le dimanche 29 septembre 1878, fête de Saint-Michel, à deux heures après midi.

Depuis son installation, Mgr Robert a fait deux voyages à Rome, en 1879 et en 1882; en 1882, il porta l'état de son diocèse. Il est aussi retourné deux fois en Afrique : à Alger, au mois de décembre 1878, pour le sacre de Mgr Dusserre, son successeur à Constantine, et à Philippeville en mai 1884, pour le sacre du nouvel évêque d'Oran. Le 11 mai 1884, il était à Carthage et posait la première pierre de l'église de Saint-Louis. Le 10 juin 1879, il a obtenu l'érection en basilique mineure du sanctuaire de Notre-Dame de la Garde, et le 23 juin 1881, l'approbation d'un nouveau propre, qui a paru en 1882.

Ses armes sont : *De gueules, au palmier de sinople, planté sur une terrasse du même et fruité d'or, le tronc chargé d'un agneau pascal d'argent nimbé d'or, adextré en chef du monogramme constantinien d'or.* Notre prélat emploie un double sceau : un sceau armorié, pour sceller les actes de sa chancellerie, et un sceau pontifical imitant l'antique, qui sert pour ses mandements et œuvres pastorales, et dont voici l'empreinte très fidèle.

TABLES

TABLE CHRONOLOGIQUE

DES ÉVÊQUES DE MARSEILLE

TABLE ALPHABÉTIQUE

TABLE SYNOPTIQUE

TABLE

DES ARMOIRIES & DES SCEAUX

TABLE

DES DOCUMENTS CONTENUS DANS CE VOLUME

ACHEVÉ D'IMPRIMER LE 29 SEPTEMBRE 1884
SIXIÈME ANNIVERSAIRE DE L'INSTALLATION DE Mᵍʳ ROBERT

www.ingramcontent.com/pod-product-compliance
Lightning Source LLC
Chambersburg PA
CBHW061456030726

47503CB00005B/1738